U0117344

# 书琐记

SHU SUO JI

张洪波 著

吉林人民出版社

**图书在版编目（CIP）数据**

书琐记 / 张洪波著. -- 长春 : 吉林人民出版社,
2022.6
ISBN 978-7-206-19172-5

Ⅰ. ①书… Ⅱ. ①张… Ⅲ. ①随笔—作品集—中国—
当代 Ⅳ. ①I267.1

中国版本图书馆CIP数据核字（2022）第094429号

责任编辑：王一莉
封面设计：清　风

**书琐记**
SHU SUO JI

著　　者：张洪波
出版发行：吉林人民出版社（长春市人民大街7548号　邮政编码：130022）
咨询电话：0431-85378007
印　　刷：吉林省吉广国际广告股份有限公司
开　　本：787mm × 1092mm　　1/16
印　　张：20　　字　　数：300千字
标准书号：ISBN 978-7-206-19172-5
版　　次：2022年6月第1版　　印　　次：2022年6月第1次印刷
定　　价：38.00元

# 目 录
CONTENTS

# 我的收藏：牛汉先生著作

从1983年开始与牛汉先生通信至2013年先生仙逝，不知不觉30年。30年当中，先生给了我太多的诗教，使我受益很多。30年里，我得到先生所赠著作也不少，摆在书架上，已是堂堂正正一大排，每每凝望或翻阅这些著作，我都会想起许多往事。虽然记忆是零碎的、一点一滴的，但一个清白、刚直如大树般的诗人形象，是完整的，难以忘怀。

## 1

1982年2月9日，我在吉林省敦化新华书店买到一本《白色花》（人民文学出版社1981年8月版），这是一本20位诗人的合集。我那时刚刚学习写诗两三年，对新文学史了解得不多，“七月诗派”这一词对于我来说也很陌生，但我对牛汉这个名字并不陌生。当时，敦化林业局有一位吴登荣老先生，他曾与牛汉先生短期共事。他对我说过，要写诗，应该结识牛汉，牛汉是一位真正的诗人。

1983年7月，我从东北移居华北，进入石油行业工作，单位的驻地在河北任丘，距北京150多公里的路程，我开始与牛汉先生通信，但一直没有与先生见面的机会。直到1984年5月，河北省在华北油田召开中青年作家座谈会，我参加了这次会议。会议期间请来了一些著名作家和诗人，牛汉先生也被邀请来了。这真是一个难得的好机会！与牛汉先生见面的当天晚上，我回到家中从书架上取出《白色花》，到牛汉先生的房间去，请先生题词、签名，这也是我第一次请名人题词。先生用钢笔在《白色花》书名页上写下了一行深蓝色的大字："谢谢你阅读我们的诗！"我当时很激动，鼻子有些酸，我一下子想起这本书的序言结尾处引用诗人阿垅1944年写的两句诗："要开作一枝白色花/因为我要宣告，我们无罪，然后我们凋谢。"那时候我已经知道了先生以及他们那一流派诗人的苦难历史了，并且已经开始大量地阅读"七月"诗了。

那天，我用一张洁白的复印纸给《白色花》包了一层书皮，倒不完全是怕把书弄脏了，主要原因是，我一看到那封面上红色的血流中生长出来的那一支白色花，心就被震颤着，就有热泪要流出来。（多年之后还知道了：书的封面是牛汉先生的儿子史果设计的。）

这么多年过去了，包在书外面的那张白纸我一直没有换下来。

## 2

1984年冬，我得到了一本牛汉先生签赠的诗集《温泉》（上海文艺出版社1984年5月版）。我无法控制住自己的心情，捧着《温泉》长时间没有打开书，我仿佛感到了这本诗集的重量。

那天晚上，我通宵未眠，先是逐字逐句地读了整本诗集，又逐字逐句地读了绿原先生为这本诗集做的序，绿原先生在序言中说："这些新诗大都写在一个最没有诗意的时期，一个最没有诗意的地点，当时当地，几乎人人都以为诗神咽了气，想不到牛汉竟然从没有停过笔。"然后就是反复地把诗集中的那些诗读来读去。我读《硬茧颂》、读"你打开了自己的书——给路翎"时，泪水止不住地流了出来。还有那些在后来的日子里长久地打动着我的诗，如《悼念一棵枫树》《华南虎》《温泉》《根》《巨大的根块》《鹰的诞生》《蚯蚓的血》《伤疤》等等。

《温泉》在我的创作上有着不可磨灭的影响，通过《温泉》，我找到了一个赤诚的诗人的创作道路。这本集子虽然很薄，可它留下的历史回声是极其沉重的。那鹰、虎、蚯蚓、枫树、毛竹的根等形象，那些不屈的生命，永远地成为我心灵世界中的一部分。

通过这部诗集，我看到了历史、人生命运的伤疤。我曾在写给牛汉先生的一首题为《伤疤》的诗中写道："我是一个小您三十多岁的后来者／可当您那伤疤里溢出的血／渗入我的心头的时候／我仿佛一下子又成熟了三十多年／／我的一生也会结满伤疤吗／我知道／这个世界总是要有人受到创伤／这个世界不会没有伤疤的／这个世界最刚硬的部分／就是由伤疤组成的。"（这首诗后来收在我的诗集《独旅》中）我知道，诗人，赤诚的诗人，不能回避现实人生和命运加予的难题。我应该像牛汉先生那样，坚强地面对人生和命运，真挚地书写自己和自然、社会、历史相融合的复杂的情感。在后来的创作中我也是这样实践的。

《温泉》，获中国作家协会第二届新诗（诗集）奖。

## 3

1988年6月2日下午，在牛汉先生的书房里。先生在他的《学诗手记》（生活·读书·新知三联书店1986年12月版）一书的扉页上写下了"洪波同志指正"之后，我伸出双手去接那本书，（书的封面是洁白洁白的布纹纸，黑色二号宋体字书名的左下方印着大大的鲜红明亮的手书作者名字，那两个字会使你一下子就想到牛汉先生高大、刚毅、强健的身躯。）先生似乎又想起了什么，把递过来的书又收了回去，在自己的膝盖上，翻至160页，用圆珠笔把文中印错了的"小天地"改为"小天池"，之后，又认真地审视了一会儿，才合上书递给了我。

我喜爱这本书，每次读它都有新的收获，都有一种打开了心灵的感觉。

这些年来，我不知道读了多少遍《学诗手记》了。在工作之余，在列车上，在黎明的窗前，在夜晚的台灯下，在异地的旅馆里……我反复地阅读，有些章节都能背诵下来了。我还要继续深入地读下去。

我崇敬先生质朴无华的文章和诗作，与崇敬先生质朴无华真诚为人的品格一样。这些年来，我虽与先生不常见面，但有先生的著作（特别是这本书）在我身边，我就能经常地聆听到先生的教导，倾心地听他讲述着许多往事和他生命深处那些无法抹掉的血迹和伤疤。

《学诗手记》确是一部好书，这里面的文字是从诗人一生命运中撷取来的血滴。难怪先生在赠送给我这本书的时候，那样仔细地改过一个错别字。

同年，天津百花文艺出版社拟出版我的诗集《独旅》。2月，我把整理好的诗稿寄给了牛汉先生，请他为这本诗集作序。先生认真地阅读了我的全部诗稿，并重新为我选编了一下，在6月22日写出了序文。

先生在序文中有这样一段话：“真正的诗是在探索中发现的一片陌生的境界，它是值得倾出生命腔体中全部热血去献身的新疆域。”先生在序文的最后鼓励我：“还须在广阔的人生之中汲取营养，不回避艰险和风浪，承受一切真实的痛苦，一步一步地走下去，一定会逐渐写出更具有个性的强健的诗来。”

我珍贵地永远在心中记着先生的这一份诗教。

## 4

1991年9月6日下午，在牛汉先生的书房，我再一次得到先生的赠书。先生在《牛汉抒情诗选》（青海人民出版社1989年12月版）、《蚯蚓和羽毛》（人民文学出版社1986年4月版）、《海上蝴蝶》（四川文艺出版社1985年5月版）三部诗集的书名页上都题上了“洪波诗友存正”的字样（先生总是这样把年轻人看成是自己的朋友）。这三部著作是我一直想得到的，其中《海上蝴蝶》一书中作者的照片是1984年在华北油田第二招待所我为先生拍摄的。我接过书，竟不知自己该说些什么。先生还送我一册1991年7月出版的香港《诗》双月刊，是冯至专号。我看到书脊上的字是先生用钢笔后写上去的，大概是为了便于在书架上寻找。这一期的内容也是我很喜欢的，特别是王家新的《冯至与我们这一代》等文章。

这天下午我和先生谈了很长时间。先生教导我要珍惜创作环境，油田没有城市那么喧闹，相对比较安静，应该利用这个环境多读书、读好书，系统地读书、思考着读书。先生还谈了很多诗坛的现象以及他的一些看法。谈话间，先生不时地停下来，用他那父亲般的目光注视着我，像在给我一个品味的时间，也像在观察一株幼苗的拔节成长。

临别时，先生执意送我下楼，在楼道里，先生抚着我的肩膀边走边说："你比以前胖了，八四年的时候你多瘦啊。"我理解先生的话，他是不是说我现在生活得太安逸了？他是不是在警醒我，怕我出现惰性？

在他高大的身边，总感到是在一棵大树的下面，总感到有一股真实的爱的气流环抱着自己，那样的温厚。

## 5

1993年5月，林莽兄告诉我参加18号在文采阁召开的《食指　黑大春现代抒情诗集》出版研讨会，我当时正在抢时间编印《新诗季刊》，因为这一期《新诗季刊》发有食指和黑大春的诗，准备带一些在会上散发一下。牛汉先生对我主编的这本《新诗季刊》很重视，还担任了刊物的顾问，我也要给先生带去一些。林莽兄知道我会带车进京，就让我届时先到八里庄接上牛汉先生，之后顺路再到史铁生家接上铁生一起去文采阁。

5月18号下午，我带了一辆吉普车从河北任丘赶往北京。到牛汉先生家时间还早，谈了一些其他事情，话题就转到了食指，牛汉先生长叹一口气，说：“食指吃了不少苦啊，他很坚强，还在写诗。”

我们准备出发。这时，牛汉先生从案头上递过来一本书：“这是前两个月出的一本小书，里面的东西你都读过的，送你一本做个纪念。”我接过书，是花城出版社出版的《滹沱河和我》（1993年3月版），牛汉先生的散文集，书做得很朴素，小32开本，全书也就几万字，是《随笔》杂志编的“霜叶小丛书”之一，定价只有3.10元。扉页上，先生已经提前写好了字：“洪波存正　牛汉1993.5.18”。

## 6

1993年6月，中国和平出版社出版了一套“名家析名著丛书”，其中《艾青名作欣赏》由牛汉、郭宝臣主编，鉴赏文章由牛汉、孙玉石、郭宝臣撰稿，牛汉先生还为此书撰写了序言。书后附有《艾青作品要目》和《艾青研究资料目录》，是一本很有分量的书。1994年5月我去看望牛汉先生时得到了这本书，牛汉先生在书的环衬上题写了“洪波存阅并正谬”，日期是1994年5月7日。先生赠我的这本书，是1994年4月第二次印刷的版本。在书的序言中，牛汉先生写道：“这次编选艾青的诗，不知不觉地选了许多小诗，竟然有30多首，这些小诗，有一半写于1940年湖南的乡间，还有一些写于近二三十年间。它们多半是作者在一种比较安静甚至寂寞的境况中写的。从这些小诗能察觉到诗人心灵深处的细微的颤动，还能看到他对于大自然的热爱和敏感。”我对先生说：“我10年前买过一本花城出版社出版的《艾青短诗选》，很小的一本，还有黄永玉的配图，很喜爱。那些短诗写得真好，爱不释手。”先生说：“那本书不错，编得不错。”谈到《艾青名作欣赏》的编选过程，先生说：“艾青对我是信任的。”

《艾青名作欣赏》中牛汉先生的鉴赏文章很值得一读，散文笔调，结合自己的经历鉴赏艾青的诗，深刻，有魅力。如对艾青《手推车》一诗的鉴赏："这首诗的情境和诗人着力刻画的手推车，我不但在诗人写这首诗的当时当地看见过，而且还在战火逼近的危急情况下，伴随过数以百计的独轮手推车颠簸在泥泞的布满深深车辙的路上，那使天穹痉挛的尖音至今仍在我的心灵里尖厉地啸响着……"

## 7

《萤火集》（中国华侨出版社1994年9月版），散文集，环衬代书名页却未放书名，不知编者为什么这样设计。但在上面放上了作者肖像（高莽画的），跨页还有反白字作者手迹，这个设计有些意思。手迹是牛汉先生《散文这个鬼》一文中的一段话："我一向认为，生命能不断地获得超脱与上升，是与再生有着同等重大的意义。而写诗的人，又是最能体会到这种生命感的。我写起散文，并不是带有随意性的改变一下文体，它几乎是一次生命的再生。"此书的序言也是用这段话代替的。在环衬前面，牛汉先生题写了"洪波阅正　牛汉1994年11月28日"，还补写了一行字："内容芜杂，有一部（分）可以看看。"这本书编校质量略差，从目录到内文都有错处，牛汉先生用圆珠笔亲自修改的就有15处，我在阅读时还发现了几处错。我曾随手写了一张纸条夹在书中："给牛汉先生这样的编辑家做书，编校工作一定要细而又细，不要再劳他帮编者改错。"

此书收入58篇文章，其中含1988年6月22日先生为我的诗集《独旅》所写的序言。原题是《序诗集〈独旅〉》，收入此书时改为《序张洪波诗集〈独旅〉》。

## 8

1998年，我被借调在《诗刊》工作，住在虎坊路甲15号。1月17日，天气极冷。上午10点左右给牛汉先生打一个电话，约好去家中看望他，先生在电话里说：“来，来，来，等你。”还告诉我从虎坊路到他那里如何乘坐公交车等等。

从虎坊路出发，几次换车，赶到牛汉先生家已是中午。刚一进门，牛汉先生就嘱咐师母吴平炒鸡蛋、煮饺子，还亲自找酒，先找出一瓶孔府家酒，又去找，找出一瓶贵州的酒，又找，找出一盒酒，最后决定让我喝贵州的酒。先生是不喝酒的，我一个人喝。饭后，师母很是抱歉：“也没什么菜。”先生说：“他是个酒鬼，有酒就行。”边喝边聊，剩了酒，先生说，留着下次来再喝。

谈话从11点半至下午16点40许，先生没有午休，谈话很有兴致。展示苏金伞写给他的信，苏金伞在信中称他为亲兄弟，还找一些早期创作的诗给我看，以及一些散文、书信的原件，给我介绍了几本他喜欢的新书。

临别，赠《中华散文珍藏本·牛汉卷》（人民文学出版社1997年11月版），封面无图，浅金色底重金色线，大字书名，很庄重，收散文53篇。

## 9

1998年6月24日下午14时到牛汉先生家，谈话三个多小时。谈到比喻，先生说：“可以把大自然比作母亲，是亲切的。大海是鱼的母亲，大海是又一个世界，只不过人类闯进去了，人类想主宰一切，以为一切都是自己统治的。”我说：“我觉得所有的比喻都是无力的，不准确的，毕竟是比喻。”先生说：“是的。”谈到母亲，先生说：“我一生屈辱地跪过一次。那一年，阎锡山往他的家乡修一条水渠，沿途占了许多地，一分钱都不给，很霸道！我母亲不干了，她那个脾气是不能容忍阎锡山的。在这以前她曾怀揣一把菜刀去刺杀阎锡山，我有一首诗写过这个情节。那一次阎锡山下来，我们全家都跪着，要求阎锡山赔偿土地，阎锡山下了车指着我母亲说，又是你！最后还是没给赔偿。”谈到自己的工作，我说：“不想在《诗刊》干更长的时间了。”先生说：“还是再干一段时间，干一段，就知道诗坛到底是怎么回事了，就清楚了。”谈到了食指，我说：“昨天下午我和林莽、杨益平去福利医院看了食指，我发现食指仍有许多幻觉似的，比如，他一直认为母亲没有死。”先生说：“这种幻觉是对的，我这些年，特别是近几年，有的老朋友虽然已经去世了，可我从未感到他们死了，他们永远活着，在我心里（先生指了指自己的胸口），只是他们生活在远处，不能经常见面了。”

先生拿出一本书：“我们社出的，送你一本。”是《牛汉诗选》（人民文学出版社1998年2月版）。书后附牛汉先生女儿史佳整理的《牛汉生平与创作年表简编》，书前有像页、手迹，有《谈谈我这个人，以及我的诗》一文作为代序，这是1996年8月23日先生在日本前桥市第16届世界诗人大会开幕式上的一个发言，写得感人至深。我说：“2月份我和宗鄂来看您时没有说起诗选的出版。”先生说：“那时还没有样书。”那次与宗鄂看望先生，是2月6日的下午，谈话近四个小时。记得谈到曹禺的一本书，先生起身去找，未能找到。

## 10

《牛汉散文》（华夏出版社1999年1月版），小32开本，6个印张，收散文30篇，贾平凹主编，“中国当代散文精品文库·袖珍典藏本”之一。牛汉先生在此书的后记中写道：“诗，越写越似散文，而散文，又越写越像诗。扪心自省，这不是什么老朽昏聩，也并非有意遁入魔道，而是做人写作都努力地去接近自然和人性的美好境域，让生命不留一点一滴全部耗尽，让世界多一些诗意。”书的勒口处有作者照片和简介，简介中“1948年起发表文学作品”应为“1940年起发表文学作品”，是出版社编校之误。书中还收入了1996年先生为我的随笔集《摆脱虚伪》写的序言《疼痛的血印》，这个序言有六千余字，曾在《随笔》杂志发表过。

《童年的牧歌》（中国文联出版公司1998年5月版），“当代名家散文丛书”之一，收散文57篇。牛汉先生在此书的自序中写道：“第一次为自己的作品集写序。我最怕写序，因为必须得回顾和交代，还得写出点什么感悟。但是，既然是‘自序’，自己就能作主，不必有什么顾虑，可以自言自语地说说这几年写童年心灵活动的创作体验；尽管写不成完整的文章，却都是未经修饰的真实话语。”先生还在自序的结尾处对生养自己的土地说：“我永远不会向你们告别的。我今生今世感激你们对我的哺育和塑造。原谅我这个一生没有脱掉过汗味、土味、牲口味、血腥味的游子吧！我向你们垂下虔诚而沉重的头颅！”读了太让人感动，了解牛汉先生的人，都会深知这段话的分量。书的环衬深红色偏暗，字写上去看不清，先生就把签赠的话写在了封面的背后。书勒口上的作者简介中的“滹陀河”应为“滹沱河”，是编校之误，先生用钢笔改了过来。

这两本书在什么场合送我的，已记不清了。

## 11

1999年9月17日我与林莽、韩作荣、刘福春等人去天津参加一个诗人的作品研讨会后回到北京，中午到的《诗刊》编辑部，下午就去了牛汉先生家。晚上，史保嘉做东请大家吃饭，牛汉先生、林莽、甘铁生、袁家方、杨益平、刘福春和我都参加了。在去吃饭的途中，牛汉先生送我一本《散生漫笔》，并告诉我：“里面有一篇是写你的。”我打开一看，是1996年11月先生为我的随笔集《摆脱虚伪》写的序言，并用这篇文章的题目做了此书中一辑的题目：疼痛的血印。我还记得，那天的席间，牛汉先生聊起自己的时候说过："我这个人没心没肺，我的体温36度，37度就是发烧了。"我不止一次听他这样说过自己。

《散生漫笔》（北岳文艺出版社1999年1月版），散文集。牛汉先生在扉页上题写了："洪波弟存正"，弄得我诚惶诚恐。

## 12

《命运的档案》（武汉出版社2000年3月版），随笔集，此书系曾卓主编的"跋涉者文丛"第二辑之一。曾卓先生在《总序》中写道："这套文丛定名为'跋涉者'，是因为我们一直在人生的道路上跋涉，也是在文艺的领域里跋涉。"这本书的前半部分是书信，第一辑是1948年至1985年期间致胡风的信19封，致胡风、梅志的4封，致梅志的2封；第二辑是1944年至1999年期间至艾青、苏金伞、彭燕郊、邵燕祥等多人的书信17封。这些带有历史风霜的书信，弥足珍贵。书的后半部分是一些记忆文章，还有一辑是诗话。书的后面有一个附录《历史结出的果子》，是唐晓渡做的牛汉访谈录，很值得一读。这个访谈录曾发表在1996年10月号《诗刊》上。2000年4月3日，先生在自己存的样书扉页上题写了这样一段话："此书不是'文章'，是真正意义的档案；内容一半以上经过公安部审查，作为'罪证'影响了我一生的命运。因此，值得问世，让历史去检验我的品德与行迹，还我一个清白的形象。"

牛汉先生送给我这本书的日期是2000年6月15日。

## 13

《梦游人说诗》（华文出版社2001年1月版），此书是"诗人谈诗"丛书之一，收入牛汉先生谈诗的文章、书信、发言等12万多字，书的封底有先生的照片和一段手迹："对于诗创作来说，不论如何想象和幻想，写人世间从未有过的景象，都可写得真真切切，且其中绝无虚构的成分。这是因为每首诗都是诗人的生命体验的结晶，每个字都浸透了作者的真诚。”书中还收有给《大家》《绿风》等期刊题写的诗话，因此我想起一则先生的诗话，可惜没有收进来，那就是1996年宗仁发等人主编的《中国诗歌》（云南人民出版社1996年2月版）封底上牛汉先生的一段诗话（手迹），我曾问过仁发是不是从别处选来的，仁发说，是《中国诗歌》创刊前专门到牛汉先生家里请老先生写的。这段诗话是：“对诗来讲，一千年前的诗有的到现在仍觉得清新，而当今新出现的诗，有不少一诞生已苍老不堪。诗的新或旧，在我看，主要体现在审美意境与诗人的情操，以及对人生的感悟之中。最后，在这里呼吁一声，希望中国的诗人不断地开创新的境界，不惜流汗流血。”这段诗话写于1995年10月。

《梦游——20世纪牛汉诗全编》（韩文版），金龙云、金素贤译，收入牛汉先生诗作250多首，610多页的书，很厚实。有先生《诗与我相依为命一生》一文做序。牛汉先生在扉页上写道：“洪波存念。你常在延边，这本韩文版的诗选对你可能有些用处。编译得如此厚，是我一生最厚的一本诗，约占我已发表的诗的五分之三。真正的好诗很少。愧对历史。”2000年11月30日至12月4日，牛汉先生赴韩国釜山出席了由东亚大学石堂传统文化研究院主办的中国新诗的世界性与民族性研讨会。12月1日，《梦游——20世纪牛汉诗全编》（韩文版）在韩国出版。

得到这两本书的日期是：2001年4月11日。这时，我已经调至东北朝鲜民族教育出版社（延边教育出版社）工作，是专程到北京看望先生的。

## 14

《牛汉诗文补编》（作家出版社2000年12月版），这本书中的诗文，许多都是重新找到的，像失散的孩子。因为危难岁月、因为多舛的命途，还有许多是当年被抄走的，有的是找不到当年发表的报刊，等等原因。《牛汉诗文补编》中有一首长诗《血的河流》，写于1947年，断断续续用了一年时间。牛汉先生回忆："艰难的地下斗争，迫使我不停地奔波，诗一直藏在贴身的内衣里，从开封潜逃到阜阳，不久又流落到南京、上海等地，一有空便修修改改，是我一生中改动最多、原稿最难辨认的一首很难定稿的诗。"先生说，失落的四十年代的诗得有一百多首，刘福春帮助在旧报刊上找到了十多首，像《果树园》等。这些都是牛汉先生苦命的孩子，他们又回到了先生身边，真是不容易！

先生是2001年5月3日送我这本书的。

## 15

2002年5月20日，在牛汉先生家中。先生送我《牛汉短诗选》（银河出版社2001年11月版），中英文对照本，收入32首诗。先生还送他与邓九平主编的"思忆文丛"（经济日报出版社1998年9月版）一套3本，分别为《六月雪》《原上草》《荆棘路》，副题是"记忆中的反右派运动"，"思忆文丛"几个字是季羡林题写的。书中作者众多，文章均为"实录"，牛汉先生写的《重逢胡风》《重逢路翎》等文章也在其中。先生还特意用钢笔在三本书上注明顺序，分别写上1、2、3，每个符号外面都画了个圆圈。

## 16

2002年10月，韦锦做东，邀请牛汉、吴思敬、林莽、唐晓渡、刘福春和我等一些人在河北廊坊聚会，实际是给牛汉先生过生日。聚会的人里，有两个人我不认识，林莽介绍说，这个小伙子是诗人北野，正在鲁迅文学院学习，跟我一起来的。另一位女士是吴思敬老师带来的，刚到首师大中国诗歌研究中心的研究员，叫孙晓娅，是你们长春人，东北师大硕士毕业，刚在北师大读完王富仁的博士，博士论文写的牛汉先生。我问这篇博士论文有多少字？孙晓娅说大概有20多万字。我说是研究牛汉先生的论文，我给你出版一本书吧。当时我正在北方妇女儿童出版社工作，回到长春不久，晓娅寄来了书稿，我立刻申报选题，又找到东北师大的好友张治江给予帮助，在2003年3月出版了孙晓娅的这本《跋涉的梦游者——牛汉诗歌研究》。在出版这本书的期间，也就是2003年的2月，我有一本随笔集《诗歌练习册上的手记》出版了，寄牛汉先生请教，先生在回信时，另纸还谈了孙晓娅的书："谢谢你为孙晓娅所写的那本书稿找了一个出版的机会。这部书稿论述的是我的诗。我没有通读过，她的导师王富仁先生是位值得信赖的学者，他当然审读过……"先生还写道："孙晓娅人十分热诚，有上进心，我深信她经过一段时间的修炼与提高，会成长为一个坚实的学者。"

2003年7月12日与牛汉先生的一次聚会上，我请先生在晓娅的这本书上题写几句话，先生在书的前衬上写道："洪波，深深地谢谢你的诚挚的友情。"这是一本研究牛汉先生的书，所以我一直把它和先生的书放在一起。

## 17

《牛汉诗歌研究论集》（时代文艺出版社2005年8月版），这是吴思敬先生编的一部研究牛汉先生诗歌创作的文论合集，收入胡风、绿原、邵燕祥、谢冕、唐晓渡、吴思敬等众多诗人、诗评家的文章，近40万字，包括孙晓娅整理的《牛汉诗歌创作年表》。

吴思敬先生在此书的序言里写道："牛汉是丰富的，也是不可重复的。"还写道："牛汉研究将是新诗史研究的一个重要课题。"

这本书是我在时代文艺出版社工作期间策划出版的，由首都师范大学中国诗歌研究中心资助出版。因为是研究牛汉先生的文论集，所以也一直与牛汉先生的著作放在一个书架上。放在一起的还有《牛汉评传》（太白文艺出版社1993年10月版，作者刘珂），是牛汉先生随其他书送我的，忘记是什么时候送的了。

## 18

《空旷在远方——牛汉诗文精选》（时代文艺出版社2005年5月版），这是由我策划并在我工作的时代文艺出版社出版发行的一个诗文精选本。2004年5月25日，我与牛汉先生通过电话研究这本书的出版事宜，没过多久，稿子就寄过来了。先生在寄稿子的同时附信一封，他在信中说："25日上午8时半，我接完你的电话后，立即从橱柜顶上取下已'束之高阁'的那部诗文集稿。翻开一看，才明白文稿已编定，目录也有，我几乎淡忘了……"先生还另写一张纸条："本想写点编后记，马上写不好，过一阵子再补上。你替我写点也可以，以你的名义，放在后边。谈谈你对我的诗、文的整体看法。如何？"原以为先生高龄，整理稿子要费些时日，没想到组稿如此顺利，我当时很是开心。这本书的封面用了诗人丛小桦为牛汉先生拍摄的照片，请牛汉先生的儿子史果设计的封面。为了确保编校质量，请我们出版社资深编辑魏洪超做责任编辑。本书的扉页后面专门空出一页，上面只印着一行大字，是牛汉先生的一段话："谢天谢地，谢谢我的骨头，谢谢我的诗。"

牛汉先生对这本书的编校、印制还是很满意的，也有许多诗友对这本书很喜爱。看来，我们的工作没有白做。后来好像一个很有影响的文学奖评奖时，这本书还曾被终评提名。

## 19

《我仍在苦苦跋涉：牛汉自述》（生活·知识·新知三联书店2008年7月版）是一部口述历史。牛汉口述，何启志、李晋西编撰。在这本书里，牛汉先生回顾了自己坎坷丰富的一生，讲述了绵绵土里自己的童年、少年的流亡岁月、独特的大学生涯、出生入死的革命经历、因“胡风事件”的落难以及对朋友、文坛往事的回忆……这不是简单的回顾，它牵动着历史的一缕又一缕的丝线，灾难、悲痛、伤疤，生命的顽强，这是对痛苦的再次咀嚼。看得出，何启志、李晋西两位采访者也是下了很大气力的，他们对牛汉先生的敬重之情不言而喻。7月出版的书，我8月就得到了赠书，先生在扉页上题签的日期是：2008年8月17日。

这本书的前面有像页，先生的照片是宗强在1986年拍摄的，之后有两页先生的手迹，一页是《一生的困惑——一首难以定稿的诗》的手稿，一页是写在自存样书《命运的档案》扉页上的手迹，还有一页是先生的自画像，画于2001年11月。书后有何启志、李晋西各自所写的后记，有两个附录。附录一是牛汉先生女儿史佳的文章《父亲》、儿子史果的文章《咸宁五七干校杂记》，还有郗谭封的文章《牛汉，我的亲兄弟一般的朋友》和寿孝鹤的文章《一个被诗神看中的诚实的孩子——我心目中的牛汉》；附录二是史佳、李晋西整理的牛汉先生的《年谱》。在这部口述的尾声里，一位八十多岁的老人，发出了这样的声音：“从热血青年到热血老年，我仍在苦苦跋涉！”

## 20

《牛汉诗文集》（人民文学出版社2010年10月版），全5卷，诗歌两卷，散文三卷，精装本。由刘福春主编、现任《新文学史料》主编郭娟等人担任了责任编辑，牛汉先生是这本刊物的原主编及顾问。这套诗文集恐怕是目前所出版的牛汉先生文字量最大、收入诗文最多（还不能说全）的一套书了。所收诗文以写作日期排序，并都注明了作品最初的发表日期及报刊名称，有的还注明了改动情况。看得出，编者们下了很大的工夫、做了大量艰辛的工作。据福春兄讲，诗人邹进在出版方面给予了大力的支持。邹进是牛汉先生主持《中国》杂志时的同仁。教育部人文社会科学重点研究基地、首都师范大学中国诗歌研究中心还把这套书列为规划项目。这套书出版时，牛汉先生已是88岁高龄。11月29日，《牛汉诗文集》出版座谈会在清华大学举行，郑敏、屠岸、邵燕祥等老先生以及一些诗人、学者、出版家出席了会议，牛汉先生也出席了会议。我在长春给福春兄打了电话，他在会议期间请牛汉先生给我题签了这套书，并快递给我。书中还收录了牛汉先生为我的诗集《独旅》和随笔集《摆脱虚伪》所写的序言。

《牛汉诗文集》的出版，无疑是中国诗歌的一个重要事件，它对今后的牛汉诗文研究将起到极为重要的作用。

2013年12月，《牛汉诗文集》获第三届中国出版政府奖。

## 21

2013年9月21日，北京。一大早，我约上朋友丛小桦和李文彦从陶然桥出发，去牛汉先生家看望先生。

90岁的人了，谈话时间不能太长。我们说，牛汉先生听着。我给先生端茶喝，他抓我的手，明显没有从前那么有力，但目光依然有力。

先生说话有些不太清楚，有几句要史果来辨别。史果说，老爷子有书赠送你们。于是，先生题签，史果钤印。最后要给我题签，先生想了一会儿，问了我一句话，我没有听清，史果让先生再说一遍，史果说："问你的老伴儿叫什么名字，要一起写上。"先生点了点头，我大声说了名字，先生开始在书的扉页上写，手握不住笔，掉在了地上，我捡起来递上去，史果帮助握好，再写，终于写好，笔又掉在地上。我心里有些难受：先生真的老得没有力气了吗？

这本书就是《绵绵土》（天天出版社2013年4月版），散文集，"大师美文品读书系"之一。书中夹一枚书签，书签上印着从先生《绵绵土》一文里摘出的句子："我们那里把极细柔的沙土叫作绵绵土。绵绵，是我一生中觉得最温柔的一个词，词典里查不到，即使查到也不是我说的意思。"

合影，再说一些话，再喝一口茶，告别。先生坐在椅子上，笑着目送我们离开。

我怎么也不会想到，这竟是最后的谈话，最后的赠书，最后的合影。

一周之后的9月29日，我在河南的黄河诗会上。一大早，林莽兄和福春兄就来电话告知噩耗，几十年来教我做人、写诗的老师，我敬爱的牛汉先生辞世了。昨天，我还在发言中谈先生的人与诗呢，先生就这样走了吗？10月9日，我与众多的诗人一起，在八宝山与先生作了最后的告别。

在牛汉先生的遗作里，有一首题为《诗的身体》的诗，他写道："当我死去/我定回到我的诗里/我知道哪一首诗可深深地埋葬我。"还写道："有的诗是为别人挖的墓穴/作为我墓穴的诗有许多/我只能在一首诗里安息几天/再去另一首诗里/我变成了一只蝴蝶。"现在，坐在灯下整理这些著作、重温先生的诗、记下这些文字的时候，想念先生，有几句诗从我的心里流淌出来：

想先生了　打开他的诗集
到每一首诗里去找他
他每次都会和我说话
我的眼前和心里
到处都是飞来飞去的蝴蝶

一首一首地重温先生的诗
他一次一次地出现
笑着对我说：洪波
你可要好好写诗
要对得起诗

# 徐光耀的书

徐光耀先生是河北作家的领队，中国的大作家。

1983年我调入华北油田工作后不久，光耀老来油田辅导作者，还来油田参加过文学会议，我们就认识了。河北很多作家都被光耀老照耀过。而他的写作，又曾经照耀了文坛。忘不了他的长篇小说《平原烈火》，中篇小说《小兵张嘎》《四百生灵》《冷暖灾星》，还有众多的短篇小说。特别是《小兵张嘎》这部被搬上银幕的作品，对我们这一代人影响深远。

20世纪90年代初，我帮助河北省中学语文教学研究会编辑《听说读写》杂志，有一个作家谈写作的栏目，我请光耀老支持，他很快就寄来了稿子。刊物蓬荜生辉。

2013年的一天，我和诗兄刘小放通电话，谈到光耀老，小放说他老人家身体很好，年纪大了，写得少了。想起2005年有一条《徐光耀文集》出版的消息，小放说，你放心，我搞一套寄你。没多久，书寄来了，5卷本，第一卷的扉页上有光耀老的签赠，还有他的钤印。真是高兴！让我没想到的是，文集里还收入了许多诗，有旧体诗，也有自由诗。其中，有一首1943年冬天写的《雪夜行军》：

夜半冲风踏雪行，倒拖枝条扫行踪。

村头悄聚天欲晓，越墙窗下叫房东。

光耀老在诗后附了一段话："此小诗作于1943年夜行军路上，不太像诗，但却极真切地记录了当时情景，所以至今仍珍视之。"光耀老13岁就当了小八路，在冀中平原作战。这首小诗不但记载了雪中行军的艰苦，隐蔽行踪的机智，也写出了"越墙窗下叫房东"的军民关系。

还有，《昨夜西风凋碧树》，这是一段异样的历史、真实的历史，值得一读。这篇文章当年在《长城》上发表时我就读过，再读一遍，不忘历史。

20世纪90年代末我在《诗刊》帮忙工作的时候，有一次与高洪波、白冰去石家庄，还由刘小放、刘向东陪同到光耀老家中看望他。光耀老保持着军人的干练、不妥协，谈话幽默有趣。

《徐光耀日记》由河北教育出版社出版了，我赶紧给小放打电话（小放快成"交通员"了）。很快，一箱子书寄来了，10卷本，第一卷的扉页有光耀老的签赠和钤印。书的勒口上有这样几行字：

从1944年到1982年
从抗日战争到解放战争
从抗美援朝到整风反右
从十年"文革"到改革开放
是一个人的命运
也是国家民族的命运

小放说，这套书你们东北可能没几个人有，你耐心读，好好收藏着吧。这套书是列为《藏书报》新文学史料整理工程的，日记的整理是靳文章（闻章）等20多人干的活儿。在文章写的《前言》里他谈到39年的400万字日记，用了三个半月时间整理的。靳文章也是老朋友，辛苦了。

韩羽先生在序言中写道："徐光耀是硕果仅存的老革命干部，也是硕果仅存的老作家，忽又出现了硕果仅存的数百万言的日记（他还真能保密，以前从未听说过），三者集于一身，就时下来说，能不谓绝无仅有乎？"

这两套书，弥足珍贵。摆在书架上，堂堂正正。

# 郭小川的书

1995年11月底，我去辽宁盘锦参加了一个研讨会，会后与郭小川的儿子郭小林（当时在《中国作家》杂志当编辑）一同回到河北任丘华北油田，小林兄在我家住了一夜，次日又一同赶往天津静海团泊洼，到当年文化部五七干校旧址寻访，想找到郭小川当年的住处。因为团泊洼有我们华北油田的一所学校（华北石油学校），我曾有机会多次去那里，也曾想找到郭小川当年的住址，但是几年之间去过几次都没有找到。这次凑巧，遇到了一个当地人，他问明我们的来意后，就主动带我们寻找。小林兄后来又文章记载："经过热心的当地人指认，我们找到了我父亲当年住所的大致所在，现在它已成为废墟。"

团泊洼一行之后，我送小林兄回京，并专程到小林兄的母亲杜惠那里去看望老人家，那是1995年11月29日。杜惠老人好像正在整理旧物，小林兄说，老人家在准备写《延河恋歌》，回忆她与郭小川在延安的那一段日子。

也就是那天，我得到了几本书：

《郭小川诗选》上下册（人民文学出版社1985年2月版），两本书的书名页上都写着："张洪波同志存。杜惠赠于95.11.29.（小林陪同洪波同志来）"，还有《郭小川评传》（张恩和著，重庆出版社1993年9月版），扉页上写着："张洪波同志存。杜惠购赠"，同时写了蒲安里的住宅的房号、电话、邮编等。

1995年底，小林兄寄来了一本《郭小川家书集》（百花出版社，1988年2月版），这本书是“现代作家书简丛书”之一，收入了郭小川致妻子、女儿、儿子的书信174通，分别是1950年至1966年、1969年至1972年、1974年至1976年的几个时间段的书信。可惜的是书的校对不够认真，小林兄专门列出了“勘误表”，并贴在书的后面。

1996年2月，我收到小林兄签赠的《郭小川代表作》（李丽中编，河南人民出版社1986年8月版），书名页上写着：“挚友张洪波惠存，作家家属郭小林，1996年1月卅日”。这本书是“中国现当代著名作家文库”的一种。李丽中还撰写了很长的“前言”。小林兄还随信寄来了两张他收藏的邮票供我赏玩。

2001年1月，小林兄寄来《检讨书》——诗人郭小川在政治运动中的另类文字（中国工人出版社2001年1月版）。书的前言是郭小川的女儿郭晓惠（也是此书的编者）写的，她是这样评价父亲的检讨书的：“一个诗人，他的创作生命只有一半投入了文学创造，而另一半生命，却在痛苦的心境下写就了如许众多的这种文字。而且在停止文学创作，并开始转入这种‘写作’之时，正是他的个人风格逐渐形成，思想与题材的准备日趋成熟，正要进入创作的巅峰期。我们在痛惜他的文学生涯夭折的同时，不得不承认，这些文字，与他美丽浪漫的诗歌一样，也是属于他的，是他在特殊处境中写下的另一种文字。”

2009年9月，郭小川纪念文集和郭小川画传由作家出版社出版，书名均为《一个人和一个时代》，纪念文集是郭小林编著的，画传是郭晓惠编著的。小林兄的《对床夜语》和《凭吊团泊洼》等文章也收在纪念文集中。我觉得，这两本书对郭小川的研究者们也是很重要的。这些资料翔实、客观，很少杂质。

郭小川诞辰100周年那年，恰好我与好友宗仁发去团泊洼参加一个文学活动，一靠近独流减河，就想起多年前的那些诗，《团泊洼的秋天》《秋歌》，想起一个人和一个时代。

秋风像一把柔韧的梳子，梳理着静静的团泊洼
秋光如同发亮的汗珠，飘飘扬扬地在平滩上挥洒。
……

# 浩然的《苍生》

《苍生》（北京十月文艺出版社，1988年3月版），这是浩然的一部长篇小说，1988年5月赠我的。这部小说后来被拍成了电视剧。

我们这一代人，小时候大多读过《艳阳天》《金光大道》等，那个时候其他可读的文学作品也少。1983年我调到华北油田（河北任丘）工作后，经常搞些文学活动，也曾请浩然先生来油田讲座、辅导业余作者。浩然先生给我的印象是谦和、慈善、淳朴，对群众好。有一次从三河接他来任丘，途中在一个路边小饭店打尖，饭店老板听大家称他浩然老师，就问，是写《艳阳天》《金光大道》的作家浩然吗？确定后，这位老板称读过浩然的书，要请浩然给签个名留做纪念，小店难得能有这样的大作家来。可是一时找不到纸，情急中就把糊墙的纸撕下来一块，浩然先生也不介意，很认真地在上面签了名。

浩然，原名梁金广，1932年出生，冀东人。1949年开始写作，一生在写农村生活。多卷本《艳阳天》是当时历史条件下的产物，几乎家喻户晓。评论家雷达认为，《艳阳天》是“十七年文学”的幕终之曲。雷达还说：“浩然无疑是当代文学史上一位曾经拥有广大读者的重要作家。同时，因其经历的特别，又是当代文学崎岖道路上汇聚了诸多历史痛苦负担和文学自身矛盾的作家。”

1988年11月，我请浩然先生为油田办的文学刊物题词，他写道：

文学的入门和攀登，主要靠生活实践和艺术实践这两条腿，长期地、一步一个脚印地走下去。

写给《石油神》的作者同志

浩　然

一九八八年十一月十九日三河

2008年2月20日凌晨，作家浩然病逝，享年76岁。

# 李瑛的书

李瑛老师已经驾鹤西去，他的著作还在人间。

我最早和李瑛老师有通信联系，还是20世纪70年代末，那时我还在家乡一个小县城里。后来调到华北油田工作，家乡的朋友张罗出诗集，我也弄了一本很小的册子（64开本），每首诗不超过10行。李瑛老师对应那些“微诗”写了一篇很短的序言：

站在我们和世界之间的是这样一本有生命的书——书里有新月、有风、有寻找回来的童心……

诗是小的，而世界是大的，作者的情思是真的。

从其中的每一行诗来感受生活的脉搏，从跳动的生活里来认识它存在的意义和价值吧。

1985.7.于北京

早在1983年我就得到过《李瑛抒情诗选》，是人民文学出版社出版的，是李瑛老师从事创作40年时，从他已经出版的20多本诗集中选出来的，包括《黎明前的召唤》《海防晨号》《边塞篝火》《红花满山》等等。书后附录了1963年张光年（光未然）为李瑛老师《红柳集》写的序言，还有李瑛老师的自序，也就是这篇自序让我知道了李瑛老师的故乡是河北丰润，而他却出生在辽宁锦州，当时他的父亲是铁路职工，经常调动工作于天津至沈阳的铁路沿线，李瑛老师的幼年记忆就是那一个个三等小站、铁路工房和寂寞的号志灯。这个自序，实际上是一个人生简历。

从1996年起，李瑛老师有新著出版都会寄赠给我。

《生命是一片叶子》（解放军出版社1995年6月版），李瑛老师寄赠书时附短信一页：

张洪波同志：

《穿越新生界》收到了。谢谢！

寄你一本刚刚出版的小书，是我学诗50年的近作，盼听到你的意见。

新春到了，向你祝福！

李瑛

1996.2.10.

近期邮件时有丢失，此书收到后请简复，以释念。

这是李瑛老师出版的第42本书，是从1992年至1994年在各报刊发表过的诗作中选出的110首诗。书后还附有一个长长的《李瑛著作书目》。

2001年5月，李瑛老师寄来了两本书，诗集《倾诉》和《李瑛近作选》，前一本是作家出版社出版的，后一本是人民文学出版社出版的，也附了一封短信。《倾诉》附录一个作者小传：

李瑛，河北丰润县人。1926年12月8日生于辽宁锦州。1945年考入北京大学文学院中文系，边读书边从事进步学生运动，并加入共产党。1949年毕业，随军南下任记者。1950年调解放军总部工作，先后任秘书、文艺刊物编辑组组长、总编辑、出版社社长、总政文化部副部长、部长……

2003年3月上旬，我的随笔集《诗歌练习册上的手记》出版，给李瑛老师寄了一本请教。李瑛老师回赠诗集两本，一本是中国文联晚霞文库《远方》，这是一部新作选，收入诗作166首，是几年间他深入甘肃、西藏、云南、新疆、青海、广西等地的所见所感。作为中国文联副主席，他一定非常忙碌。但是，我们仍能不断地读到他发表在报刊上的新作，也会隔一段时间就读到他的新书。李瑛老师在不断地探索、不停地写作。表现手法也在尝试新的突破，使作品更具魅力。另一本是一个绿色封面的小册子《日本之旅》，这是日本（株）德间交流公司印制的，1990年7月30日版。李瑛老师写来了一封长信（这之前他寄赠著作都是随寄一张便条似的短信）：

洪波同志：

寄我的《诗歌练习册上的手记》收到了，并用一天时间全部读完。（有白内障，视力不好，还是看完了。）因为每篇大体都很短，且写得极为亲切质朴，写出了许多创作实践中的真切感受；写了许多人，许多事，许多体会，许多顿悟；比读有些长篇难解的理论文章有趣得多。我很久没有用集中时间读完一本书并引起我一些思考了。这本书还有一个很好的地方，就是有理论观点，又有创作实际，两者结合起来，读得通俗，易为人理解，却又深刻，常发人思索。这本书虽是创作中的片段手记，却多方面地触及了诗歌创作中的种种问题，对学写诗、关心诗歌的人都是很好的读物。

其中还有一则写到我们之间的交往，现在看来我写给你微型诗的小序，写得是不够的，过于微型了。感谢你还保留了它。去年《诗选刊》选发了我的《鲁迅》组诗，也是在你的主持下发用的，否则，不会有人读到，即使读到也会抛弃。（这组诗被国外译载了，国内有的选本也选载了它。）

这里寄你两本小书，都是旧作。《日本之旅》是我首次访日后写的一些短诗，在北京六家报刊发表后，被东京的日本友人井上靖、德间康快等先生看到，搜集起来印出的，全用中文，印数极少，非卖品，是送我的礼物。现送你一册，请存念，并教正。

“文革”十年，身心俱损。留下了一个手抖的毛病，是长期刺激导致的后遗症。虽然多次住院，名医会诊，均无法治愈，现在我也不治了。手抖，写字难看，也很少写字了。

匆匆遥祝

笔健！

李瑛

2003年3月9日

这封信后来发表于《诗林》双月刊2003年第2期。

2004年1月，李瑛老师的诗集《出发》由华文出版社出版，3月寄来了赠书。这部诗集是一年前非典时期，不能会客、不能外出，闷在家里把自2000年5月编定《倾诉》之后的一些未收入集子的诗整理起来的，130首，因为篇幅，几首长诗没有收入。诗集后面有一篇访谈录，访谈者是张大为。

2006年1月，李瑛老师寄来了两本书，《野豆荚集》和《中国当代名诗人选集·李瑛卷》。前者由长征出版社于2005年10月出版，诗集包括94首短诗、2个组诗——《刘胡兰》与《生命颂歌》，以及3首长诗——《11朵红玫瑰》《2003·北京：从春天到夏天》《永远的颂歌》；后者是多年诗作的选本，包括了《我骄傲，我是一棵树》等，其中许多诗以前都读过，有的诗印象深刻，如《藏刀》《羚羊》《母亲的遗像》等。

李瑛老师已经离我们远去，他军人和诗人的身姿仍然在远方行进，让我们再一次读他那些感人的诗吧！

# 圣野的书

20世纪80年代末，我开始写儿童诗，有的诗寄给了上海的《小朋友》，这是一家老牌儿童刊物，1922年由上海中华书局创办，主编黎锦晖，潘汉年、王人路都曾在那里当过编辑。1937年因全面抗战休刊，1945年在重庆复刊，后迁回上海，陈伯吹主编，1958年1月起，圣野先生主持《小朋友》编辑工作，1966年停刊，1977年5月起，圣野先生负责筹备复刊工作，第二年复刊。上海是中国儿童文学的重地，《小朋友》是儿童期刊的老爷爷。圣野先生编发了我写的诗，还把那诗收入《小朋友》70年（1922——1992）作品选本《长长的列车》。

我的儿童诗集《野果》出版时，请圣野先生作序，圣野先生不但写了序言，还在《文艺报》上发表，对我有很大的鼓舞。书出版后我寄赠圣野先生，他回赠《诗的美学自由谈》（华东师范大学出版社1991年12月版），是一部诗论，诗的建筑美、音乐美、意境美、质朴美、想象美、语言美、抒情美、哲理美都谈到了，很精当。

1998年我被借调在《诗刊》的时候，圣野先生寄来了他的诗集《芝麻篇》，收入微型诗800首，老诗人真是笔耕不辍啊！圣野先生在《芝麻篇》后记中写道："由于职业的关系，我一辈子都在编辑岗位上和小小孩们交朋友，我写了很多的儿童微型诗，这是飘落在我心上的一些小小的雪花。抒写的过程，也是我返老还童的过程，把自己的心灵也净化了。”说得多好啊！

1998年8月圣野先生寄来他的新书《春天的乐章》（花山文艺出版社1998年3月版）。这是“中国儿童文学名家精品文库”之一，这套书包括了叶圣陶、冰心、巴金、张天翼、严文井、金近、圣野等数十位名家的作品精粹，都是在中国儿童文学史上有影响的文学作品，圣野先生的这一本是诗集，还附了一封信（圣野先生的信大多用小字写在小纸上）：

张洪波同志，近来好！

上教社将在上海市少儿图书馆举办签名售书活动，届时我的诗歌集《小雪人的红鼻子》将参加这一活动，这本书的出法比较特别，除有精美插图外，在每首诗的另一边还有一段诗的散步，以揭示诗的秘密，这是上海教育出版社的十种文艺创作小丛书的一种，列入这套书的还有秦文君、任溶溶等著名作家的书。

海南出版社最近已出了太阳梦儿童诗丛三种，其中有我的《快活的小矮人》、金波的《红雨伞》、李华的《太阳梦》。

前不久，我到家乡金华参加全国儿童文学讲习班，一位黑龙江学员听了我谈全国儿童诗社的发展态势，非常兴奋，已约我主编一部世界华文地区儿童诗社的作品选，初步预计50万字，金华环城小学鲁兵诗社的小朋友又写出一大批可喜的新作，我感觉到一个诗的春天已向我健步地走来。

我写游击队的《战友情》9月可寄你请教。

圣野

1998.8.28.

1998年底，我调回家乡工作，圣野先生写来一信——

张洪波先生：

忽然又回延吉故乡了，你的经历，有一点传奇性。

在粉碎“四人帮”前夕，我曾经在长白山下安图县度过一年，也到延吉访问过，那时是跟团慰问下乡的知青。

你要的《小青蛙报》日内会给你要来寄上，忘了给作者寄样报是常有的事，现在的工作人员，已不那么尽职了。

诗，会给你寄去，还有新出版的《儿童诗》（耕耘号）。最近我和黄亦波去浙江跑了十天，带回了一串喜讯，我们已找到更多的读者。

我在98年出了五本诗集，选编了四种和诗有关的选本（已出），想要在《诗刊》发个消息，却是难上难的，不发消息又怎样呢？诗，还活着。看了最近几期的《诗刊》已充实得多了，上面有你设计的活泼的版面。

你要我寄的诗，当于近一周内寄出，回来，还有一堆事要做。

我忽然想起你写的《野果》，和故乡有关，但读的时候，并不知道《野果》的故乡。

年轻人，你又回家了，这是一种难得的福分，我也在盼望着这一天。

祝你新年好！

圣野

1998.12.29

1999年8月，圣野先生寄来了他刚刚出版的儿童诗集《跨世纪的问候》（黑龙江少年儿童出版社1999年7月版），1996年10月金波先生祝贺圣野作品研讨会召开时的一些话被作为“代序”放在诗集的前面，金波先生称赞圣野先生：“永远怀着一个诗人的梦想，这梦想显示了他的诗美境界，显示了他的人格境界，二者的融合，正是圣野诗歌的艺术魅力。”

我到长春工作后的2005年1月，圣野先生又从上海寄来了他的新著，儿童诗集《稻花香里忆童年》（中国文联出版社2004年11月版），金波先生作序，序言的题目是：《重返童心的家园》。

圣野先生的原名是周大康，1922年2月生于浙江，中华人民共和国成立前就编儿童诗、写儿童诗，中华人民共和国成立后，长期主持《小朋友》编务工作，耄耋诗翁，是小朋友们的好朋友。

这些年我与圣野先生联系得比较少了，主要是考虑他已经高龄，不忍心随意打扰他，但心里面一直惦记着先生。

# 王洪涛的书

1984年是我从吉林调到华北油田工作的第2个年头，华北油田地处河北省，下一年是油田开发10周年，10年间，许多文人曾来油田采风，其中诗人居多，光未然、张志民、李瑛、邵燕祥等人都曾来过，并写过有关油田的诗。河北的作家更是多次来油田，不但写作品，还要辅导油田业余作者的文学创作。

油田开发10周年，要出一套文学丛书作为纪念。其中，《华北石油诗选》的编选工作落在了我的头上。我给来过油田的河北诗人王洪涛老师写信，希望他有作品支持这本书。那时，他好像还在大型文学期刊《长城》工作。1984年5月初发的信，中旬收到了洪涛老师的回信并寄来他的诗集《山情水韵》。洪涛老师的信是这样的：

洪波同志：

你好！

信收到。可惜，我写石油的诗，全都乏味，根本不能叫诗，最好别选我了。为了表示支持，寄上诗集一册，其中写华北油田的，仅作点参考吧。

忙的要命，再见！

握手！

洪涛　5.15

尽管洪涛老师那样谦虚，还是选了他的7首写油田的诗。记得除在他寄来的诗集中选了诗外，我还在1985年创刊号《山野文学》上选了他的一首《油歌》。

1985年上半年，洪涛老师还在大型文学刊物《长城》，在青年专号上编发过我的《幼林抒情诗》，我们也经常有信件来往。后来我到省作协帮忙，同时协助出版社戴砚田老师创办《诗神》，和洪涛老师就能经常见面了。此时，他已经在《小荷》（即《河北文学》）主持工作了。

1988年底，洪涛老师寄来了他新出版的诗集《回太行》（中国文联出版公司）。这部诗集由“回太行”“解冻的路上”“油龙放歌”3辑诗组成，诗集小32开本，3个印张的厚度，很适合携带阅读，而今天的诗集大都厚、开本大，不太适合携带。1989年12月，洪涛老师又寄来与《回太行》同样大小薄厚的诗集《海魂》（花山文艺出版社）。他编务繁忙，却始终挤时间创作。

我们经常会有书信，我也会经常去石家庄看他。那时河北省作协在石家庄市的市庄路2号，斜对面有地区第2招待所，就近吃住都很方便，有时洪涛老师也会抽出时间来招待所与我聊天。

洪涛老师是山东冠县王田村人，1937年7月（“七七事变”前4天）出生。这个鲁西北的农家孩子经受过饥饿和战乱。听他讲，他的小学是断断续续读的，读中师的时候曾一度退学当煤矿工人挣学费再去师范学院读书。洪涛老师在山东聊城上初二的时候就发表诗作了，那是1956年3月，想想，那时我还没出生呢。

1993年10月，洪涛老师寄来了《王洪涛诗选》。这可能是他页码最多的诗集了，450多页。诗作跨越1956年至1991年的30多个年头，其中包括《莉莉》这样的早期作品，也有大量记载自己旅迹的诗作，特别感到亲切的是那些写我家乡的诗，如《松花江》《长白山》《牛皮杜鹃》《图们江大桥》等等。

我从河北省调回吉林省工作后，很长一段时间没有安顿好，也疏于和河北的朋友们联系。2001年的一天，突然在2月号《诗刊》上看到一条消息："原河北省作协主席团委员、《当代人》杂志主编、文艺理论研究室编审、诗人王洪涛因病医治无效，于2000年12月3日在石家庄逝世，享年63岁……"

洪涛老师63岁就走了，他的人品，他对年轻人的爱护，他的诗，他追求真理的性格，是我们永远怀念着的。

# 雷霆的三本书

雷霆老师2012年12月9日就离世了，但他的书我一直保存着。

一本是1998年6月他赠给我的诗集《沉思与放歌》（中国文学出版社，1995年3月版），当时我被借调到《诗刊》工作，我在二编室编刊中刊《中国新诗选刊》，他在一编室编作品。他在诗集的扉页上写道："洪波（张）诗友指正。雷霆98.6.8."当时高洪波任《诗刊》主编，为了区别，他在我名字后面加了括号，括号里面写了个张字，以强调这是送给张（洪波）的。

雷霆老师出生于干部家庭，父亲是烈士，母亲在中华人民共和国成立后担任过济南市委副秘书长、人大常委会副主任等职。在这本诗集中，有一首写母亲的诗《母亲病床前》，写得感人，结尾处写道："输液的点滴声如计时沙漏，/你抓住我的手平静地睡去，/让我想起很久很久以前，/吹熄了如豆的油灯，/我只有抓住你的手才能睡熟。"

另两本书是雷霆老师去世后，他的夫人张力寄来的，雷霆诗文集《沉钟悠远》，分上下卷两部，作家出版社2014年4月出版的。唐晓渡题写的书名。

我第一次见到雷霆老师还是20世纪80年代，在石家庄，他身着皮夹克、皮裤皮靴，蓄着小胡子，笔挺干练，非常帅气。刘小放等一些朋友介绍说，他是新时期北京较早骑摩托那伙人之一。我到《诗刊》第二周的星期二，雷霆老师来上班，见到我就紧紧抓住我的手问好，那手劲儿很大，然后掏香烟，问我家里情况，问我石油上的作者都认识谁，认不认识胜利油田的韦锦，认不认识丁庆友？等等。他是那样的亲切。我们从此越混越熟，无话不谈。有一天，雷霆老师对我说：“我看东北地区的稿子，你是东北人，对那边作者熟，有空就帮我看看稿子。”我知道，他这是对我的信任。能让雷霆老师这样信任是一种荣幸。

有一次我们聊起睡觉打呼噜，他说，打呼噜有啥可怕的？公开的，没有隐藏的，不打呼噜连睡觉都在琢磨人的人才可怕呢！雷霆老师是个坦荡的人，说话总有一种力量，正直大气。

雷霆老师爱好广泛，书法、绘画、篆刻都要鼓捣一下。我至今还保留着他送我的水墨小品，保留着他画的鱼和牛。

雷霆老师为人真诚坦荡，快人快语。他工作经验丰富，有职业编辑的好眼力，他发现并扶持了许多青年诗人。我们曾多次一起出去参加会议，山东、天津、江苏、河北……我愿意听他的发言，没有顾忌，一语中的，用现在流行的词就是“给力”。雷霆老师在具体的编辑业务上、在我的生活上，都给予过帮助。我离开《诗刊》要调回东北故乡工作的时候，雷霆老师叮嘱我：“到什么年龄干什么事儿，那才叫人生的劳逸结合。”还告诉我，他有个愿望，就是将来老了的时候能买块地，给自己盖个房子。他复印了一张设计图给我，希望我也能有这样一个房子。他还强调，这个图纸他用了很多的工夫，很细致了，照它干就可以了。这张图纸我现在还保存着呢。

雷霆老师去世后，在我主持的《诗选刊》下半月刊上，我们为雷霆老师做了27个页码的纪念小辑，作为2013年第2期头条稿。那几天编校稿子，我眼含泪水，心难平静。唐晓渡兄撰写的挽联说出了我心中的雷霆老师：

一身傲骨处处是主人怀良知直行三界

两行清墨生生为挚友养正气自现雷声

雷霆老师1937年2月14日出生于山东济南，去世时75岁。他是我敬重的老师和大哥，是许多诗人的好朋友。如今在灯下静静地读他的诗文，仿佛远方真的有雷声传来。

雷霆！

我还要听你沉思后的放歌……

而你却像从远天滚滚而至、又向远天滚滚而去的，沉宏的雷声，沉入不知何在的幽冥

——邵燕祥《送别雷霆》

# 《叶橹文集》

《叶橹文集》（凤凰出版社2014年7月版）出版后，2015年7月25日，扬州开了一个座谈会，我从东北赶过去参加了会议。子川从南京赶过去，袁中岳从山东赶过去……当然，适逢叶橹先生80岁（虚岁）生日，也是去为他祝寿。

《叶橹文集》由诗论卷、诗评卷、随笔卷三卷本组成，是叶橹先生几十年来的结集。从1956年5月号《人民文学》发表的《关于抒情诗》一文开始，至今日，叶橹先生对中国新诗发展所做出的贡献是不可磨灭的。

叶橹先生高邮师范时的学生翟明在《莫老师的诗性人生》（《叶橹文集》序言，叶橹先生原名莫绍裘）中写道："我们进校前，学校负责人朱超在武汉开会，听人说当年武大有个学生叫叶橹，极富才华，可能流落在江苏高邮。朱超回到高邮后到处打听叶橹，据说，找到他时，他正拉着煤车，给人家送煤球呢。"

1957年叶橹先生毕业于武汉大学中文系，师从程千帆教授，一个才华横溢的大学生，一个有着清醒头脑而勤于思考的人，他也难免那段历史、难免经受磨难。他被打成右派，被判刑，在湖北阳新硫铁矿劳动改造三年，1962年刑满后在黄岗农场就业三年，1965年又到黄石石料厂，1966年5月被遣返南京，在街道工厂拖板车做杂工三年多，1969年下放淮阴灌南，1971年迁入高邮汉留。1980年复出，到高邮师范教书，1986

年调入扬州师院任教授。我曾两次去过高邮汉留镇，当年叶橹先生和母亲居住过的房舍已经是低矮的农田，那个村名不太好记，叫“爱联太家峁”。我努力地要把它记住，是为了记住那一段历史。

我与叶橹先生最初的交往，是他为花城出版社选析《现代哲理诗》（花城袖珍诗丛）的时候。那还是20世纪80年代的事情，叶橹先生选了我的一首小诗，还做了评点。

1989年，我的诗集《独旅》出版。下半年，《河北日报》文艺部的朋友桑献凯拟在“布谷”文艺副刊发一篇评论我诗歌创作的文章，让我自己选择评论家，但有字数限制，以3000字为佳。我请叶橹先生写这篇文章并告知了报纸的要求，叶橹先生很快就寄来了稿子，不多不少，正正好好3000字，题目是《沉入与提升》，发表在1989年11月9日的《河北日报》“布谷”文艺副刊上。

这些年，子川兄常把我约去江苏参加文学活动，每次在会上都能见到叶橹先生，有的时候还会专程去扬州看望叶橹先生。叶橹先生喜欢酒，酒在他的生活当中占有重要的位置。我知道，叶橹先生三杯下肚，虽然不一定忧烦尽消，但思想和现实有了距离，舒泰一些并物我两忘，这是多年来酿成的境界。人间多少祸福相依，有了酒，就有了自我调谐。我非常佩服叶橹先生的“酒道”，那是他对酒，也是对人生命运的独特领悟。

《叶橹文集》还证实了20世纪50年代以来，尤其是80年代以来，叶橹先生对中国诗歌理论建设的重要贡献，对中国诗人的重要引导。比如他对闻捷、郭小川的赞许与批评，他对艾青、公刘、邵燕祥、牛汉、洛夫、昌耀、舒婷等诗人的评论，以及后来他为很多年轻诗人撰写的评论，都中肯可靠、清晰无浑浊物。

叶橹先生1936年出生于南京，已是高龄，他身边仍有许多诚挚的青年人，有诗有酒有朋友，祝叶橹先生开心，祝叶橹先生健康。

# 旭宇的书

我这里有旭宇先生的两本诗集，《醒来的歌声》，河北人民出版社1981年6月出版，小32开本，印数5550册，定价0.33元；《春鼓》，天津百花文艺出版社1983年4月出版，小32开本，印数4780册，定价0.31元。作者1985年5月寄赠并附短信一封，信是用行书写在八行笺上的：

洪波同志：

寄上拙作二册，请批评。你在追求，在突破，可以期待来日的丰收。希望早日看到你的集子。握手。

旭宇五月廿八日

《醒来的歌声》和《春鼓》还不是旭宇先生最早的诗集，1973年出版的《军垦新曲》（与人合作）应该是他比较早的诗集。旭宇先生的诗大多短小、洗练，构思精巧，意象鲜明，思想感情浓重。《河北文学通史》这样评价他：“浓烈的诗情和独特的概括力与想象力，加之与其相应的自由活泼的表现形式，凝练干净的语言，以及隽永秀丽而又不乏清刚的格调，便构成了旭宇的诗独特而鲜明的艺术风格。”这个评价是基于《醒来的歌声》和《春鼓》这两部诗集的，可见这两部诗集也是旭宇先生诗歌创作的重要著作。

还是我从东北工作调动到冀中的第三个年头，这一年我在石家庄河北省文学院学习，住在省文联大楼刘小放办公室里，《诗神》在花山文艺出版社创刊，主编戴砚田，我是特约编辑，负责日常稿件处理和版式设计。这一年我结识了旭宇先生，他当时好像是在河北省文联民间文学研究会工作，在办一本发行量很大的民间文学杂志。后来，《诗神》转移到省文联，旭宇先生出任主编，我们联系的就更多了。记得旭宇先生当主编的时候还聘我为《诗神》刊授学院的辅导老师，带了50多个学员。

后来，旭宇先生又寄来他书写的《宋词行书字帖》（中国和平出版社1993年10月版），我当时在甘南草原摔伤了，险些瘫痪。旭宇老师在寄书的同时写来一信：

洪波：

闻到你受伤的消息感到撼动，真没想到你会摔伤。既然已经这样，就要想得开，安心休养，经过两个夏天会得到恢复的。家中有什么事情或需要什么药，请说，我会想法帮助的。另外，我的书法在日本很受欢迎，明年日本将为我出一册作品集，你如果在看病或其他方面需要书法作品时，只管说。祝早日康复。

旭宇

同时寄了一幅4尺对开行书竖幅："神女应无恙，当惊世界殊。"我一直珍藏着。

旭宇老师曾任河北省书法家协会主席、中国书法家协会副主席等。他在书法领域名气很大，是大书法家。我手上还有他早期的书法作品。2014年3月，"南川北马关东张——中国诗人书法三人展"在河北文学馆展出，旭宇先生还为我们题写了展名并亲临现场致辞、点评，大家都很受启发。我与子川、马新朝还专程到旭宇先生家去拜访，言谈很长时间，受益匪浅。那天，旭宇老师赠书《节录小窗幽记》《千字文》（河北社会科学院书法文化研究中心编，2010年7月版）。其中，《千字文》是楷书，后面附有旭宇老师的《今楷论纲》一文。又赠河北省博物馆藏《旭宇捐赠书法作品集》（河北美术出版社，2009年9月版），集书法作品19件，旭宇常用印印鉴33方。河北省博物馆馆长谷同伟先生在序言中写道："对于能够永久收藏旭宇先生的作品，我们深感荣幸，愿借出版这本作品集的机会，郑重表达我们崇高的敬意。"旭宇老师在"后记"中写道："于天道常存敬畏，于人世不忘感恩，于自我应当知足。警训自己，不敢比于前贤，但常想无愧我心，足矣。"还赠一个64开本的小书《旭宇书论短简》（河北社会科学院、河北省书法文化研究中心选编，河北教育出版社，2013年11月版）。这些书论，充满哲思，虽都是节选短章，但仍能读出旭宇老师的真知灼见。

旭宇老师还是一位收藏家。2011年，河北的诗友郁葱给国内大江南北的诗人朋友发函，并寄图片，请大家为旭宇老师收藏的50方清供石分别配诗，最后出版《江山多娇》一书（河北美术出版社，2011年8月版）。我也有幸为其中一方石写了一首诗，配诗的这些诗人们，都是熟悉旭宇老师的好友。

还有一本书《中国书法的千年转身——旭宇今楷初探》（郗吉堂著，河北教育出版社，2011年12月版），记不清是在旭宇老师家送我的还是后来寄赠的了。

2012年，我主持《诗选刊》下半月刊时，要在"艺术馆"栏目里介绍旭宇老师的藏石，编发了郁葱的文章《对自然的守望与仰望》和刘小放为《江山多娇》一书写的序言《旭宇的大雅美石》，还选发了高洪波、梁平、张学梦等人为旭宇藏石配写的诗。旭宇老师寄来了一份《北京晨报》，有两个通版是介绍旭宇老师的，通栏大标题是《让心中的太阳照耀艺术的天空》。他还寄来一本书《旭宇艺术随谈》（河北教育出版社，2009年8月版），这些都为后来在《诗选刊》下半月刊做旭宇老师的人物专题准备了资料。

2019年8月16日上午，诗友郁葱陪我去拜访旭宇老师，旭宇老师说自己已经81岁了。他仍腰板挺直，十分健谈。他看着我说：“瞧，你的白头发比我的还多呢。”谈老庄、谈以往，去之前旭宇老师已经为我写好了一幅字，韦应物的诗。再赠书——

《老子与书画》（山东画报出版社，2019年5月版）

《寄给历史的书札》（河北美术出版社，2018年1月版）

《旭宇传》（蔡子谔著，河北美术出版社，2017年2月版）

《白阳书稼轩词16首》（河北教育出版社，2015年12月版），白阳，是旭宇老师的号。题签这部书的时候，我和郁葱在一旁说话，可能干扰了旭宇老师，他把我的名字误写成了“高洪波”，旭宇老师要换一本，我说不要换了，加几个字即可。于是这个题签就成了“高洪波之弟小波弟惠鉴笑正之”。

旭宇老师对我来说，既是大诗兄，又是老师。无论是诗歌，还是书法，他都给予我很多的鼓励和指导。对于更年轻的人来说，他是一位阳光老人，光彩、温暖。

# 赵本夫的四本书

小说家赵本夫作品很多，我这里只有他的四本书，三本小说，一本散文，均为2012年7月和10月赠我的。

三本小说即是“地母三部曲”的《黑蚂蚁蓝眼睛》（人民文学出版社，2009年1月版）、《天地月亮地》（人民文学出版社，2009年1月版）、《无土时代》（人民文学出版社，2008年1月版）这三部长篇小说。

《黑蚂蚁蓝眼睛》讲述了老石匠后人柴姑由少女到老年，与其儿女们在黄河故道开垦土地的人与自然的动人故事。

《天地月亮地》讲述的是柴姑已成百岁太奶奶，大瓦屋家族走向衰落，子孙命运已成小说主线。

《无土时代》是“地母三部曲”的最后一部。这部作品曾获“《当代》杂志长篇小说奖”，据说七个评委有六人投票给了这部小说，绝对多数啊。一次，在北京召开的《无土时代》作品研讨会上，与会专家学者充分肯定了小说的现实主义意义，认为《无土时代》是我国长篇小说创作的一个重要收获。有报道说，从1997年到2007年，他多次构思打磨这部作品，期间甚至把已经写好的20万字作毁！这是一个好作家的认真和倔强。

《到远方去》（作家出版社，2011年8月版），八卷本赵本夫选集之散文卷。全书由“人生旅途”“寻找与坚守”上下两卷组成，前一部分中的两篇长一些的散文给我留下了深刻的印象：一篇是《碎瓦》，一篇是《到远方去》。这两篇散文如果只当成写家事和个人经历的文字去读可能就错了，时代的记忆，那些无法抹去的是什么？

前些年与本夫兄一同参加中国作协组织的“行走长江看水利”采风活动，在一起生活了多日，聊得投缘，他是那次采风团的副团长。那之后，他还来过吉林，我陪他到吉林东部走了走，一路下来相互有了更深入的了解。

本夫兄的短篇小说《天下无贼》在1998年5月号《作家》杂志发表后，被冯小刚改编成电影，扩大了受众面儿，几乎无人不知了。一个好的短篇小说，成全了一部电影。我想，如果由本夫兄亲自来改编，也许会更好。本夫兄也体验过编剧工作，他曾任编剧的电视剧有：《走出蓝水河》《青花》《飞花如蝶》等。

本夫兄1947年出生于江苏丰县赵集古村，1967年高中毕业后回村务农。1981年发表处女作《卖驴》，获当年全国优秀短篇小说奖。1985年调入江苏作协，曾任大型文学期刊《钟山》的主编、江苏省作家协会专职副主席。

# 罗继仁的书

我最初和罗继仁老师有联系，还是他在沈阳市文联《芒种》杂志任诗歌组组长的时候。那时候，罗老师主持着一个当时很有影响也使很多青年诗人都向往的栏目“青年与诗”。我当时生活在一个小县城里，写诗还没有多长时间。1982年底，给《芒种》投稿，寄了一组写森林题材的诗，很快罗老师回信告知留下备用了一首30多行的诗《中国有这样一片森林》，后来发表在1983年第3期《芒种》“青年与诗”栏目的头题。从此，我与罗继仁老师有了联系，直到今天没有断过。

我这里存有几本罗老师的书：

《大森林之恋》（春风文艺出版社，1985年11月版），罗老师寄给我两本，一本是平装的，一本是精装的。罗老师在后记中说，这是他学诗27载出版的第一本诗集。这本书的诗写了森林、写了土地与江河、写了故乡、写了亲人、写了生命与思想……有一些诗我读来特别亲切，是写于我的家乡延边的，如《金达莱》《亮兵台》等。

《爱之路》（延边教育出版社，1987年5月版）是罗老师的第二本诗集，短诗三辑，单复序。读罗老师的后记我才知道，延边是罗老师青年时期生活过的地方。那么，我们应该是老乡了。说来也巧，多年后我从冀中调回家乡工作，第一个工作单位就是延边教育出版社，汉文老编辑，也就是当年给罗老师这本诗集当责编的徐文渊老编辑我还见过几面，每次见到徐文渊先生，都会一下子让我想起罗老师，想起延边教育出版社出版的诗集《爱之路》。罗老师追求诗歌的短小精致，他的诗灵秀而多画意，短小而蕴藏大道理，都是从生活中打捞出来的干货。

《罗继仁抒情短诗选》（百花文艺出版社，1994年12月版），这是罗老师的第三本诗集，张雪杉作序，精装本。封面摄影和装帧设计是郑文华，是不是陕西的那个郑文华呢？我还为其摄影作品配过诗呢。罗老师在后记中写道："我一向追求诗的简洁、隽永，语言的抒情美。"

记得罗老师还出版过诗集《远方有爱》，但罗老师没有送我。

还有一本合著的《现代诗新论》（百花文艺出版社，1995年版），我几次搬迁，一下子找不到了。

《诗潮耕耘录》（百花文艺出版社，1996年12月版），李万庆、邓荫柯分别作序，书后附有作者后记和《罗继仁文学创作活动年表》。我这才知道，20世纪五六十年代，罗老师曾在吉林市文联主办的《江城文艺》担任过诗歌编辑，在吉林电力职业学校担任过语文教师，1962年参加吉林省作家协会组织的部分诗人赴长白山体验生活，写了一批反映边疆生活、描写抗联的抒情诗。李万庆评价罗老师的《诗潮耕耘录》，评价罗老师的诗歌批评时说："'现象描述'使继仁兄的批评有了历史感，'兼容并蓄'又使他的批评有了宽容精神，建立在历史感与宽容精神基础上的批评，必然是一种具有'稳健'品格的理论。"

我主持《诗选刊》下半月刊时，要做罗老师的一个"人物介绍"，想来想去，觉得高深先生那篇文章的题目很合适，最后就把这一辑的题目定为《罗继仁：北国诗坛的拓荒者》。他是一个孜孜不倦的耕耘者，从《江城文艺》到《芒种》《诗潮》，再到退休后一直在倾注心血的《中国诗人》，他没有离开过诗，没有离开过刊物。罗老师1937年出生，现在已是高龄，我几次到沈阳都要和罗老师一聚，看到他健康，看到他还在忙碌，就看到了诗歌的力量，看到了什么是老当益壮！

# 宫玺的书

宫玺先生1932年出生于山东即墨，1956年开始发表作品的时候，我才刚刚出生。宫玺先生初中没毕业就响应号召参加了军干校，年轻的时候当过兵，在空军度过多年军旅生活，出版过多部反映空军题材的诗集，1978年转业到上海文艺出版社。

20世纪80年代末我开始与宫玺先生有书信往来，并互赠书籍。

1994年3月，宫玺先生寄来他的诗集《宫玺自选集》（贵州人民出版社，1993年10月版）。宫玺先生在“题记”中写道：“篇目编排基本上依写作先后为序，这样便于读者检点我的思想感情的轨迹。”收在这本集子里的诗，实际上均是1980年以后在报刊上发表的作品。

1998年8月，宫玺先生寄来《宫玺诗稿》（上海文艺出版社，1998年4月版）。这本拥有200多首诗的集子是宫玺先生创作40年的一个结集，不是选本，使他各时期创作风貌都有了展现。书印制得干净，设计得稳健得体，是他的老同事姜金城责编的。

2000年2月，我把自己刚刚出版的诗集《生命状态》寄给了宫玺先生。5月，他回赠一本他的诗集《冷色与暖色》（中国工人出版社，2000年1月版），并附信：

洪波：

您好！大作《生命状态》收到，印制装帧极佳！谢谢。为您高兴！现在出书不易，黑龙江能为您出书，难能可贵。您回东北之后，还是颇活跃的，好像策划过少年文丛吧。

我寄上这本拙作，还是12年前的旧账。当年他们主动约稿，后来发排征订过两次，而后便消息全无，一晃12年过去。去年我找版权保护协会帮忙才有着落，让我重新编选过。其中，1988年前所写乃旧稿部分，另有一部分我淘汰了。总算出来了，意外收获。

不尽即祝编撰双安！

宫玺

2000.5.13.

这本诗集由公刘先生《冷暖君自知》一文代序，由宫玺先生发表在《人民文学》上的一段话代自序，书的后面还有他的《我与诗》一文代跋。这本诗集算是宫玺先生与出版社的结账纪念品。

2006年12月11日，我和好友郎宝君在上海，上海朋友张罗晚饭。请来了宫玺、张烨、张健桐等上海诗人，宫玺先生带来了他的散文集《青青河畔草》（上海文艺出版社，2004年12月版）送我，宫玺先生在书的扉页上写了“张洪波诗友正之。宫玺2006.12.11.于上海晤面时”。这本书不但可以读宫玺先生的随笔、杂文，有的还可以当编辑随笔读。其中，有一些篇章记录了他组稿、编稿的过程。如《初见冰心》和《迟到的慰藉》，是谈出版《冰心文集》的，再如《何其芳是最后一本诗集》《聂绀弩的〈元旦〉》等等。这一天，宫玺先生还送我一本《宫玺诗选》（上海文化出版社，2006年4月版），蔡其矫致宫玺的一封信代序了，信写得真好，谈得中肯，对其他诗人也会有启发。2011年10月9日，我陪李晓桦到上海看望姜金城和宫玺两位编辑家，并共进晚餐。这次见面聊了很多，先是聊李晓桦的《蓝色高地》当年的出版，继而聊他们上海文艺出版社当年出版的那些好诗集，如牛汉的《温泉》、蔡其矫的《双虹》、舒婷的《双桅船》等等。这次见面，宫玺先生送我他的《人生小品》（上海文艺出版社，2010年7月版）并在书上题写了“小草也有小草的悲欢，张洪波好友留念。宫玺，2011.10.9.幸会于上海”。

2012年3月，宫玺先生寄来一本自印的诗集《庸诗碎·感念那两只蝙蝠》。诗集前面有一个短短的《题记》：

《庸诗碎》，感念那两只蝙蝠，书名已示鄙意，勿须赘言。

敝帚自珍。晚年编选未曾结集的余稿，聊慰私心罢了。

自印100册，不售。

宫玺

2012年2月

宫玺先生的诗每首都有巧思，都有深入的推敲，每首诗里都暗藏着他几十年诗歌创作的老到功夫。我经常翻阅他的赠书，每每都有新的体会。

# 金波先生的书

20世纪90年代末期，中国少年儿童出版社的《婴儿画报》每年都要在北京搞一次作者笔会，大家集中起来给孩子们写东西。作者笔会由《婴儿画报》的吴带生、葛冰、聂冰等人张罗。高洪波把我也拉了进去，戏称“男婴笔会”。我与金波老师就是那时候结识的。金波老师是儿童文学界的领军人物，大家都特别敬重他。可金波老师却和大家一样按编辑的想法修改作品，一丝不苟。给孩子写东西，不能有半点含糊。

2002年6月间，金波老师寄来三本书：

诗集《带雨的花》（福建少年儿童出版社，1996年9月版）是“新时期儿童文学名家作品选”之一。冰心主编，樊发稼总序。

诗集《我们去看海——金波十四行儿童诗》（浙江少年儿童出版社，1998年9月版）是“红帆船诗丛”之一，金波老师在后记中写道他写了40年儿童诗，出版了20本诗集……这是献给中国少年儿童的第一本十四行诗集。

散文集《等你敲门》（北京少年儿童出版社，2001年8月版），是“蓝夜书屋”丛书之一。

这本书的写作，是愉快的，轻松的。

这些篇章，有的来自创作札记，有的是对自己作品的眉批和评语，有的就是日记的片段或扩展。我想，它们最突出的特点是真实。

——金波（摘自《后记》）

2019年2月，和聂冰在电话里聊天，聊到好久未见到金波老师了。聂冰说："去年给金波老师出了一套三本诗选，过几天去看望老先生，届时请他给你签赠一套。"没多久，聂冰就把书寄来了，是他们中国少年儿童出版社2018年4月出版的。精装异型本，纸张优质，设计大气漂亮，看得出这套书出版社是下了功夫的。

这套书为"金波60年儿童诗选"，分为《白天鹅之歌》《红蜻蜓之歌》《萤火虫之歌》三部。金波老师在自序中写道："60年，我坚持为孩子们写诗，这是我永恒的快乐。这快乐源自我对儿童的发现和为他们的劳作……我把为孩子们写诗，看作是对童年的纪念，是对童年的洗礼，也是对童年的致敬。一生如此。"这段表白让人感动，也让所有的儿童文学作家深思——我们为什么要给孩子们写东西？

我在北方妇女儿童出版社工作期间，社领导让我请几位儿童文学界的名家，搞一次儿童图书出版论坛，我请了金波、高洪波、葛冰、白冰，还请了省内的朱自强等人，论坛搞得很成功，金波老师等人谈吐引人，出版社的同事们受益匪浅。

记得有一年在北京三里河金波老师的家中，我们聊了两个多小时，金波老师谈了他对儿童文学，特别是儿童诗创作几十年的追求。他谈到，写儿童诗的人，应该是心性纯真的人，儿童诗人不能掺假，也不能居高临下糊弄孩子，而是要蹲下来与儿童交朋友。这一份诗教至今难忘。

金波老师1935年生于北京，他大学时代就开始文学创作。60多年的儿童文学创作生涯，著作等身，硕果累累，作品获过国家图书奖、宋庆龄儿童文学奖、中国作家协会优秀儿童文学奖、冰心图书奖、陈伯吹国际儿童文学奖年度作家奖等多种奖项，1982年还获国际安徒生奖提名。

好些年没有见到金波老师了，很想念他。

# 刘章的五本书

刘章先生是影响很大的诗人，我在河北省那些年，省内每有诗歌活动，我们都会见上一面。刘章老师会亲切地和你谈诗，谈他对你作品的读感，谈他对诗坛的想法。谈的最多的是有一年去邺城遗址参观，那一次刘章老师好像格外兴奋，还提出和尧山壁、姚振函我们几人合影留念。我与刘章老师第一次见面是在1984年涿州的“芒种诗会”上。记得那一次会议上，我用海鸥相机为几位岁数大于我们的诗人拍了一张今天看来很珍贵的照片。他们是浪波、韦野、刘章、戴砚田、尧山壁。几十年过去了，有一天我找出这张照片用微信发给刘小放看，小放兄说：“这是河北一代诗人啊！”

我这里有刘章老师寄赠的5本书：

《中华风景》（百花文艺出版社，1990年3月版）是一部刘章旅游诗词集。封面是画家韩羽题写的书名，作者自序说自己是大山的儿子，并引刘征先生语：“生于山，长于山，劳作于山，中岁而城居，仍系情于山。”此集收旧体诗200余首，一册在手，畅游中华南北山川。

《刘章诗选》（花山文艺出版社，1990年11月版），封面是贺敬之题写的书名，张志民作序，曾获1979—1980年全国中青年诗人优秀新诗奖的组诗《北山恋》收在其中。张志民先生在序言中写道：“刘章有较厚的农村生活基础，他的作品，大多是表现农村生活，把‘农民诗人’这个光荣称号送给他，应是受之无愧的。”

《太行风景》（内蒙古人民出版社，1998年2月版），旧体诗词集，夏传才、杨金亭分别作序，马萧萧、刘征（刘国正）等人题词。

《刘章新诗》（花山文艺出版社，1999年4月版），作者有一自序谈了对于新诗的看法。另有朱柳根序言一篇，重点谈了刘章老师的《古句新题》。

另外，1993年还曾寄我一本由香港黄河文化出版社出版的《刘章诗文研究》。这本书分三卷：卷一是“刘章诗歌论”，卷二是“刘章散文论”，卷三是“刘章自传及其他”。这本书前面有臧克家在1991年8月的题词：“凌霄羽毛原无力，坠地金石自有声”。这本书对研究刘章的诗与人是很集中的资料。

2020年2月20日，刘章老师在石家庄病逝，正是全国防控“新冠病毒”期间，追思纪念活动都改在网上进行了。刘章老师是1939年出生的，享年82岁。我电话问刘小放这个消息是不是真的，小放兄说：“是真的，今天中午突然呼喊一声就撒手走了。”刘小放有一首悼念刘章先生的诗，其中写道：

刘章兄，你是燕山之子啊
“不丢泥土味，不失山石音”
把牧羊鞭化作诗笔
七十载风雨兼程
酿就了独树一帜的芳美诗风
……
刘章兄，你是属于大众的诗人
素朴简洁亲切晓畅
每首诗都能读能吟能歌能诵
贴近时代贴近底层

## 展示了一位中国诗人最可贵的品行

刘章老师从1956年（我那年才刚刚出生）开始写作，他在诗坛孜孜不倦、勤奋耕耘近70年，令人敬佩！

# 食指的两本诗集

这几天《诗探索》公众号提起当年在北京文采阁举办的食指作品研讨会，它使我想起一些往事，也借这个机会找出两本书：

《食指　黑大春现代抒情诗合集》（成都科技大学出版社，1993年5月版），24开本，1993年5月18日食指作品讨论会上作者赠书。林莽作序，书后附有海雷谈黑大春诗歌创作的文章。林莽后来有文章谈到作序的事情："大春找到我，希望给这本诗集写个序言。我以《生存与绝唱》为题写了一篇文章，前一部分写食指，后一部分写大春。出版时，大春觉得写他那部分不够充分，删掉了后面的文字，又找诗人海雷以后记方式，写了《重归家园——黑大春诗歌浅谈》。"

食指作品讨论会在文采阁召开。那天，我从河北带车进京，林莽让我先去接牛汉先生，再顺路接史铁生。研讨会由北京市作协诗歌创作委员会主办，任洪渊和林莽主持了会议。有90多人参加了会议，谢冕、牛汉、吴思敬、赵毅衡、史铁生、甘铁生、张颐武、芒克、西川、大仙、徐晓、胡健等人都到会了。恰逢《食指　黑大春现代抒情诗合集》出版，会前的5月10日，食指、黑大春就已经把《食指　黑大春现代抒情诗合集》做好了签赠。会上，食指还朗诵了自己的新作《致女孩子》和名篇《相信未来》。

《诗探索金库・食指卷》（作家出版社，1998年6月版）是1998年

6月的一次朋友聚会上，老郭（食指）签赠给我的。他还叮嘱：“你要好好写诗。”（每次见面他都会说这句话）书里有一张像页，是画家杨益平为食指画的像。这本书是林莽、刘福春编选的，那时唐晓渡刚从《诗刊》调到作家出版社不久，他是这本书的责任编辑，书的整个装帧设计都是林莽做的，林莽还撰写了《食指论》放在书的前面。林莽为钩沉食指做了许多工作，这是众所周知的事情，这本书的出版也是其中的一项。我也是因林莽带我去福利医院看望食指才认识食指并对他开始有深入了解的。林莽在书的编后中写道：“这是早应出版的一本诗选，也许它晚了20年。时间是无情的，它使原本与时代生活息息相关的一本书，几乎变成了一个纪念性的文本。食指——这个为一代人立言的划时代的诗人，在经历了重大的历史变迁后，他的作品依旧闪烁着不熄的光焰，历史和人民不会忘记。食指诗歌的价值是永存的。”

食指，本名郭路生，生于1948年11月，“文革”初期开始写诗，他早期作品写出了当时青年一代的失落、惆怅与向往，其代表作《相信未来》曾被知青们广泛传抄，因此被江青点名批判。食指的作品曾影响了许多同代诗人。让我们重温食指的名篇《相信未来》：

当蜘蛛网无情地查封了我的炉台
当灰烬的余烟叹息着贫困的悲哀
我依然固执地铺平失望的灰烬
用美丽的雪花写下：相信未来

当我的紫葡萄化为深秋的露水
当我的鲜花依偎在别人的情怀
我依然固执地用凝霜的枯藤
在凄凉的大地上写下：相信未来

我要用手指那涌向天边的排浪
我要用手掌那托住太阳的大海
摇曳着曙光那枝温暖漂亮的笔杆
用孩子的笔体写下：相信未来

我之所以坚定地相信未来
是我相信未来人们的眼睛
她有拨开历史风尘的睫毛
她有看透岁月篇章的瞳孔

不管人们对于我们腐烂的皮肉
那些迷途的惆怅、失败的苦痛
是寄予感动的热泪、深切的同情
还是给以轻蔑的微笑、辛辣的嘲讽

我坚信人们对于我们的脊骨
那无数次的探索、迷途、失败和成功
一定会给予热情、客观、公正的评定
是的，我焦急地等待着他们的评定

朋友，坚定地相信未来吧
相信不屈不挠的努力
相信战胜死亡的年轻
相信未来、热爱生命

这是食指写于1968年的诗作，20世纪90年代末期，我曾多次在朋友聚会上听作者自己朗诵这首诗，也曾在多个场合听别人朗诵这首诗，也曾在多个场合给朋友们朗读这首诗，它让我们想起青春、想起已逝去的年华，让我们想象着未来。

# 林莽的书

我和林莽是几十年的朋友了。关于他，我写过一篇《谈谈林莽》的文章，已经说了很多话，这里来谈谈他的赠书。

林莽是张建中的笔名，我们这些老朋友还是习惯叫他建中。更年轻的诗人不知道他的原名，都叫林莽，或叫林老师。

先说说《林莽的诗》与《林莽的诗》。有一年在江苏太仓沙溪聚会，见到陶文瑜，他约大家给他主持的《苏州杂志》写些短文，并说写什么都可以。我就想起了林莽的两本同名书，于是写了以下文字：

沙溪雅集，重逢林莽，一天会议，两次彻夜长谈。归途，不知怎么想起了两本《林莽的诗》，到家后立即翻检。一本，1990年出版，书印得还算干净，只是前后无衬，有些简陋。林莽讲过，他对这本书的设计不太满意。最初书稿是交给人民文学出版社的，那里要排队，还不能保障出版，去出版社要回书稿。回来路上巧遇中国妇女出版社一位熟悉的编辑，那位编辑说："干脆就在我们社出算了。"林莽是个好说话的人，当时就同意并把书稿交给了那位编辑。另一本，1998年7月重新设计印制的。这回书的前后都加了单衬，林莽在白色的前衬上题写了一段话——

洪波：此书早就送过，再版我改了封面，好坏是自己画的，更有保存的价值吧（一笑），再送此书，补充封面一张。

林莽是老友、兄长，我书架上堂堂正正站立着十五六本他的书。几十年来，他帮助朋友、文学青年以及出版社出版过不少书籍，都做得很讲究，而他自己的书大都是出版社“公事公办”，装帧设计难免有几本略显粗糙。这让我想起下乡当知青的时候，有个木匠三哥，他给村里人做了许多家具，谁都夸他活儿干得漂亮，可他自家连个像样的板凳都没有。

第一本《林莽的诗》，1990年3月19日赠给我的，第二本《林莽的诗》，1998年7月29日赠我的。

《我流过这片土地》（新华出版社，1994年10月版），1995年5月17日签赠。这本诗集前面有林莽一篇作为代序的文章《心灵的历程》要细读，有他的人生经历和心路历程。作为书名的长诗《我流过这片土地》，写于1979年4至7月间，1969年至1973年的一些旧作占据了诗集的前一大部分，用林莽的话说：“它们记述着，一颗心所走过的真挚的情感历程。”

1996年4月4日，林莽赠我诗集《永恒的瞬间》（新华出版社）。诗集的前面有他一篇题为《寻求寂静中的火焰》的文章，是一篇谈艺术的好文章。他说：“时间会考验每一位艺术家，当那些瞬间的喧嚣沉淀下来，艺术史留下的是那些不断地会被人们重新发现的好作品。”他还说：“有时，我似乎感到了一种趋向性，一种希求与世界融为一体的神往。”

《滴漏的水声》（一本自印的诗集，中英文对照），1998年10月10日送我的。诗集前面有苇岸的一篇短文，其中写道：“在当年朦胧诗的核心诗人之外，有两个相对不太显著的、特异的诗人，一个是田晓青，一个是林莽。前者的诗让我想到的是火、历史、宗教、智慧；后者的诗让我想到的则是水、自然、人伦、心灵。”是的，林莽的诗平和、自然、澄澈，与他的为人是一致的。

2001年6月，林莽送我《穿透岁月的光芒》（百花文艺出版社，2001年4月版）。这是一本编排独特的书，它有诗、散文、随笔、诗论、访谈，还配有作者自己画的插图；又是一本耐人寻味的书，它是作者从几十年的生活里摘取的有关人生命运、艺术追求和心灵历程的深度记载。

这本书由“乡野的风”“生存与绝唱”“寻求寂静中的火焰”三辑诗文以及作为附录的两篇访谈组成。其中，“乡野的风”可视为作者人生长途中最为难忘的一段历程，虽然是优美动人的散文和诗，但如果仅仅把它们当作美文或好诗去欣赏，就不能不说是一种浅层的阅读了。事实上，这一部分诗文放在全书的前面，是因为它们是这本书不可缺少的背景资料（或说相关资料）。而“生存与绝唱”也不能仅仅看作是写朋友、写往事的一般意义上的忆旧诗文。林莽作为“白洋淀诗歌群落”的成员之一、作为新时期以来中国新诗发展的见证人之一，他的这些追忆对于以往和今后都显得十分珍贵和重要。另一辑“寻求寂静中的火焰”则是艺术实践中的真实体悟，但它不是教训人的，文学圈里圈外的读者都可以从中受益。最后的两篇附录，一篇是牛波访谈录，一篇是郑敏访谈录，涉及了当代美术和诗歌，话题比较大，谈得却很具体深入，实实在在。随着时间和当代美术及诗歌的发展，这两篇访谈所具有的重要意义会越来越清澈。

我当年为这本书的出版写过一篇书评，还把林莽发表在一张报纸上的文章剪下来夹在了这本书里，那是一篇谈艾青诗的文章。

2005年9月，林莽的散文集《时光转瞬成为以往》由华文出版社出版，同年11月，林莽赠书。书中写到了林莽的童年，写到了许多朋友，写到了那些以往刻骨铭心的岁月。当然，也写到了白洋淀，写到了白洋淀诗歌群落。也就是在得到这本书的时候，我策划的《林莽诗选》在时代文艺出版社出版，诗选的前面有林莽的《几句简单的话》，他说：“这本诗集共选入132首作品，其中有一些长诗和组诗。有些作品因为多种原因，整理的时候没有找到，不过这也算较为全面了。”书的后面放了一张《林莽创作年表》，是请我们的好友刘福春整理的。林莽在书的扉页上给我写了几行字：“洪波老友：我们共同为诗努力多年，这本书的出版也是我们友谊的见证。”作为出版人，迄今为止，我对这本书的编辑制作还是很满意的，感谢我们出版社的老编辑魏洪超，他在编辑这本书的时候下了很多工夫。

2009年7月，作家出版社出版了林莽的诗集《秋菊的灯盏》。这本诗集中的诗都是几年内的新作，有40多首。林莽在自序中写道：“那些只有进入了人生的秋天，才能真正成熟起来的生命经验，是可以照亮自己的。我希望我的生命也会发出自然的光芒，为自己也为他人，提一只秋菊的灯盏。”送我这本诗集的时候，我们正在黑龙江伊春林区参加《诗刊》的采风活动。那次活动也是林莽组织的，他把李琦、柳沄我们几个东北的诗人都叫去了。

2009年是林莽诗歌创作40周年，他举办了一次个人画展，并印制了一本《林莽诗画集》。新年伊始，我得到了这本诗画集。林莽自幼学习绘画，作画已经有年头了，画画是他一直挥之不去的情节。在白洋淀插队的时候，他参加过县文化馆的美术学习班，有过水彩画和油画的练习。白洋淀水乡安新县有个油画家赵冰爽是林莽的好友，我陪林莽去白洋淀时见过他，有一次还到他家里去过。他们都是当年县文化馆美术学习班最年轻的老师。看得出，林莽和老赵的感情很深。

2012年7月，南海出版公司出版了《林莽诗歌精品集》，是“中国当代文学百家丛书”之一。书中有一页林莽的手迹，是《星光》一诗结尾的那一节：

阳光需要温和下来

海需要沉下来

星空静憩于头顶

这时，你走过沉沉的夜之大地
把逝去和向往的组成情感的河流
一切都跃然于脑际
闪闪如夜空的星斗

这本书的后面还有叶橹和张磊磊的评论文章。前勒口上有一段话：“作为朦胧诗和白洋淀诗群主要成员的林莽，不仅仅是一位诗人，也是一位中国新诗发展的见证人……”

2015年10月，林莽赠《林莽诗画》（漓江出版社，2015年6月版）。这是一本诗与画的合集，均系1969年至1975年林莽在白洋淀时期的诗作与画作。诗16首，画31幅，包括油画和水彩画。附录是离开白洋淀以后写的与白洋淀相关的诗文，其中2006年7月写的《五月的鲜花》一诗，让我想起多次陪同林莽回白洋淀的情景。

安新县西面有个安州镇，这个镇可有年头了，战国时期的葛城就是它的前身。安州镇的北何庄，就是林莽插队的地方，我陪同林莽去过多次。村子里有一户李姓人家是林莽插队时的邻居，与林莽关系密切。李家兄弟五个，我见过几位。老大李小延，曾在内蒙古乌梁素海打鱼，春天还冷，穿着皮衩在水里，被冻成了严重的关节炎。我第一次见他时，他腿脚还不方便，后来再见到他，情况好了许多。他是个善良、真诚、能吃苦、爱惜兄弟的好大哥。老二李栋人，在县上当过领导干部，直率、坚决、头脑清晰、敏捷、政治素质高，是一个有自己独到见解的人。老三我没有见到过，老四老五每次去都能见上。这个家庭不一般，他们的父亲是当年的交通员，林莽的《五月的鲜花》就是写这位老交通员的。有一年我们在李家铺开宣纸，我写下了“五月的鲜花”几个大字，林莽用小字把一整首诗写在了上面，同去的王迦樑、李卫东、阿民等都在上面签名留作纪念。我还现场为李家忠厚堂写了一幅字：“白洋淀上生豪气，忠厚堂里出英雄。”林莽当年就在北何庄那个村上教书，我们到那个老房子看过，当年的两棵小榆树已经长成了大树，李家老四李栋世还是林莽的学生哩！说起来，老四当年连作文都写不好，现在到了兴头上还要把自己写的诗朗诵一下呢。林莽当年住过的土屋已被当地文化部门保护了起来，还挂了“诗人林莽（张建中）白洋淀插队旧居”的牌子。

《记忆》（作家出版社，2015年5月版），是林莽1984年至2014年的诗歌作品选集，体现了林莽在艺术上的一贯追求和不断的进取，他的诗正步入成熟的金黄岁月。

2016年6月，山东青岛良友书坊文化机构、青岛文学馆为林莽搞了一次画展。我在平度参加一个文学活动，正好赶过去。这个画展的名字是《诗之淀——林莽白洋淀习作展》，展出的作品画幅都不大，那个年代在白洋淀的乡村，不可能有条件画大幅的作品，这些作品能完整地保留下来已经不易了。青岛的臧杰还策划出品了一本《良友》画刊，这一期是林莽的画、诗、文章。臧杰还撰写了前言，说林莽是为诗歌的奔走者，白洋淀时期的画是“隐秘的梦想”。晚上，在青岛文学馆搞了一个林莽诗歌朗诵活动，露天的。听到大家在朗诵林莽的诗，也听到了林莽在朗诵自己的诗，听得我眼睛潮湿。我后来写了一首诗发表在《青岛文学》上，诗的题目是《听朋友们朗诵林莽的诗》：

六月青岛，啤酒即将洋溢成花朵
文学馆院落虽小
却飘逸着旧日远方，那些诗
大家朗读着一个特殊年代
朗读着一个青年张建中
思想，善良情怀以及晨风和雨季

我想起白洋淀北何庄

想起村庄里那所小学校
还有忠厚堂几代英雄
五月鲜花之后李家众兄弟
渔家小屋低矮潮湿
淀冰易裂，1972年那个寒冷冬季
一大片又一大片芦苇……
我已经泪眼模糊

林莽声音缓慢向大家致谢
仿佛划着小船出现在芦花中
我知道他此刻想起了什么
我听到了远处大海在涌动
看见白发闪烁着岁月光芒
夜色里，他目光坚定
我能听得到他内心律动
那声音绝不随波逐流

2018年5月，在河北廊坊召开了林莽诗歌创作研讨会，谢冕、吴思敬等一些评论家都出席了研讨会。大家对林莽的评价很高。首都师范大学中国诗歌研究中心还编印了厚厚的一本《林莽诗歌创作研讨会论文集》，我把这本集子留作资料了。还有，《白洋淀诗歌群落研究资料》（中华文学史料学学会、北京师范大学国际写作中心）《白洋淀文化》（白洋淀文化发展研究会）等，都值得留存。

# 高洪波的书

关于高洪波，我曾经写过一篇文章《同名人》。这里不再多说情谊，只谈他的赠书。

1998年4月，北京虎坊路甲15号，我的住处，高洪波赠书一册，扉页上写着："张氏同名人，闲暇一笑之"。书名《我喜欢你，狐狸》（湖北少年儿童出版社，1997年12月版）。这是一本儿童诗集，中国当代儿童诗丛之一，束沛德先生总序。束沛德先生写道："这套中国当代儿童诗丛可以说是当今儿童诗苑的缩影，大致反映了我国90年代以来儿童诗创作的面貌、业绩和水平。"

1998年5月，高洪波赠书——散文集《为21世纪祈祷》（春风文艺出版社，1997年3月版）。高洪波把他1995年10月18日在南斯拉夫贝尔格莱德国际作家大会上的发言作为代序放在了书的前面，他写道："首先祈祷和平与进步引领我们进入21世纪。"还写道："文明与富裕是我们为21世纪祈祷的第二个心愿。"最后写道："让世界所有的笔耕者真诚地向新的世纪致敬，然后在21世纪到来的第一个时辰，庄重地在自己的稿纸上写下一个大写的字——人。

人是世界的种籽。"

这一天他还赠我一本《高洪波杂文随笔自选集》（群言出版社，1994年12月版），所收文章都不太长，便于快读，但得慢慢咀嚼、思考。

2002年5月，应《婴儿画报》邀请，我赴北京参加笔会。严格说，是高洪波和葛冰拉我参加这个笔会的，因为都是男作家，大家戏称为“男婴笔会”。5月18日，高洪波赠诗集《心帆》（北方文艺出版社，2002年5月版）。刚刚出版的，就像刚刚出笼的馍，还热乎着呢。他在扉页写道——

洪波张君：

二十余载仅此书

应知其中甘与苦

男婴笔会独赠君

皆因关东有丈夫

洪波高某戏题京西

2002年5月18日

2008年7月的一天，吉林省延吉市，我们准备一同去长白山。高洪波赠书一本——《司马台的砖》（华龄出版社，1996年9月版），扉页题签：“洪波弟，两股水流到延吉，天池注定会接见我们的。洪波兄。”书后有我在石油系统工作时的老朋友古耜撰写的文章《诗意人生——高洪波散文品读札记》，古耜那时候好像在任大连《海燕》散文杂志主编，搞文学评论已有多年了。他认为，高洪波的散文作品洋溢着人生的诗意，是值得文坛珍视与激赏的一种创作境界。这是他在高洪波编定的第22本书的后记里说的。

我50岁那年就在单位办了内退，好友郎宝君出资为我搞了一个名为“大家文化”的小公司，2008年6月邀请高洪波来长春参加《作家》杂志与我们组织的活动。在公司，高洪波赠我一部诗集《诗歌的荣光》（上海文艺出版社，2008年5月版），扉页上写下了鼓励的话：“洪波弟，大家介入文化，文化争取大家，此乃诗之荣光也。洪波兄2008年6月15日赠于吉林长春”。这本诗集，有新诗，也有旧体诗，大部分是新世纪以来写的。

再请高洪波来长春，又有《高洪波散文》（作家出版社）一部赠送，题签：

诗酒文饭度流年
最喜人间四月天
一杯浊酒淡淡月
暂脱红尘去悟禅

高洪波书于2008年9月长春秋雨中

同时，有一本《青春在眼童心热》（接力出版社，2008年7月版）。书名页上写着：“洪波弟，此书中有你身影，须耐心寻觅之。兄洪波”。这是一本文学评论集，记得我在东北朝鲜民主教育出版社工作时编过一套《百名作家子女作文精选》，请高洪波作序，他写了一篇《关于作家子女》的文章，收在了这本书里，我又一次读到了。

2010年3月，高洪波从北京寄来一大套书，是8卷本的《高洪波文集》（安徽文艺出版社，2009年9月版），有诗歌、散文、评论、儿童诗、杂文等等，这回可以集中阅读了。同年12月又寄来一本红皮书《中央党校日记》（人民文学出版社，2010年6月版）。他是个勤奋的人，不断地有新作面世，他担任着中国作协副主席的职务，工作非常繁忙，他是如何挤出时间写下这么多的文字呢？真是笔耕不辍！

# 《宗奇散文》

李宗奇，有趣的人，无架子的领导。

有一年在西安穆涛家一聚，宗奇兄亲自给我们做他家乡的面，配上他的幽默，好吃极了。他把你逗乐了，自己冷着，好像在说，没那么可乐吧。人有趣，可与交。

转年春，《宗奇散文》寄来了，人民文学出版社出版的，余秋雨、平凹兄都给写了序，熊召政写了跋。余秋雨写道："李宗奇先生不在文学界内，而且职务繁忙，却以一种纯业余的方式痴迷着散文写作，点点滴滴，不绝如缕，让我产生很大的感动。"平凹说："我从内心里特别敬重他。"这些不必多说，书后面有一篇穆涛的文章《宗奇先生》，读了，宗奇兄在你面前立马形象丰满、难忘，他们是极近的朋友，相互了如指掌。

宗奇兄有《另一个人》一文，说到他们单位有一个魏司机，长得与他酷似，以至于闹出许多故事：

有一次，他在男厕小便池中央作业，办公室杨主任欲进，以为是我，掀帘欲止，耐着性子在二堂等候。没想到小魏从里面走出，杨主任戏笑说："今天还给你弄了个专场。"小魏憨笑不语。午休间隙我欲上街，刚走到楼梯拐弯处，冷不防被人在屁股上用力拍打了一下，吓得一愣，感到莫名其妙。回头一看，噢！是人事处王睿，小王也愣了，我虽未说什么，但我注意到小王的脸一下子红到了耳朵，足足有两个星期未与我照面，实质是回避。且见人就说：“咳，我闯下了一个烂子，把局长误以为是小魏……”

向来无事不登三宝殿的妻子，下班前有事找我，刚一进单位大院，错把擦车的小魏当我，笑嘻嘻走到跟前说：“想不到，你还够勤快哩！”小魏一回头，“嫂子，你找李局长？”妻子怔了一下，很尴尬地应声道：“嗯，嗯。”心里嘀咕着：想不到相濡以沫三十年，还认错了人。

我与宗奇兄有微信连着，近两年又发现他在晒自己的画，他又玩起了水墨，还不是一般水平。他是个给我们生活增添光彩、提升活力的人。

# 朱雷的书

朱雷，我和他有通信联系的时候还是20世纪70年代末80年代初，那时他在长白山下通化地区文联编一本叫《长白山》的文学刊物，他编发过我写森林题材的诗。见面是在1986年的全国青年文学创作会议上，我是河北省代表，他是吉林省特邀代表。那几日我们常在一起聊天。

1986年7月间，我在冀中收到他寄自东北的诗集《春的四重奏》（时代文艺出版社，1985年10月版），这大概是他的第一本诗集。诗写得清新自然，充满了边疆、草原和林地的味道。

朱雷原名叫朱济兴，1947年生于吉林省白山市（原浑江市），祖籍是山东蓬莱，他们通化地区山东人很多，闯关东的人多。他高中毕业后下乡当过知青，1970年招工进厂，当过7年热处理工，1971年开始文学创作，凭着自己的文学成绩，到市文化馆后又到地区文联工作。

2002年6月河北省作家协会《诗选刊》杂志社转来朱雷寄我的书和信，他在友人处见到一本《诗选刊》，看到刊物上面编辑人员名单里有我的名字，就寄书和信来了，可是他不知道我已经回到吉林省工作了。

朱雷寄来的书是他的一本诗集《北方图腾》（时代文艺出版社，2000年4月版）。书的前面有公木先生写给朱雷信件的影印，是公木先生建议他出版《北方图腾》的，也有朱雷说明出版这本诗集的文章《作者说明：东中华路×号》。长春市东中华路×号，是诗人公木先生的家，朱雷曾多次来这里拜访。还有胡昭和王肯的文章，胡昭在《给朱雷》的诗中称他为："上辈是山东汉子/这辈是关东汉子。"

2012年9月，我专程到通化，目的是要看望朱雷。在通化和朱雷拥抱在一起，喝了不少酒，还结识了一些新朋友。我那时正在主持《诗选刊》下半月刊（彩版），并拿到长春来办。我向朱雷组稿，希望能早些在《诗选刊》下半月刊介绍他，做他一个小辑。不久，他寄来了我要的文字稿件和图片，还寄来了他的诗集。这本诗集是《诗刊》编的"诗人丛书"第4辑之一，诗集的名字是《绿色风》（四川文艺出版社，1986年8月版），还有一封信：

洪波：

近好。

还是以我的习惯，

把这些稿子直寄给你吧。

你可以任意处理。

稿分这么几个部分：

前辈眼中的朱雷：有王肯先生、胡昭先生、王世美先生写我的文章。三位先生皆是我的恩师。另寄公木先生、胡昭先生给我信的手迹复印件两份，一为悼念，二为可以活跃版面，因为我寄的照片不多。

朋友眼中的朱雷：有朱光雪先生、高光先生、赵培光先生三篇文章，光雪、高光是我同学，培光是我好友，他们皆对我了解。

一篇评论文章，是陈增福教授写的。陈教授2006年申请到吉林省社会科学基金项目"关东诗人朱雷研究"，组织人写了六七篇评论文章发表。本来有一篇文章可选，但太长，只好选他一篇短文。

我的一篇自述，是《朱雷诗集》的后记。

一组诗。本来以《北方图腾》为题还有一些诗，但只选这一组吧。

就这些，只供你参考，只供你选择，你可以删，可以舍，可以重新组合。

我认为胡昭老师文章引我诗处使文章稍长，高光文章谈人之处议论稍多，你斟酌。

九月末你驱车来通化，我知道你是来看我，那一晚，我酒喝得多，只因逢知己，话投机。你说到的当代诗坛的一些人、一些事，与我心意相通。你干的这些事，比只做一个诗人好多了、强多了、有用多了。

你可以影响当代诗坛的走向（指所主持的《诗选刊》下半月刊）。

再说一遍，文章你可删。可读、有趣，不必篇幅拉得太长。

我不想让与本文无关的人的照片发出，因此比别人选送的照片少，只好麻烦你们了。

只求两件事：

不管用与不用，最好把照片寄回。

如果可能，多寄几本杂志，好分给有关朋友。

祝好！

朱雷

2012.10.29

朱雷的小辑以12个页码的篇幅、以《朱雷：执著于关东地域风情的抒情》为题，在2012年11月号《诗选刊》下半月刊头条推出，这对朱雷来说，是一次总结、一次亮相。当然，也是我们友谊的见证，是《诗选刊》下半月刊的荣幸，可能也是他在期刊上最气派的一次亮相了。

朱雷说还要送我一本《朱雷诗集》，可惜一直未能见到。

2014年4月15日凌晨，诗人朱雷因患胃癌医治无效，在吉林通化逝世，享年67岁。他生前是中国作家协会会员，通化市作协主席，《长白山》编辑部副主编、编审。作品曾获吉林省政府首届长白山文艺奖、吉林省作协首届吉林文学奖、吉林青年文学奖、第二届《作家》杂志奖。

自朱雷去世后，我已经好多年没有去过通化了。

# 刘小放的书

第一本，《我乡间的妻子》（人民文学出版社，1986年5月版）是1986年8月赠书给我的。小放兄当年写农村题材的诗，影响很大，组诗《我乡间的妻子》发表后，好评如潮，还获得了诗刊社1981—1982年诗歌奖。诗集就是以这组诗的题目做书名的。这是我非常喜欢的一本诗集，多少次搬迁都没有损伤到它。不仅仅因为诗集中的诗是小放兄那几年诗歌创作的绝大部分佳作，更因为我们几十年的友谊。

1984年，河北省冲浪诗社成立的时候，小放兄是积极的倡导者，这个诗社有10个人：边国政、姚振涵、萧振荣、刘小放、伊蕾、逢阳、白德成、何香久、郁葱、张洪波。我和郁葱在这里面是年龄最小的。2014年，冲浪诗社成立30年的时候，《诗选刊》上半月和下半月两本刊物同时推出了纪念专号，郁葱写了文章《那岁月，我们冲浪……》详细地谈到了每个人，并谈到了诗社成立前后的一些情况。

第二本，《大地之子》（百花文艺出版社，1990年12月版）由天津的一家出版社出版，责任编辑刘敬涛，也是我《独旅》诗集的责任编辑，好朋友，后来去了深圳，我们还一直有联系。

这本诗集延续了小放兄的一贯追求，但对内容的重视、审美倾向都有了很大的变化。在河北，当时受到牛汉先生影响的诗人应该是小放兄和我。他的《鹰翎扇》《青萍剑》等都很有牛汉风格。他写的《血灯笼》是一场让人心灵震荡的悲剧，我曾经写过一篇短文，称这首诗是诗歌中的小说。这本诗集让我眼前不断地出现沧州、黄骅、渤海、苇洼、天海、苍硬的人等等，小放兄对家乡的眷恋和描写，非常打动人心，这些诗让人难忘，也就是在这样的环境里，才成就了刘小放这样一条黄骅硬汉。

第三本，《诗情墨韵——诗人刘小放与故乡书家诗书和弦》（河北美术出版社，2014年9月版）。这是一本奇特的书，小放写故乡的诗，故乡的书法家录小放的诗，你中有我，我中有你，这是乡情的结，是命运的结，是泥土的结。我真羡慕小放兄，他会有这样一本珍贵的书。我看到过小放家乡的报纸《黄骅报》的“新渤海周刊”对小放一整版一整版的介绍，郁葱、陈超、大解、刘向东、文章等众多诗友都写了文章，谈了小放这个人以及与他的友情。家乡的温度，朋友的温度。

刘小放，1944年生，河北省沧州黄骅市刘常庄人，务农、当兵、做文学刊物主编、任省作协副主席、享受国务院政府津贴、当选中国作协全委委员。收藏石头、喜欢书法、热爱朋友。

前几年，我去白洋淀，在徐光耀文学馆还见到那里悬挂着他的书法，大篆，很有古意，很有味道。

今年5月，微信上和小放兄聊起他的书，我说有几本我还没有，很快他就寄来了：

诗集《草民》（中国文联出版公司，1987年6月版）是河北“冲浪诗丛”之一。这一套书是当年我们“冲浪诗社”十个人作品的一次重要展示，每人一本。这本诗集对我来说很珍贵，它能勾起许多往事，让我想起我们年轻的时候，想起当年的许多往事，想起难忘的20世纪80年代。

《刘小放诗选》（河北教育出版社，2000年12月版）。我喜欢的小放兄的诗基本都收在这里了，有的诗我自己都记不清读了多少遍了。如今看到那些诗题，情绪就一下子被拎了起来，那些熟悉的句子又展现在眼前，心就跟着动。

《刘小放短诗选》（香港银河出版社，2007年4月版）是“中国现代诗名家集萃”丛书之一，英汉对照本，收短诗27首。诗虽短小，境界阔远。

20世纪80年代，我在河北省作协帮忙，同时协助戴砚田创办《诗神》的时候，就住在小放兄的办公室，那快乐而又辛苦的岁月，至今难以忘怀，每每念及，就有小放兄响亮的声音。

我多想能经常回石城，与小放兄、与老朋友们在一起。

# 邹静之的书

我和邹静之相识还是20世纪90年代初的一个冬天，大概是1991年或者是1992年。我那时在华北油田工作，组织了一部分油田诗歌作者，请静之和《诗刊》老编辑寇宗鄂来做辅导，还召集了一个座谈会。会后，我们仨还冒雪去白洋淀转了转，在淀边的枣林庄吃了一顿午饭。

也是那次，静之送我一本他的诗集《幡》，是《诗刊》主编的“驼队诗丛”之一，由文化艺术出版社出版。诗集很薄，3个印张（96页），比起现在一大厚本一大厚本的诗集，有些简陋。这样的小书，封面设计者却是大名鼎鼎的装帧设计名家张守义。诗集由“呈示”“展开”“再现”三辑组成。其中，写北京的那一组《黄瓦红墙》给我留下了深刻印象，写得机智而深刻，耐琢磨。还有一首很短的诗《伤湿止痛膏》：

阴天独处一隅想你的时候必须贴一贴

想你的时候阴天独处一隅必须

贴一贴在最疼最疼的地方

最疼最疼的地方

手往往够不着

这首诗有意思，要想读明白得费点劲，虽然词语平缓。读了，知道哪儿是最疼的地方了吗？

1996年，在中国国际广播出版社工作的朋友李镇约我给他们组织一套“青橄榄文丛”，我约了邹静之、李琦、张爱华、伍立杨、庞壮国、赵健雄、冯敬兰几位老朋友，大家每人一本散文随笔集，由邵燕祥先生作一个总序，每个人再单独请一个人作序。邵先生在总序里说得好：“这几位作者中，多半是写诗的朋友，有的至今写诗不辍。在他们的散文随笔字里行间，依稀有当年诗笔的影子，然以诗笔写散文，那散文已是诗的延伸，自又是一番境界。”事实上，静之何尝不是这样？他的散文写得真好！睿智、有趣。

1990年代末期，我被借调到《诗刊》工作，静之在一编室编作品，我被安排在二编室编刊中刊《中国新诗选刊》，我们俩隔着一个玻璃墙。他跟我讲，有一位作者寄来一大包裹诗，还反复催问寄的几斤诗稿收到没有，问处理结果。静之回复，几斤诗稿已收到，留下一两，其余退回。我们那时候经常在一起吃午饭，有时静之会约上几个好朋友去三元开泰酒店撮一顿，他挺愿意去那个地方的，我认识车前子好像就是在那里的一次聚会上。

1998年作家出版社出版了静之的散文集《风中沙粒》，来了样书，他送我一本。那书的勒口上印着一段好玩又俏皮的作者简介。他说，人家出书都放个作者简介，简介里都要有任职什么的，咱这回也弄一个：

邹静之

属龙。

身长五尺二寸余（市尺）

男高音。

有农事经验及瓦匠手艺。

好发呆。

食性颇杂。

有梦。

下乡八年，做工五年。

曾任有色金属设计院子弟小学三·一班第六小组副组长一年。

哈哈，这就是静之。这本书，韩作荣给写的序，序言的题目是《另一种散文》。书中收入了当时对教育界很有影响的文章《女儿的作业》以及大家都喜欢的《美人与匾》《驱赶》《小儿无赖》等。

我调回故乡工作后，他又寄赠了上海人民出版社出版的《知青咸淡录》，可一睹他当年的北大荒知青生活。这个时期，他已经在电视圈很火，是京城的大编剧。他写的《康熙微服私访记》《铁齿铜牙纪晓岚》现在还在播呢。我最喜欢他的《五月槐花香》。《五月槐花香》后来还由东方出版社出版了小说版，他也送了我一本。

朋友们都以为静之离诗渐远了的时候，长征出版社出版了《邹静之诗选》。2008年1月，他寄来了这本书。有的出版社也在琢磨他的散文。2010年，法律出版社就出版过他的散文集《九栋》，书后还附录了10首诗。

几年未见静之了，偶尔会相互通个电话，我喜欢他那抑扬顿挫的声音和慢条斯理的谈话。

# 沈奇的书

我和沈奇是多年老友，而且是见面就“互掐”的那种亲密朋友。

1993年冬天，他从西安寄来他的诗集《生命之旅》（陕西人民出版社，1992年11月版）。诗集由牛汉先生和丁当分别作序，还收入了几篇他的文论和一组有关诗歌创作的断想。那时，沈奇正值中年，干劲十足，不但写诗，还写了许多理论和批评文章。他是一个集诗人、评论家于一身的人。中国很多诗歌评论家在撰写文章的同时进行诗歌创作实践，而且还都写得一手很好的诗，沈奇是其中的一个。沈奇还搞一些书画评论，同时进行书法创作实践，是个文武双全的家伙。牛汉先生在序言中写道：“他的诗和诗论都没有隐蔽自己的壕堑，因而一眼便能看到了他内心真实的显像；他在诗的审美领域不停地向深远的地方虔诚而艰难地跋涉着，有发现的喜悦，也有超越自身所经历的一步一滴血苦行僧似的艰难。他是属于那种走路不回头的人。”

《生命之旅》之后，沈奇对新诗语言问题进行了深入研究，并陆续写出了一大批短诗进行实践。正如他自己说的：“仅就当代诗人诗评家群体而言，应该说，绝大多数的批评立场及诗学主张，与其写作立场及创作理路都是大体一致的，亦即是一体两面的存在状态。而我个人的诗歌写作，则与我所投身其间的先锋诗歌理论与批评的走向并非完全同步，且时有游离。”这时候，他的《天生丽质》由文化艺术出版社出版了（2012年10月版），64首诗，写作历时6年，还有十余篇相关评论文章放在书后，陈思和、杨匡汉、洛夫、陈仲义、赵毅衡等都有文章。参照着读，可对沈奇的诗歌创作进行更深入细微的理解。

《秋日之书》（西安出版社，2014年8月版），这是一部散文随笔集或者说是一部带有评论味道的散文随笔。我重点细读了其中的第二辑，写牛汉、谢冕、洛夫、痖弦等的文章，有交往、有友谊、有描摹……这本书里，还有许多谈书画、谈陶艺、谈小说、谈散文的文章，当然都是因人谈起，不是浮光掠影的那种文章。

《无核之云》（陕西人民教育出版社，2015年7月版），精装本，“当代新诗话丛书”之一，南帆作序。这本书读起来不累眼睛累心。上篇330则，下篇200则，一段段一节节的，哪一段哪一节都可以很快读完，但哪一段哪一节读过都得思考很长时间，这可能就是这本书的魅力。

《沈奇诗选》（陕西师范大学出版总社，2010年12月第1版，2015年10月第2次印刷），精装本，集中了沈奇写诗以来（40年）的佳作。书后附录有三，其中的《沈奇文学年表》也要看一下，看一位诗评家、诗人、大学教授（沈奇系西安财经大学文艺系教授）是如何成长起来的。沈奇1951年在陕西勉县出生，大我5岁，是大诗兄。他有几次给我讲起他下乡当知青的经历，讲他的“过五关斩六将”，讲得我感到吃惊，又讲得我感到亲近。还讲过他一个教授如何发火乃至动手，弄得学校的人也吃惊。这又有什么？他就是一个没把自己看得过高的性情中人，高兴了，他还会给你唱几首地道的陕北民歌和汉中民歌呢。有一次，他给我讲民歌，讲得我缠上他了，以至于以后一见到他就鼓动他朗诵或唱民歌。那些民歌从他那小胡子下面拱出来，甜和酸的味道、苦和辣的味道就都齐了。我还嫌不过瘾，要求他给我搞些有关民歌的书来。没多久，他就寄来了《镇巴民歌总汇》两卷、《中国陕北民歌经典》一部。我哥真够意思。

# 子川的书

2006年4月，子川兄赠我他的散文集《把你凿在石壁上》（中国文联出版社，2002年3月版），小说家叶兆言作序。也巧，这本书的责任编辑是我恩师牛汉先生的儿子史果。2008年6月，子川又赠我诗集《背对时间》（江苏文艺出版社，2007年12月版）。叶兆言说子川的散文“记录了一个人的心灵漫游，是一个人思想的见证”。叶橹先生评价子川的诗是“保留着‘原生态’的情景和情愫的诗篇”。

《背对时间》是一本朴素大方、淡雅如作者其人的诗集。吴思敬先生在序言中写道：“子川用《背对时间》作为诗集的名字，不仅是由于集子中收有《背对时间》这样一首同名诗作，更重要的是这一名字概括了诗人的强烈的时间意识，以及在这种意识支配下的生活姿态与写作姿态。”这本诗集是子川2004年11月至2007年11月各时期的佳作集合。子川自己说，这一时期，他处于一种积极的生命姿态和良好的写作状态。他在“后记”里已经谈得很透彻。

那几年我们来往密切，还有河南诗人马新朝兄，大家经常弄个理由找个地方一聚，在一起交流书法、探讨诗歌。诗人邓万鹏还写过文章发表在《郑州日报》上，称我们仨是诗人书法中的“南川北马关东张”。从此，我们有了“代号”。

我认识子川兄的时候，他正在主持江苏省作家协会《扬子江诗刊》。他是老编辑，曾在大型文学刊物《钟山》杂志工作多年，经他手面世的小说不知曾有多少。主编《扬子江诗刊》他也是兢兢业业，把刊物办得有声有色。

2010年12月，子川寄来散文集《水边书》（江苏文艺出版社，2010年2月版）。作家范小青作序，序言的题目是“高邮，我们共同的家乡”。这本书是“文游台创作丛书”之一，书的内容大部分是写故乡高邮的人和事，读来亲切感人。特别是那篇写父亲的，不仅仅写了家事，也记录了一个时代。

2013年7月，子川寄来了他的诗集《虚拟的往事》（江苏文艺出版社，2012年12月版）。关于这本诗集，评论家唐晓渡写过一篇文章叫《静水深流或隐逸的诗学》，对这部诗集进行了深入的解析和评论。子川在寄诗集时夹了一张便笺，上面写着：“洪波兄，大安。思念中！”是的，我们有如亲兄弟，互相挂念着。

《咸苦的诗韵》（凤凰出版社，2015年10月版），是子川为“泰州知识丛书”写的一本书，记载了明末清初的诗人吴嘉纪。子川约我去过两次泰州，人杰地灵，值得一游。像吴嘉纪这样的人物，也应该记住。

《夜长梦不多》（中国书籍出版社，2018年8月版），散文集，精装本，是江苏省作家协会与中国书籍出版社为获得过“紫金山文学奖”的作家出版的“紫金文库丛书”之一。

我这里还有一本子川送我的小册子《子川小辑·大可斋存稿》。子川以新诗名世却不忘旧学，他的旧体诗也写得非常棒，这本小册子集中了子川创作的旧体诗60多首。记得以前他用手机发我一些，我曾抄写成手卷并装裱好送子川兄留作纪念。

子川是个肯钻研的人，电脑、手机他都玩得很溜，他还出版过一本有关网络技术方面的书哩。2000年10月，学林出版社出版过他的《网络中国投影》一书。子川兄是琴棋书画样样都通的人。他的书法也是童子功，他曾多次讲到他父亲教他习字时的故事。他的父亲张也愚生前身后在江苏高邮也是受人敬重的，我去过高邮，高邮人民英雄纪念碑那几个字就是他父亲写的。有一年，子川说在家乡的图书馆找到了父亲当年临写孙过庭《书谱》的原件并复印出来了，我就帮助找个出版社出版了一本书。很多人看了都喜欢，叶兆言还为那本字帖般的书作了序，子川写了后记。说起下棋，他也是童子功，20世纪60年代曾获高邮少年象棋冠军、扬州地区少年象棋冠军；70年代，获得过江苏省国际象棋冠军；90年代获得过江苏省新闻文艺界围棋冠军，授业余五段。在我眼里，子川兄就是个能人。

子川兄还有些著作我这里没有，比如2003年他与朱苏进合出的一个叫《江山风雨情》的长篇小说，2004年远方出版社出版的《子川诗抄》，这本书后附有苏童、叶兆言、毕飞宇、赵恺、汪政、徐一清等人的读后文章。《子川诗抄》出版后曾获江苏省第二届紫金山文学奖。

子川本名叫张荣彩，1953年11月出生，排行老十。曾插队务农，进工厂当工人、厂长助理，当过泰州市文化馆副馆长。1982年开始文学创作后，又担任过中国作家协会会员、中国诗歌学会理事、江苏省中华诗学研究会副会长。这里只谈他赠我的书，我们的友谊也应该写一篇文章，那是后话了。

子川温和稳重，善待朋友，有君子之风。他手里总是捏着一把扇子，扇子上的字是他自己的书法。

# 甘铁生的两本书

我这里有甘铁生的两本书，一本是《都市的眼睛》（作家出版社，1986年9月版），是“中国作家丛书”之一；另一本是《男人女人残疾人》（武汉大学出版社，2014年1月版）。

1983年，甘铁生入中国作家协会的鲁迅文学院，是鲁院第8期学员。1984年鲁院学习结束，甘铁生就到圆明园附近埋头写小说《都市的眼睛》。那个冬天，他在雪花和思考中写作《都市的眼睛》。

1994年5月底，当时我还在华北油田工作，林莽说要我协助《诗探索》编辑部搞一次“白洋淀诗歌群落”寻访活动，牛汉、吴思敬、芒克等都来了，甘铁生也来了。记得我们喝60多度的衡水老白干，车上船上地开着玩笑，很快活。后来我到《诗刊》帮忙，那期间还多次见面喝酒。

我调回东北工作后，我们仍有联系，偶尔还通个电话聊聊。

《男人女人残疾人》刚刚出版，铁生兄就给我寄来了一本，扉页上写的是：“洪波老友一笑。铁生2014.1.15.北京”。这是一本挺特别的书，是由史铁生、陈放、刘树生、甘铁生、刘树华、晓剑六个人于1980年联手完成的一部小说，尘封了30多年才拿出来出版。当然，这里面有纪念和怀念史铁生、陈放的意思。晓剑在前言中谈到了这部书稿的起因：“似乎是笔者突发奇想，由在座的6人联手创作一部作品，将每个人的生活经历和社会思考通过文学人物共同展现出来。”“每个人都在记录自己的真实，每个人都在塑造自己的灵魂，每个人都是作品中的主角，每个人都有自己的故事和曲折的命运。但是大家又都围绕着一个突如其来的事件在发展情节、阐述理念、诠释人生。”这种“沙龙式”的写作，今天看来还真是有着独特的味道。书的后面还有大家撰写的怀念文章，甘铁生写的是《轮椅上的精神猎手》，回忆了当初两个同名不同姓的铁生的结识和友谊。最后他写道：“老友史铁生，卷土重来吧！”

史铁生我也是见过的。记得1993年5月，林莽兄告诉我参加18号在文采阁召开的《食指 黑大春现代抒情诗集》出版研讨会。林莽兄让我带车进京，先到八里庄接牛汉先生，之后顺路再到史铁生家接史铁生一起去文采阁。史铁生是个聊天高手，和他谈话是很舒适开心的事。

2018年7月17日晚，72岁的甘铁生老兄停止了和人间的直接交流，这真是噩耗！

甘铁生，祖籍台北，1946年生于北京，生前为中华全国台湾同胞联谊会《台声》杂志记者、编辑，中国作家协会会员，代表作有长篇小说《都市的眼睛》《1966前夜》，长篇报告文学《七天七夜》，中篇小说《第四次慰问》《野玫瑰》等。根据铁生兄的小说《中彩》改编的电影获戛纳世界大学生电影节奖。他的作品也有被翻译到美国、法国、澳大利亚去的。他还著有散文集《高中》《浮光掠影游丝录》，中篇小说集《秋天的爱》等。他对中国文学做了自己该做的努力。

甘铁生老兄走了，那个因为大鸡牌香烟和我开了一路玩笑的老哥跑到另一条安静的路上去了。

# 苗雨时的五本书

结识苗雨时先生是在1985年河北涿州的“芒种诗会”上，那是河北省很重要的一次诗会，还请了北京以及河北以外一些省份的诗人。会议把我们冲浪诗社单独分了一个讨论组。那些天里，苗雨时先生得空就和我们冲浪这帮人在一起聊。因为他为我们的“冲浪诗丛”写过评论，又给冲浪诗社的大部分成员写过评论，大家就称他为冲浪诗社的保健医生。

我这里有苗雨时先生送我的五本书：

《诗的审美》（河北人民出版社，1990年5月版，1990年7月赠书。）

《河北当代诗歌史》（中国戏剧出版社，2003年1月版，2003年4月赠书。）

《走向现代性的新诗》（河北大学出版社，2010年1月版，2010年春赠书。）

《雨时诗话》（香港中国风行出版社，2018年11月版，2019年夏赠书。）

《临风绽放的玫瑰》（花山文艺出版社，2019年3月版，2019年夏赠书。）

这些书，偏重诗歌的要多一些。苗老师从20世纪70年代起开始从事文学理论研究工作，在河北文学圈乃至全国都是有影响的。河北省像我们这个年龄的人，大多被他评点和分析过，在他面前没有“秘密”。

苗老师是廊坊师范学院文学院的教授，结合教学，他每年都会把一些文学研讨会活动引进校园，退休后，仍然坚持不断，特别是一些诗歌活动。我参加过的活动就有2003年4月的“牛汉诗歌研讨会”（中国当代文学研究会、人民文学出版社、廊坊师范学院、首都师范大学中国诗歌研究所联合主办）、2018年5月的林莽诗歌研讨会（中国当代文学研究会、廊坊师范学院、白洋淀文化研究中心、首都师范大学中国诗歌研究中心联合主办）、2019年5月的寇宗鄂诗歌创作研讨会（北京大学中国诗歌研究院、中国诗歌学会、首都师范大学中国诗歌研究中心、廊坊师范学院联合主办），等等。苗老师1939年出生，年事已高，但仍然活跃在文学理论领域，尤其是在诗歌批评与研究方面，著述不断。他在廊坊师范学院建立了“雨时诗歌工作室”，还创办了高校民刊《雨时诗刊》，身边有一大批青年诗人。

2003年我从廊坊师范学院参加完“牛汉诗歌研讨会”回到长春后，收到了苗老师的来信和评论我一本书的文章，我给苗老师写过一封回信，现在还存在电脑里，把它调出来放在这里：

雨时老师：

您好。

今天上午收到了您的来信，并认真阅读了您评论我《诗歌练习册上的手记》的文章。不知怎么，一下子想起了许多往事。您对我的创作一直是很关注的，正像您在文章中写道的：“洪波是我熟悉的一个诗人，也是我的朋友。我几乎见证了他几十年的诗歌创作。”早在我到河北工作的第二年，也就是1985年，您曾写过一篇几千字的评论我的“幼林抒情诗”的文章——《新时代的风景线》，并发表在黑龙江《林苑》杂志当年的第六期上。后来，我和逢阳在河北省作家协会帮助工作时，参与了《诗神》的创刊工作，还和河北省的其他9位诗友成立了“冲浪诗社”，您和尧山壁热情地支持着我们，记得我们曾称您为“冲浪诗社”的“保健医生”。那是河北省诗歌创作和诗歌活动的一个高潮期，包括在涿州召开的“芒种诗会”等，至今都难以忘怀。我的诗集《沉剑》在花山文艺出版社出版后，您又和您的学生一起写出评论文章《民族灵魂的打捞》，发表在《河北日报》上。最近，在您新出版的《河北当代诗歌史》一书中，您还专门论述了我的诗歌创作，这一切都让我十分感动，到什么时候我也会记着“保健医生”的鼓励。我是一个无大成就也没有什么朝气的诗人，您的鼓励无疑是在不停地推动我的创作。在寄来的这篇新写的文章中，您说我是在“秉持着现实关怀和终极关怀的写作方向，追求真善美的具体统一”。我同意您的看法，尤其是“具体的统一”，我觉得这是一件很难的事情，不那么简单，也许我一生都无法真正达到这个高度。但是，还是要不断地磨砺自己，努力地去追求，实实在在地追求。这些年来，我一直不敢松懈，默默地、不间断地在生活中打磨自己，在这个深度地感悟人生的过程中，诗歌是与我相依为命无法分割的，甚至诗歌是锤炼我精神生活的最大的一部分，它使我有了真实可靠的骨质和气脉、有了可以伸展灵魂的道路、有了属于自己的血肉。我珍惜自己在这方面的切实努力，同时深知这是一个长程，要一步一步地走下去。

这次在牛汉先生的诗歌创作讨论会上，本想和您叙叙旧，多谈谈诗，可是总也没有机会和时间，好在我经常回河北，我们再详谈。我看到您还是那么精气神十足，那么有酒量，那么幽默自由，心里十分高兴！还有姚振函兄，不减当年，不一般！希望您注意身体，多多保重。

常联系

祝好

洪波

2003.6.4.深夜于长春寓所

# 马新朝的书

我和马新朝的联系应该在20世纪80年代末，密切联系在90年代初。他那时在河南省一家青年刊物工作。当时他好像不但写诗，还写一些报告文学之类的东西，记忆中还造成了一些影响。

1996年4月间收到了他寄赠的诗集《乡村的一些形式》（中原农民出版社，1994年4月版），周良沛作序。诗写得淳朴自然，写了村庄里的事情，平原上的一些农事、一些人。马新朝在这本诗集的后面用一首诗代后记，那首诗的题目是《语言的神话》。他在诗中写道："而语言的利剑时而把我刺伤/新鲜的血在事物上开出花朵。"是的，今天重温他这些早期的诗，那些坚实的诗句，仍然如默默开放的花朵，闪烁着光彩。

2003年12月，新朝寄来了他的长诗单行本《幻河》（中原农民出版社，2002年12月版），内文竖排，折页装订，有简朴盒套，他就随手在那个盒套的一角写了"请张洪波先生批评，新朝，2003.12.16"。诗集中配有许多与黄河有关的图片，从源头到下游，风情、人物以及事件。一张张图片随着诗在折页中被拉开，像一场电影，像在为诗做着证明。读到后面，有新朝的好友邓万鹏（也是我的好友）的文章《诗坛陡起的旋风》。那文章一开篇就写道："1999年11月12日，这是一个注定被诗坛记住的日子。当一部以黄河为题材的一千八百行（64节）的现代诗最后一行被敲定，诗人马新朝如释重负，终于从创作的亢奋和疲龛中站了起来。这部长诗的完稿，无疑是当代中国诗坛一个非凡事件，这是因为这部大诗所涵盖的坚实博大的内容和成色十足的艺术质地已远远超出了我们的预料。”2001年3月，河南诗歌界为这首长诗召开了研讨会，接着又出版了这部长诗的单行本，评论家耿占春说得好：“《幻河》为20世纪末的中原诗歌写作赢得了尊严。”2005年6月，《幻河》获得了第三届鲁迅文学奖，黄河与诗给新朝带来了荣誉。

2010年5月，在一次诗会上，新朝送我他的散文集《大地无语》（河南文艺出版社，2009年1月版），还是写乡村的多。其中，“驻村札记”“父老乡亲”“村南村北”三辑是写乡村的人与事。他说：“时时会想起那里的人和事，想起那里的茅舍青瓦、里巷人生。”是的，他是平原之子，他的作品中不能没有他的乡村。

2010年以后，新朝、子川我们三人除共同探讨诗歌外，还经常在一起交流书法。子川在南京，新朝在郑州，我在长春。我们就借诗会的机会见面，三个老朋友到一起无话不谈，诗会上一有写字的笔墨任务，我们仨都会写一写。在江苏、在河南、在安徽、在吉林等地都写过，新朝兄戏称自己写的隶书是“醉隶”，他对写字非常认真，而且有求必应，我和子川称他为“劳动模范”。一来二去地，我们成了一个小圈子。因为新朝，那些年我没少去河南，交下了好多河南诗友。河南可能是我去的次数最多的、最深入的省份。2013年5月，我们三人的书法展在河北石家庄举办，记得邓万鹏在《郑州日报》上还写文章介绍我们仨，说是坊间流传“南川北马关东张”，还提出这种诗人书法现象值得观察、了解。2013年9月，诗人、书法评论家李木马还在《文艺报》发表文章《笔墨三人行，诗书本一家》，评价了我们三人的书法作品。最早命名“南川北马关东张”的人是谁呢？记忆中应该是高洪波。前些天我给高洪波发微信询问，他说是的：“我的命名最有影响的是褚橙，其二是你们哥仨。”子川、马新朝我们还曾策划要出版一本三人的书法或者诗书合集呢。

2012年冬天，新朝寄来他的诗集《花红触地》（大象出版社，2012年1月版），诗集做得端庄大气，诗也是他越来越进入诗歌本质的作品，有的诗甚至有了一些神性的东西。

2013年冬天的一次聚会上，新朝又送我一本《马新朝研究》（大象出版社，2013年10月版），这本书对研究马新朝的创作是很有用的。评论、访谈、赏析，都有了，论他的诗、论他的散文、论他的书法，都在其中。这是他生前送给我的最后一本书。

他病倒的时候，一开始对外地的朋友保着密，后来有一天邓万鹏在电话里告诉我，新朝说了，对洪波就不用再保密了，告诉他吧。我不敢与他通电话，我不知道他还有多少力气在苦熬。后来万鹏告诉我，他硬挺着走出医院，参加了儿子的婚礼……

2016年9月3日，我在微信里收到一个讣告：

河南省作家协会副主席、河南省文学院原副院长、中国诗歌学会副会长、河南省诗歌学会会长、著名诗人马新朝因病医治无效，于2016年9月3日16时50分逝世，享年63岁。

他正值创作旺盛季节，收获的秋天里，他刚刚挥镰收割就倒下了，我的哥！你留下了永远奔腾的《幻河》，留下了你钟爱的“醉隶”，带着《莽原》《十月》以及河南省政府给你的奖赏，带着鲁迅文学奖，走上了返乡的路。我因故未能去郑州给新朝兄送行，子川兄代表我去了一趟郑州，子川兄拟了一个挽联：

七弦尽断琴何在？流水长存，君诗高于众火；

九月星凋夜失明！悬岩路短，人力不敌无常。

2016年12月初，新朝的夫人夏平寄来了新朝没有来得及给我寄赠的诗集《响器》（中国青年出版社，2016年6月版）。夏平在短信里说：“我知道新朝你们是一生的好兄弟……”

2019年9月，老友冯杰寄来了一本《马新朝诗选》（河南文艺出版社，2018年8月版）。此前，我在网上看到了出版消息，问了河南的几位诗人，想得到这本书，未果。后来给冯杰发了微信，冯杰说，马上办！很快就把书快递来了。冯杰在书的前环衬页上写道："万鹏精编新朝兄诗选，是另一种纪念。遵嘱为洪波兄奉上。2019年9月3日新朝兄三周年。冯杰于郑州。"合上书，我眼睛潮湿，凝望着书的腰封上新朝兄经常使用在出版物上的他那幅个人照片，那照片的旁边印着他《被打断的谈话》一诗中的三行：

雪，将覆盖这些谈话
覆盖它们在事物的表面还没有来得及
生长的谈话

# 王学理的书

考古专家王学理先生，我认识他的时候他还是陕西省考古研究所秦汉研究室主任，他参加并主持的大型考古工程有秦都咸阳、秦始皇陵兵马俑、汉鼎湖宫、汉阳陵等考古调查发掘，对陕西省内外多处遗址进行过考古调查与研究。他的学术著作得有30余部之多，还有一些考古学文献目录和普及性的考古读物等。

20世纪90年代末，我随一个摄制组拍摄一部有关中国皇帝的纪录片，在西安，结识了王学理先生，从此成为忘年交。1997年6月，因为拍摄的需要，我首次得到了王老师的赠书，一本是《秦俑专题研究》（三秦出版社，1994年6月版），另一本是《秦物质文化史》（三秦出版社，1994年6月版）。这两本书，厚如砖，重如石，是我们当时的工具书、参考书。

按王老师的说法，《秦俑专题研究》是《秦始皇陵研究》一书的姊妹篇。一看书名就知道这是一部专业书籍，加之它的厚度，一般人都会望而生畏的。我一开始也不敢轻易地去碰它，我担心自己的兴趣和爱好会影响阅读。后来因为写作一部有关古代俑的书的需要，我壮着胆儿打开了这部大书。没想到，王老师的书竟然是那样的好读。在王老师的著作中，既能看到一个学者严谨的学风，又能看到一个考古专家涌动的激情。我感到，这部著作，既是一个专家用心血凝结的研究成果，也是一个知识分子向所有读者的倾心述说。或者说，专业人员可以从书中读出研究的轨迹，而一般读者也可以从书中读到一个时代，读到历史上那一段骄傲的雄浑之音。秦陵兵马俑是世界级的文化遗产，对它的研究已有了独立的学科。然而，投入这样的研究，没有丰厚的历史文化知识的积累、没有持之以恒的毅力和精神，是很难完成的。王老师就是在这种寂寞的奋斗当中，从遥远的大树上摘下一颗颗果实，奉献给从历史坑道里走来的这个世界。王老师的语言，不像一般学术专著那样板结，他很注意语言的色彩和弹性，注意文学语言的使用和渗透。比如有些章节的题目："云骑凌厉中原蹑影追风胡域""战士风霜老将军雨露新"。看着这样的题目，就不能不跟着读下去。这是一部文物研究专著，又是一部厚重的兵书。《秦俑专题研究》由军事篇、兵器篇、艺术篇、篇外篇四大部分组成，不仅解析了秦始皇陵兵马俑从葬坑这幅"秦代的陈兵图"，同时从多个角度对秦俑矩阵的历史意义和象征意义进行了论说。而这些论说，不是仅仅靠对文物的分析而言，更多的是把文物和活生生的史实联系起来，真正做到了言之有物。比如，在第一部分里，作者专门有一节"秦矩阵的历史性战例选析"。在这里，我们又重温了秦晋的"韩原之战"、秦伐楚的"拔郢之战"、秦伐赵的"长平之战"。而在第三部分中，读者可以找到秦代的艺术成就，找到秦俑在中国雕塑艺术史和世界艺术史上的地位，也可以了解秦俑造型上的缺陷和产生缺陷的根本原因。

7月，摄制组到了河北，王老师专程到河北任丘。在我家作客期间，又赠我他主编的大型画册《中国汉阳陵彩俑》（陕西旅游出版社，1992年1月版）和《秦陵彩绘铜车马》（陕西人民出版社，1988年7月版）一书。《秦陵彩绘铜车马》一书是一本文字干净利落、内容实在可读的书，给我留下了很深的印象。画册印制精细，非常好看，介绍了汉阳陵的发掘，也介绍了阳陵汉俑的陶塑之美。里面还有王老师给国家领导人和外国元首介绍汉阳陵彩俑时的照片。据说后来王老师还编导过一部录像资料片《神韵卓然见汉风》。王老师给我介绍了很多有关汉阳陵，特别是彩俑的情况，使我对这个专题有了深入的了解，用现在网络流行语就是："涨知识"啊。

这些年来，一直和王老师有联系，还互相发微信。他也不断有新著寄来：

《轻车锐骑带甲兵》（百花文艺出版社，2002年11月版），王老师于2004年4月寄来。一同寄来的还有《汉景帝与阳陵》（三秦出版社，2003年11月版）。

《秦都与秦陵》（三秦出版社，2008年5月版），王老师于2009年3月寄来。这是陈忠实主编的"陕西历史文化百部丛书"之一。

《考古队长说阳陵》（三秦出版社，2015年11月版），这是"亲历汉陵考古文化丛书"之一。

《穿过逆风向秦汉》（香港四季出版社，2019年6月版），书的封面有一个副题"一位考古学者的亲历"。

这些年来，王老师身体健康，笔耕不辍，不但著述不断，还先后到瑞典、挪威、奥地利、法国、德国、比利时、瑞士、美国等国访问并进行学术交流。他真是一位孜孜以求的学者、一位闲不住的老人。他是一位让我们一直敬重的专家。

# 李老乡诗集《野诗》

《野诗》（作家出版社，1997年12月版）李老乡著，作者于1998年9月寄赠。

李老乡（老乡），未曾谋面。《飞天》文学月刊的编审，20世纪80年代《飞天》影响很大，有一杆优秀编辑人马，当然包括李老乡（他发表诗时用笔名老乡）。听说他是老大学生，是学美术的。我年轻的时候读过他的诗，非常喜欢，尤其是他那些短诗，诡异、深刻、技巧各异，有很多值得学习之处。对老乡诗歌创作的评论我也读到过一些，都很赞赏。听说李老乡这个人很有趣、很幽默。只是遗憾一直没有机会结识，我喜欢和风趣幽默的人来往。在他的诗里也能读到这种东西。李老乡还写得一手小楷，在他诗集像页的后面有一幅手迹，字倒是中规中矩的，不像他的诗那么神秘莫测。李老乡的作品在《人民文学》《十月》等期刊获过奖，在甘肃省获过奖，直至最后获鲁迅文学奖。

后来又有《野诗全集》出版，我没有见过，我想会有很多读者喜爱的。

李老乡，1943年12月出生，河南人，是甘肃省作家协会副主席。晚年隐于天津，2017年7月10日病逝于天津，享年74岁。

看见和看不见的

黑暗深处总有一盏油灯
把天国照亮
天国里端坐着一位
无名的画师

不愿画风　画风
须画弯腰的树
也不愿描绘被污染的水
画它须画那些漂起来的鱼
死不瞑目的眼睛

看不见画师的思想　唯有
花枝招展的飞天
自洞穴倾巢而出

这是李老乡的一首诗，摘自诗集《野诗》。

# 《孟繁华文集》及其他

孟繁华，祖籍山东，出生于吉林省敦化市，我的老乡，几十年的朋友、兄长。

2019年6月间，他好像在国外呢。我们发微信，我说得知《孟繁华文集》出版了，想看到。他回复："回去就寄。"7月，一大包书真的就寄来了。好重啊。

《孟繁华文集》（人民文学出版社，2018年4月版）10卷本：

《梦幻与宿命：中国当代文学的精神历程》

《众神狂欢：世纪之交的中国文化现象》，扉页上写着："洪波老弟存念。繁华2019.7.北京"

《传媒与文化领导权》

《中国当代文艺学学术史（1949—1976）》

《当代文学：终结与起点——八十、九十年代的文学与文化》

《1978：激情岁月》

《中国当代文学史论》

《新世纪文学论稿之作家作品》

《新世纪文学论稿之文学思潮》

《新世纪文学论稿之文学现场》

一套大书。这是繁华兄从30多年来陆续发表过的几百万文字中编选出来的，是他搞当代文学研究和批评的成果。在网络狂欢的今天，能有这样一大套书的出版，实属不易。

1995年那时，繁华兄还在中国社会科学院文学研究所工作，我去信请他为我的诗集写序，他回信：

洪波你好：

我刚从敦煌开会回来，收到了诗集及“想我走来”原稿。我同意你的意见，不生硬地归纳到什么“主义”里。读完所有作品后，我认为长诗“穿越新生界”最好，这是近年来不多见的好诗，情怀、气势、关切对象及语言都不错，历史与现实、空间与时间、宏观与具体都展示得有声有色。

初步定题为“独旅诗人的无言承诺”。周二见到福春时再聊聊他们的意见。我会认真写的。放心好了。

寄上一册评论。握手。

繁华10.13.

寄来的那本书是评论集《文学的新现实》（天津教育出版社，1989年7月版），陈骏涛在序言里称赞孟繁华是一个把文学评论作为事业精神追求的评论家。

后来的几年里，繁华兄经常与我有书信来往，有时我也会“进城”（进京）找他喝几杯。记得有一次在他家楼下的小酒馆里，干掉了一瓶二锅头外加几瓶啤酒。

繁华兄对我的写作有过诚恳的批评和指导，20世纪80年代末他有过一封来信，我至今珍藏着。出版社出版我的诗歌作品评论集的时候，我把那封信收入进去，表示了我对繁华兄意见的重视：

洪波：

你好！我们虽“鸡犬声相闻”，却大有“老死不相往来”的味道。今天，在北京延续了多日阴冷的日子的时刻，读到了你的新作，为我寂寞忧郁的心吹来了一股藉慰的风。读友人的东西，有一种自然的偏爱，它会让人想起许多美丽的过去。

诗集很快就读完了，我想谈一点你可能不大爱听的话：牛汉说你的诗“变的不是陌生”是中肯的，变化很明显，但内里仍流淌着过去的惯性，明丽、纯洁，一如情窦初开的少女，总是用善良的心和眼睛打量世界，包括钟爱的王子。在今天，这类诗不多了，不多可能就显得金贵些。艺术的魅力就在与众不同。

我想说的是你诗中缺少的忧患意识和思想的风范，如果你依旧二十多岁，写这类诗无可非议，今天再如是写下去就显得肤浅了些。我认为可借咏叹的情境太少了，这并不是说一定要有仇恨感。我们总把语言当现实，结果呈现眼前的是一片幻觉，现实原来并不美好，今天更证实了它。

艺术首先应重视的是生命体验，而不是感觉，以前我也误认为重视了感觉就有艺术，其实感觉是弥漫于表层的，生命体验才是真正的真实，有了它用什么样的形式陈述表达就都是艺术。读海明威、波德莱尔、艾略特是如此，读聂鲁达、马尔克斯都是如此。没有对战争严酷的生命体验，就没有海明威笔下的孤独和迷茫。“生命体验”是我最近在一篇文章中提出的，今后我仍将研究下去，它比“反映”“再现”“表现”之类的陈词更具理论意义。

现在的“非非主义”“莽汉主义”自然不必奉为圭臬，但其中有极可重视的东西，但他们又太孤僻，谁也碰不得，有点病态，廖亦武、孟浪等人的诗不错。

不知你现在情况怎样？目前我已到北大了，在这做一年的学术访问，随谢冕老师写东西，每天在家，不上班了。你到北京时不妨来坐坐，喝喝酒，聊聊天，活得太累了！

我家地址如信封所示，永定门下车往西走十多分钟就到。话可能言重了，别在意，老朋友只能说些真的。

即颂

撰安

繁华

1989.8.26

我觉得这封信不是写给我一个人的，对很多年轻诗人都适用。有助于沿着正确的道路成长。

前几年在故乡搞文学活动，我邀请繁华兄回来走走，他竟然有20多年没有回故乡了。那一次大家在一起很开心，繁华兄也没有博士生导师的架子，与故乡人极为亲切。听说他后来又回去过，也不知他有没有把自己的著作赠送给家乡。

# 张新泉的三本诗集

我这里有张新泉大诗兄的三本书。

第一本：诗集《鸟落民间》（成都出版社，1995年6月版），1998年4月赠我的。首先我喜欢这部诗集的名字，鸟落民间，不是鸟飞上高处，不是鸟落枝头，不是鸟落殿堂，鸟落民间感觉是一种生还。

这本诗集里的一首诗《劳动节》，是我至今的喜爱：

劳动不再仅仅是

抡铁锤、开火车、种庄稼

劳动还包括炒股、唱流行歌

叫卖真丝胸罩连裤袜

劳动要有益于人，有功于社会

所以禁止卖淫，不准捉青蛙

劳动节这天不劳动

天气好，太阳像朵花

不用细说，会有更多的人喜欢它，越品越有意思。有一段时间，逢年过节我都要给朋友们书法一张贺卡，用电子邮件发出。有一年劳动节，我就抄录了这首诗，很受欢迎。因为是电子版，有的朋友就继续传播，看得出大家的喜爱。我知道，这绝不仅仅是因为诗写得有趣。

这本诗集的前面，新泉兄说了一些话，说得实在，其中有："中国文人在乎的东西太多了，这太多的文字与生命之外的在乎，扭曲了文人的形象，白白浪费了许多光阴。"

新泉兄初中辍学后，做过筑路工、船工、码头搬运工、锻工，就像一只落在民间的鸟。他在繁杂的劳动中鸣叫，他懂得并亲身感受了什么是苦与累，这些生活成就了他后来的许多诗作，成就了一位新现实主义诗人。

《鸟落民间》获首届鲁迅文学奖，名实相副，没有辱没鲁迅先生的大名。我想，读读新泉兄的诗，鲁迅先生也会喜欢的。

第二本：《在低处歌唱》（个人资料，内部交流，2000年6月印制），2000年7月赠我的。翻开书，有作者"写在前面的几句话"《从公开发表到内部印刷》，他说：

这是继《鸟落民间》之后，我的第九部诗集。集中的诗作都曾公开发表过，如今收集起来，以"内部印刷"的方式出版，不出售，不进入书店与媒体，意在给自己留一份资料，也顺带赠送部分文朋诗友。

公开发表过的诗，内部印刷的书，用新泉兄自己说的，连书后附录章德益和傅宗洪的评论文章也只好由"公开"到"内部"了。这个创意令人思考。新泉兄不愧为一个老编辑家。书这样出，靠的不是书号，不是CIP了，而是内容。我们这些年读了太多飘忽在云空的现代诗，甚至还有一些伪现实的唠叨"诗"。读读张新泉的诗吧，让"低处歌唱"带你认识真正的低处。

新泉兄做过出版社编辑、编辑室领导，做过《星星》诗刊副主编，用他的话说，当工人20年，做文学编辑20年，他的工作生涯里有40年光景就这样奉献了。

第三本：《张新泉诗选》（四川文艺出版社，2002年6月版），2002年7月赠我的。这是一次总结，然后就又开始。陈超评论新泉兄的诗“陈厚、朴素中潜含奇崛、尖厉，是诗人心中词源使然，而非任何仿写，是为公论”。书的前面有燎原文章代序，那文章标题是《民间和声与生存暖意》，而新泉兄代后记的短文的标题是《雀，麻雀的雀》，不要以为这是在逗趣。新泉兄说：“对于我这只具体的麻雀，无论是飞还是歇，有两个词汇需要叽喳几句，这就是‘低处’和‘民间’。所谓安于低处，绝非故意做出来的一种姿态，更不是对生息于高处的大鸟们的嫉妒和分野。”我愿意听新泉兄这样的发声，而他自己“奇崛、尖厉”之后，是那么平静。

好刀厌恶血腥味

厌恶杀戮与世仇

一生中，一把好刀

最多激动那么一两次

就那么凛然地

飞起来

在邪恶面前晃一晃

又平静如初……

——张新泉《好刀》

# 张烨的四本书

张烨，女诗人，上海大学教授。她有四本诗集送我：

第一本：《绿色皇冠》（沈阳出版社，1992年4月版），1994年7月寄赠。这是未凡主编的“中国当代女诗人抒情诗丛”之一。诗集收入当年曾产生影响的组诗《姐妹坡》以及长诗《鬼男》。

第二本：《孤独是一支天籁》（湖南文艺出版社，1998年3月版），1998年春寄赠。这是“百合文丛”之一。作者在后记中写道：“本书所收作品是从1991年至1996年这段时间内我在上海《新民晚报·风信子》专栏上所发表的小品散文。”

第三本：《生命路上的歌》（春风文艺出版社，1998年7月版），1999年3月寄赠。这是“中国女性诗歌文库”之一。谢冕写的总序，前面有刘纳的文章《张烨论》，封底有荒林、周政保、刘士杰等人的评语。作者在后记中写道：“我并不认命，但我相信宿命力量的伟大，诗是一种命运。”

第四本：《隔着时空凝望》（上海文化出版社，2015年8月版），2017年在宜昌的一次诗会上作者签赠。

张烨是中国当代诗歌情感领域的开拓者之一，有评论者认为张烨的诗体现了一种女性文化精神，即由女性境遇所生成的生命文化与生命哲学的自觉。张烨的诗拥有众多的读者，她那种来自生命深处的呼唤和泣说，把哀伤和热烈同时呈现的方式，不是任何一个诗人都可以做到的。周政保先生说那是“人的心灵的一种流泪的热烈的呼唤，或一种高贵的哭泣，一种生活在社会中的人的精神世界的深深剖析”。

张烨不属于哪个“派”、哪个“代”、哪个“主义”、哪个“群”，她以自己的修养以自己人生命运锻造出来的诗歌独步诗坛，这是一种境界、一种精神。1994年以来，张烨写了《海湾战争》《世纪之屠》《奥斯威辛之歌》等诗作。记得《世纪之屠》是我荐给《诗神》的，《诗神》发表后，又被《中华文学选刊》选载。后来，我在《诗刊》编“中国新诗选刊”的时候又选发了《世纪之屠》以及《流水古意走西安》《奥斯威辛之歌》等。我为什么对张烨的这些诗如此重视呢?我认为，在这些诗作中更能看出诗人张烨的胸襟、更能显现出张烨与其他女性诗人的不同、更能体会她的大气和对人类生命群体的关怀、更能表达她的善良和爱心。正如她自己说的：“反映重大历史事件的悲壮美与写作个人化并不矛盾，因为一个诗人不仅仅属于自身，也是作为自己民族与人类历史的见证而存在。”

# 刘福春的书

刘福春，与我同龄，吉林老乡。他1980年在吉林大学毕业后，一直在中国社会科学院文学研究所工作。福春收集新诗史料多年，是中国新诗的活地图、文献专家。

《新诗纪事》（学苑出版社，2004年5月版），是福春在2006年3月赠我的。是自1917年1月至2000年12月中国新诗出版以及创作活动的史记。资料翔实可靠。

《中国当代新诗编年史》（河南大学出版社，2005年12月版），也是2006年3月赠我的。是1966年1月至1976年12月我国新诗出版、评论、创作活动的史记。均为福春查阅大量报刊、书籍得到的第一手文献资料。书后附有《人名索引》。通过这本书，可以看到这10年里我国诗歌的面貌，也可以看到一些诗人当年的写作景象。

2006年6月，在吉林省查干湖的一次活动上，福春送我他的新著《中国新诗书刊总目》（作家出版社，2006年6月版）。这是当月出版的书，就像刚出锅的馍，还热乎着呢。这个《中国新诗书刊总目》收录了1920年1月至2006年1月出版的18000余种新诗集、诗论集条目，甚至包括一些作者自印的诗集。书前有彩页26张，展示了《新诗集》《尝试集》等一些珍贵新诗集的书影。福春在“后记”中写道，这项工作做了20多年。真不简单，20年干这样一件寂寞枯燥的事情，得有怎样的耐力呀！

2013年6月，福春又送我《中国新诗编年史》上下两卷（人民文学出版社，2013年3月版），200余万字的大书，珍贵新诗发展轨迹、中国新诗整体面貌与珍贵细节尽在其中，这是一个烦琐、复杂的巨大工程。

因为工作的需要，福春兄收藏了大量中国新诗资料，尤其是新诗集的版本。可以这么说，出版了新诗诗集如果没有寄给刘福春，就等于没有真正地被“馆藏”。前两年，四川大学成立了中国诗歌研究院，把福春及其新诗资料一并收了去。

福春的夫人徐丽松是他工作的好帮手，他北京的居所很狭小，空间基本被新诗资料占领，徐丽松从没有过怨言，且耐心地陪福春过着“学术研究的日子”。

除了上面提到的几部书，福春还编选了《牛汉诗文集》（5卷本）、《谢冕编年文集》（12卷本）、《曹辛之集》（3卷本）以及《20世纪中国文艺图文志·新诗卷》，等等。

福春是我多年好友，他嘻嘻哈哈、粗中有细，典型的东北人性格。我能想象出他在浩瀚文献里畅游的样子，想象出一个学者的艰苦与欢欣。他为中国新诗做出了巨大的贡献，中国诗人乃至世界的汉诗研究者们都惦记着他。

# 胡世宗的书

胡世宗，军旅作家、诗人。曾经是沈阳军区政治部创作室副主任。创作勤奋，著述多多。为人谦和，有长兄风范。

哪一年认识胡世宗的（我说的是见面）已经记不清了，也许是1995年11月，在辽宁盘锦辽河油田检察院杨好学诗集的作品讨论会上，那次大家在一起聊得畅快，《胡世宗日记》中有记载："联欢归来，与小林、洪波、松涛、姚莹等人几乎是彻夜长谈，乐不思眠。"（1995年11月25日）

那次会后，胡世宗寄来了他的一本散文集和一本诗集，还有他写的两本《当代诗人剪影》。《当代诗人剪影》中描述了许多诗人形象，艾青、公木、李瑛等等，他真是个细心的人！

诗集《沉马》是1987年解放军文艺出版社出版的，他在"后记"中说这是他的第五本诗集。诗集中有记录重走长征路的感受，也有写首长、战友的诗篇，有西沙抒情，也有抗联钩沉……

萧萧晚风

吹亮了远方的篝火

天边残留着

一片马血样

鲜淋淋的晚霞

这是在写长征途中一匹将被泥沼淹没的战马，悲壮的生命。

2000年，我刚刚从河北调回故乡延边工作不久，世宗大哥寄来了他的诗集《永存的雪雕》，咏叹河山、描写军营，歌颂英雄，这是他诗歌创作长期的主题。他用一首写通信兵英雄战士的长诗做了书名。我上初中的时候，曾经和通信兵外线维护小组的战士有过交往，对他们的军旅生活有所了解。所以，读这首长诗的时候感到格外亲切，耳边不时响起当年的《通信兵之歌》：银线架四方，电波震长空，铁脚走万里……

2011年，《我把太阳迎进祖国》作为"黑土地军事文学丛书"之一，由白山出版社出版。作者在后记里写道："边防某团政委曲道成对我说：'您写出了《我把太阳迎进祖国》，您是我们边防战士的知音！'我想，我写了大半辈子诗，有他这一句话，总够了！'战士知音'，为战士代言，这是我终生追求的最高荣誉啊！"

《胡世宗日记》（8卷），2006年由春风文艺出版社出版。2011年，世宗兄寄来了这一大套书，好厚重啊！扉页上写着大大的几行字：

岁月流逝

记忆永存

洪波老友留念

世宗

2011年春日

日记，是世宗兄的一大笔精神财富呀！

2012年，我想在我主持的《诗选刊》下半月刊上介绍一下世宗兄的儿子胡海泉。海泉是很有影响的歌者，也写诗。2月，世宗兄寄来了刚刚由人民文学出版社出版的《泉·最美——父亲心中的胡海泉》和《海泉的诗》，并附一封短信：“洪波，重新寄上两本书。关于海泉的诗，一是雷抒雁序，一是他回答晨报记者提问，我认为较为靠谱，还有他的后记。您可神看他的诗。供参考。祝健康快乐！”世宗兄是一位认真又称职的父亲，海泉是有福的孩子。于是，2012年2月号刊物上发了海泉的一个小辑，当然要有世宗兄写儿子的文章，也要有海泉的诗歌作品选，还有雷抒雁的评论。这是感人又励志的一个小辑，给刊物大大增色。

2013年深圳海天出版社出版了世宗兄的《文坛风景线》。这是一本日记，是他1975年至1982年的部分日记，记述了文坛众多人物和事情，有史料价值。他说这是他自己的生存记号。

2016年4月，世宗兄寄来了他的两本书《重走红军长征路》和《雪葬》，还附了一封短信：

洪波：

寄上两本小书，请舍点宝贵时间翻翻，盼多予批评并给予支持！

祝安好！

世宗

2016.4.24

《重走红军长征路》是1975他第一次重走长征路和1982年第二次重走长征路的日记摘抄，封面是世宗兄戎装站在铁索桥上的照片，书中有袁鹰、黄世明的两篇文章代序。作者在“后记”写道，关于长征已经写出四本书了。

是《雪葬》之后又一本关于长征的诗集，书的插页有贺敬之、袁鹰、李瑛等名家题词。书后附有多篇评论。精装本，很大气，白山出版社出版。

世宗兄70岁的时候，出版了一本《厚爱》（春风文艺出版社）。那么多的友人为他祝福，有文章、有书画。他的交往面特别大，其中也收入了我祝贺他生日的几句顺口溜并书法：

北国兵歌响
鸟儿在争鸣
漫漫长征路
沉马浮啸声
诗友遍天下
高山流水情
七十新起点
唯我世宗兄

世宗兄在这本书的前面写道：“人生七十古来稀，我以古稀再做起。”他身体健壮，思想敏锐，勤于动手，让人羡慕。

我的大诗兄，祝你创作再丰收。

# 李晓桦的书

20世纪80年代，李晓桦这个名字很响亮，他的军旅诗或者说战争诗非常有影响。军旅作家朱向前评价说：“晓桦的战争诗则更富有人性内容，他不仅把战场气氛写得凝重悲壮，甚至有些凄凉，而且他的主旨常常直逼战争的核心：死亡。”朱向前还说：“我还分明感受到了反人性的战争中所体现的伟大人性的力量。”这些话是朱向前在《中华文学通史》（华艺出版社，1997年版）这部书中说的。

1985年第6期《青年文学》发表了李晓桦的组诗《一个中国军人在圆明园》，其中的第一首《我希望你以军人的身份再生——致额尔金勋爵》一下子就把我震撼了。

我好恨
恨我没早生一个世纪
使我能与你对视着站立在
阴森幽暗的古堡
晨光微露的旷野
要么我拾起你扔下的白手套
要么你接住我甩过去的剑
要么你我各乘一匹战马

远远离开遮天的帅旗

离开如云的战阵

决胜负于城下

多有气概和中国军人的血性，这种要单兵较量的大无畏精神太壮胆了！诗的结尾还写道：

在此

我谨向世界提醒一句

从我们这一代起

中国将不再给任何国度的军人

提供创造荣誉建立功勋的机会

好气派的诗！这才是我喜欢的军旅诗。在这之前，我读过他发表在《丑小鸭》杂志上的组诗《西部中国山》和《青春》杂志上的《三个伤兵和一个姑娘》，很耐读。在这之后，又于1987年5月读到了李晓桦发表在《收获》杂志上的“实验文体”《蓝色高地》，这是令人思考的作品。据说“实验文体”这个名字还是唐晓渡想出来的呢。

2010年的初秋，我与《作家》杂志主编宗仁发一道去辽宁营口参加一个文学活动，在那里第一次与李晓桦相识，他一米八几的个头，走路和坐相都是一副标准的军姿，一看就是按部队操典来的。我们一见如故。那一次，唐晓渡、宗仁发、李晓桦我们还一起去了趟大连，那是李晓桦曾经当兵的地方。途中，李晓桦赠我一本他的书《蓝色高地》，是1988年上海文艺出版社出版的，这本书被列入当年赫赫有名的“文艺探索书系”，张承志为这本书写了序言，他写道：“晓桦用他的《蓝色高地》为自己竖起的，我想不是一块功劳牌，而是一面宣战的旗。无论晓桦主观的愿望和动作如何，蓝色高地是一个纯洁而且圣洁的原则。”

晓桦在书的扉页上写了几个字："老的友洪波正之"。意思是，虽然初识，但犹如老友。《蓝色高地》，今天读起来仍然具有神秘的魅力，它是散文、诗，还是小说、寓言，它的叙事方式和文体结构是高级的、自由的。正如这本书的"内容提要"所言："人生、命运、爱情、生与死、希望与绝望……组成了气势雄浑的交响诗。"

接着，晓桦来长春，我们一起喝酒、谈军人父辈、谈文学、谈朋友、谈哥们儿情谊。他又送我一本早年解放军文艺出版社为他出版的诗集《白鸽子，蓝星星》，周涛为这本诗集写了序。周涛写道："我认为，他的写作显然起因于军人的意识，这种意识支配着他的人生道路、思想方法，乃至文学上的审美情趣。"诗集收入了我喜欢的组诗《剑·钢盔·女兵墓》，这组诗当初好像也是发表在《青春》杂志上的，好像还得过奖。

我和晓桦从此成为挚友，每次见面他都用宽大的手拍我的肩膀，像哥哥那样，让你感到哥哥来了，兄弟有了靠山似的。

我们还一起专程去上海，看望了上海文艺出版社老编辑、诗人宫玺和姜金城先生。

2011年4月，晓桦的诗文集《金石》由文化艺术出版社出版，是诗人简宁帮助做的。之前，我和晓桦多次在一起探讨这本书怎么出，因此他赠书时在扉页上写了："洪波，没有你就没有这本书的出版，感谢你的关注和友情。"书由唐晓渡作序，晓渡文章的题目是《寻找一个失踪的诗人》。是啊，晓桦少年从军，大学毕业后在《昆仑》杂志做编辑，后来离开部队下海经商，还在国外生活了多年，似乎已经远离文坛。1993年广西一位青年诗人在余秋雨散文里读到了引用晓桦诗的片段，于是发博文讲述了自己的寻找，找了九年。晓渡的序言似乎就是由这位青年诗人的博文引发的。当然，晓渡是晓桦的老朋友，他有更多的话要说。

晓桦并没有搁笔，他还在写，只不过低调不张扬而已。他没有"失踪"。

2014年6月，晓桦的长篇小说《世纪病人》由作家出版社出版。7月，他赠我书。将军作家乔良说：“一代人有一代人的历史，一个人有一个人的心史。晓桦用他诗人的敏感捕捉细节和语言，把他这一代人与他个人的心史，看似轻松实则沉重地交叠映现在我们面前……”这是一部自传体的长篇小说，在写小说那一期间，我与晓桦有过多次来往和交谈。看得出，他每天的工作量还是不小的，一部将近30万字的小说，很快就杀青并交出版社了，人生经历、命运，尽显其中。

但是，我还是把晓桦看作诗人，我觉得只有诗人这个称号对他是最合适的。

# 李松涛的书

1976年1月号《诗刊》，大32开本。头条是毛泽东主席的《水调歌头·重上井冈山》和《念奴娇·两鸟儿问答》，只有这两首词是大字排版，显得格外醒目。李松涛的组诗《深山创业》就在这期上，那时候李松涛还不是军人，组诗的后面特意注明了作者是知青。这是我第一次读李松涛的诗，好像《诗刊》也是刚刚复刊。我那时还在乡下当知青，被生产大队派到公社中学教书，也是第一年订阅《诗刊》。到了6月号，《诗刊》又发了一组《深山创业》续载。那时候一个知青能这样在《诗刊》上发表作品，很了不起，我们几个知青民办教师都这样议论。

20世纪70年代末，我在县城新华书店买到一本李松涛的诗集《第一缕炊烟》（上海文艺出版社），这可能是他的第一本诗集吧。那时的诗集都不太厚，开本也小，很适合携带阅读。后来的几年里，我还购买过李松涛的诗集《诗的脚印》等。

我记不得是什么时候和松涛兄有了联系，也记不得第一次见面是在哪里了，好像是在抚顺。在我记忆中，有一年冬天在抚顺，李犁召集朋友聚会，松涛兄从沈阳打车过来，那是不是第一次见面呢？不知不觉中应该也是几十年的朋友了。

松涛兄第一次赠他的书给我是在1986年。那时我在冀中平原的华北油田工作，他寄来一本诗集《凝固的涛声》（人民文学出版社，1985年

12月版），1987年又寄赠诗集《没有完成的爱》（春风文艺出版社，1986年12月版），一本小叙事诗集。1989年，我的诗集《独旅》出版了，给松涛兄寄去请教，他回赠诗集《坠果》（湖南文艺出版社，1988年7月版）并附一短信：

洪波：

近好！

《独旅》收到，早些时见过牛汉先生的序文。谢谢他和你了。

小集极无味，寄上只做友谊之证。何日北来，盼在沈小停。握手。

松涛

5月14日

《无倦沧桑》1989年由中国华侨出版社出版，1994年秋松涛兄寄来了修订再版的图书，我给松涛兄回了一封信：

我这几年读到的与《水浒传》有关的文艺作品，能刻骨铭心的有二，一是画家、杂文作家韩羽先生的《漫话水浒》，一幅漫画，一段文字，品位相当高。如《宋江打宋江》的文字："宋江身上有'匪气'，也有'官气'。由于'匪气'上了梁山；由于'官气'下了梁山。"颇耐人寻味。再就是你的这部长诗《无倦沧桑》了。

接到这部大著时，恰好我每天要在床上躺一些时间。于是就躺着读，读着读着就躺不住了，于是就翻来覆去地读，读着读着就又想要记上几笔想法，于是又起来站着读、坐着读，直至几天之后全部读完。本想谈谈自己的想法的，但王鸣久的文章《天殇不至悲剧不已》已说出了我心里的东西，至少说出了相当主要的一大部分——社会批判精神和历史悲剧意识。

如今诗人们"说大话"的太多了，"写大诗"的却极少。……当然，写大诗须有大气，并非所有诗人都能为之。我读合省（黑龙江诗人马合省）的长诗《老墙》时就激动不已，就觉得这种大气的养成不是三天两早晨读上几本书就可以的。……有一点我坚信，关东人持有这种大气仿佛更容易些，这恐怕是因为民族风骨在那里锤炼得更真切些。

你这种（指《无倦沧桑》）灵智、丰满、独到的语言也是别一诗人所没有的，我极喜欢。现在有的诗的语言模仿的痕迹太重，还有一类就是酸味儿太浓……

真希望有机会在一起聊聊，虽然我们没有见过面，但我感到我们已是很近的朋友了！

我明年一定争取去一次沈阳。

……

1995年春，松涛兄寄来了《论李松涛的创作》（东方文化出版社，1993年6月版）。这是一本评论集，是评价李松涛诗歌创作的文论集合，对深入研究李松涛的创作很有用。

《拒绝末日》（春风文艺出版社，1996年9月版），又是长诗，写环境、写生态，3000多行啊。松涛兄在后记里写道："爱护环境，就是拒绝末日！"不知为什么，这本书有两个版本，一个有后记，一个没有。长诗《黄之河》（春风文艺出版社，2002年10月版），松涛兄在序言里说，这是他送给自己50岁生日的礼物，也是献给客观世界的一块蛋糕。

我这里有的，只是松涛兄著作的一小部分。他写的书很多，我不可能有全部。

松涛兄是军人，他穿空军军装，佩大校军衔，很威武。让人敬慕。

前几年去过他在抚顺乡间的"松涛文苑"，还到他的菜地里转了转，看到了他与世无争的生活状态。

# 梁平的五本书

梁平，《星星》诗刊原主编，现在主持成都市文联《草堂》诗刊，一本被公认上乘的好刊物。梁平既是编辑家，又是诗人。他最早赠我诗集的时候是1989年，那时他还在重庆。《山水风流人风流》（西南师范大学出版社，1989年4月版），“西窗诗丛”之一，收入诗歌47首，方敬总序。那时候，他的诗已经获《星星》奖和四川文学奖了。那只是他的起步。

诗集《巴与蜀：两个二重奏》（作家出版社，2005年1月版），2005年12月寄赠。这是梁平“中年变法”的代表作，用他的话说，就是“努力坚守全诗的现代品质，这个品质就是现代经验和现代精神的重逢”，作者在自序中做了论述。书后还附有陆健、蒋登科、杨青等人的评论。这是由《重庆书》和《三星堆之门》两首长诗（也就是巴的歌和蜀的歌）组成的诗集，其中《重庆书》在《诗刊》发表后，在诗坛引起很大反响。为此，中国作家协会诗刊社与四川省作家协会还在北京联合主办了《重庆书》学术研讨会。会议认为，梁平的长诗对城市文明的思考以及他在艺术上的探索和追求是值得称赞的。《重庆书》的大气，不仅仅因为它的长（1300多行），还因为诗本身所具有的底蕴和艺术分量。

可以说，梁平的《巴与蜀：两个二重奏》是诗坛的一大收获，诗歌史应当记上一笔。

《梁平诗歌评论集》（中国文史出版社，2006年12月版），2006年

12月寄赠。这是西南大学中国新诗研究所吕进、蒋登科主编的一本评论集，此书选编了20余万字对梁平诗歌的评论文章，这对研究梁平的诗歌创作十分重要。

诗集《家谱》（四川文艺出版社，2017年10月版），2018年4月寄赠。罗振亚作序。这应该是梁平写宏大长诗之余“消化食儿”的短诗结集。这些诗从容淡定、个性、自然。几十年来，作为梁平的朋友，我曾认真读过他的许多诗，收益很大。同时叹服，一个集诗人、编辑家于一身的人，他主编过《红岩》《星星》，现在又主编《青年作家》《草堂》，还担任着四川省作家协会副主席、成都市文联主席，事物缠身却都没有影响其诗歌创作，他在我眼里就是个能人！

2020年4月，梁平又寄来他的新诗集《时间笔记》（花城出版社，2020年4月版），还散发着刚出厂的气味，这本诗集收入的均为近作。评论家耿占春作序、魏天无教授作跋，两位学者对梁平的诗都做了研究。一位说：“打开《时间笔记》，或许就能找到诗歌的秘密编码，批阅一份新鲜、异质、妙趣横生的私人档案……”（耿占春语）另一位说：“他几乎让他所有的抒情诗——至少就这本诗集而言——成为一个个赤裸的‘有我的世界……’”

《时间笔记》一书的后勒口上列出了梁平著作的目录，有15部（不包括《时间笔记》）。其中，有中英文对照本的、有波兰文的、有韩文的；多数是诗集，也有散文集、诗歌评论集，还有长篇小说。我这里得到的书，只是他著作的零头。

前些时候在沈阳的一次文学活动上，他对大家说，我叫了张洪波这么多年小哥，后来发现他比我年纪小（梁平是1955年12月生人，我是1956年10月出生）！不久前与梁平发微信，我说，梁平，你是我哥。他回复，现在江湖已无哥。梁平的幽默和机敏给我们带来了多少快乐呀，而他的诗又给我们带来了更多的沉思。一个人能带来“二重奏”，梁平真不简单！想想我们几十年的友谊，有梁平这样的朋友真好！

# 刘嘉陵的五本书

刘嘉陵，供职于辽宁电视台。他是1955年出生的，大我一岁，应该也退休了。嘉陵1981年开始发表作品，1998年加入中国作家协会。曾获辽宁文学奖、清明文学奖、老舍散文奖、辽宁优秀文艺评论奖等。嘉陵的父亲刘黑枷，是老干部、老报人、老作家，哥哥刘齐，是老知青、散文作家，当年《南方周末》为他开专栏“小葱大酱”，里面那些文章我格外喜欢。刘齐和刘嘉陵兄弟俩都是当年还比较少的文学硕士。我与嘉陵结识于20世纪90年代初。吉林大学文学院搞东北文化研究活动，我们去参加会议，还一同去了趟朝鲜的罗津。那一路，听他谈音乐，他谈得深入浅出，我听得津津有味。

散文集《美文经纬·刘嘉陵卷》（春风文艺出版社，1993年8月版），作者1996年9月寄赠。嘉陵主要是写小说，但他的散文随笔侍弄得精致好读，不像是小说创作之余的消遣之笔，是认真可靠的。他写城市万象的作品，让我们在纷繁的生活中冷静下来；他写女儿的那些文字曾感动着我，《我不盼你长大》《送女儿出征》，尽显天下父母心。那一次，嘉陵还寄赠一本《舞文者说》（辽宁大学出版社，1994年3月版）。这是一本文论集，由文学评论、文艺随笔、古文研究（嘉陵大学时研究明清小说）等三辑组成，学术色彩、专家格调，评头品足，分量不轻。这些文字好像是他大学时代和在《鸭绿江》杂志当编辑期间写的东西。

1999年底，嘉陵寄来两本书，一本是散文随笔集《妙语天籁》（白山出版社，1999年7月版）；一本是中篇小说集《硕士生世界》（百花文艺出版社，1999年5月版）。前一本中的文章有的过去读过，再重新读，发现过去没有读透，还有要细嚼慢咽和深入品味的东西。而《硕士生世界》是嘉陵除去散文随笔外的原本写作面貌，他写了那么多小说，还对小说创作有自己独到的想法和理论，嘉陵在这本书的后面以一篇文章代“后记”，谈了自己对小说创作的思考，这篇文章的题目是《关于小说的非正式发言》，值得一读。

2018年12月，嘉陵寄来他的新著《把我的世界给你》（作家出版社，2018年6月版）。这是一部长篇小说，批评家孟繁华说：“如果《把我的世界给你》是一部感人和成功之作的话，那么，这首先是小说价值观的凯旋。”批评家贺绍俊说：“《把我的世界给你》充满了复调风格，始终萦绕着两个声部的对话，既是作者文学才华与音乐才华的对话，也是父辈与年轻一代的对话；既是庄重与谐趣的对话，也是美声与流行的对话……”

请注意，这部长篇小说的封面提醒：

纪念恢复高考40年

特 | 别 | 奉 | 献

# 《吕亮耕诗选》与《梦回唐朝》

20世纪80年代，思想解放，诗歌兴旺。我记不得与吕宗林是怎么联系上的了。那时候，联系了许多未曾见面的朋友，包括远在湖南衡阳的吕宗林兄，至今也没有见过面。那天整理朋友赠书，找出了一本吕宗林签赠的《吕亮耕诗选》（湖南文艺出版社，1989年2月版），1990年6月寄赠。书内夹着一张油印信函，是《吕亮耕诗选》简介：

这是一部灵魂赤裸、风格独异的诗集，这是一集被岁月的尘沙掩埋了数十年的艺术珍品。作者吕亮耕，蒙受了20多年不白之冤含恨辞世，而他的不幸又完全是源于他为之付出了毕生心血的诗歌。他的诗，对于当代大部分诗歌作者是陌生而神秘的。少女的美好、游子的感怀、离别的惆怅以及对于抗战的呐喊，是诗集的主要内容。诗行间充满个人情感的浅吟低唱和时代风暴的鞞鼓号角，洋溢着对美的无限向往和痴情，艺术上是继承和借鉴西方诗歌技巧的成功尝试，诗选收进了诗人的著名诗作《Ottava Rima四帖》《独唱》《欲渡之前》《望金陵》《江南曲》《驮马》《风灯》《咏“蛇”》《月老祠前》《不死的记忆》《我漂泊在故乡》等，并收录了诗人传略，老诗人徐迟作序，著名学者孙望撰写前记。该书对于广大青年诗歌爱好者、对于研究现代文学的专家和学者，无疑具有较高的审美价值和学术价值。

湖南文艺出版社

1989年2月

而这张油印品的背面，则是一封短信：

洪波兄：

邮购消息和赠报收到，谢谢。

寄上家父遗集一本，给您留作纪念。能否寄赠您的处女集和《独旅》给我拜读？

《独旅》我将向诗友们介绍。另：长春市斯大林大街68号《吉林日报》海内专版编辑部孙文涛先生有一个“书籍等价交换互为代销方案”，很好。您若有兴趣，可与他联系。

我习诗和诗歌评论。盼交流、联系。

紧紧握手！

友：吕宗林

1990年6月12日于衡阳

徐迟先生为《吕亮耕诗选》做的序言题目是《沉舟已经升出水面》，他称《吕亮耕诗选》的出版是一次打捞沉船的工程。他还回忆了当年的往事，甚至记起吕亮耕先生20世纪30年代在卞之琳、冯至、孙大雨、梁宗岱等人为编委，戴望舒主编的诗刊《新诗》上发表的作品。

宗林兄还整理出了《吕亮耕小传》附在书后。我难以想象吕宗林在整理他父亲遗作和撰写其小传时的伤感、复杂心情。一个时代过去了，以后时代的人们还能想起那些让人心酸的往事吗？

2020年疫情期间躲在书房翻腾朋友赠书，想起多年未联系的吕宗林，就微信问衡阳的朋友甘建华，建华很快就发来了宗林兄的微信名片。这样，又都恢复了联系，他还在衡阳。不久，宗林兄寄来了他的长诗单行本《梦回唐朝》（四川民族出版社，2019年3月版）。这是一首三千多行的长诗，共308节，每节10行，堪称中国最长的10行诗。上海社会科学院文学研究所研究员潘颂德作序，称《梦回唐朝》是一部独特的长诗。书后附录了艾龙和吕宗林关于形式的访谈，还有渐平、吕本怀以及网上的一些评论。

看得出，宗林兄一直没有停止诗歌的脚步，而且在不断地探索，有自己对诗深入的理解和独到的想法，是一个孜孜以求的诗人。

# 吴开晋的六本书

我1978年在吉林省一个小县城开始文学创作的时候，吴开晋先生已从吉林大学调入山东大学中文系任教了，没能在吉林省相识。我与吴开晋先生是在哪一个文学会议上结识的已经记不得了，反正应该是在京津冀三地的一个会议上。我这里有五部吴先生的赠书，最早的一部是1995年5月签赠的诗集《月牙泉》（百花文艺出版社，1994年9月版）。这是一本诗集，也是吴先生的第一本抒情诗集，收入长短抒情诗146首，写作时间为1977年至1990年，这正是中国文坛值得铭记和怀念的一段时间。作者在诗集后记中写道："我从15岁开始学诗，但从未当过什么专业诗人；写诗，只是钟情于缪斯，难割难舍而已。由于长期从事教学工作，自己只能算作业余诗歌爱好者。也正因为自己要在高等学府里研究诗歌，向本科生和研究生讲授中外诗歌，眼高手低，写诗不多，这也是年近花甲之时，才出版第一本诗集的原因之一。"他还说："不过我坚信一点，研究和讲授诗歌的诗评家，如果没有一点创作实践体会，是很难把握诗之灵魂和他的精奥之处的。"吴先生自谦了，我们知道，20世纪90年代是吴先生研究诗歌、评论诗歌、创作诗歌的黄金期，他不但写出了大量诗歌评论，还创作了许多诗歌作品。1998年9月，吴先生的第二本诗集《倾听春天》由中国文联出版公司出版，当年12月先生就从山东寄来了赠书。他在《篇末赘语》中坦言，这些诗是从心灵深处发出的音响。诗人应该更多地表现对大千世界的瞬间感悟，“诗，应该是诗人灵魂的折光”。

1999年1月，吴先生寄来《三千年诗话》（江西高校出版社，1998年6月版）。书的前言有说明：“这本书取名为《三千年诗话》，并非三千年的诗话选，而是采用文艺随笔的形式对三千多年来的诗歌现象、诗人创作中的奇闻轶事，从不同角度进行描述，以求从中探索诗歌创作、诗歌评论以及诗美欣赏中带有规律性的问题，但愿能对今天的广大诗歌爱好者有所启迪。”

2002年8月，吴先生寄来《当代新诗论》（山东友谊出版社，1999年11月版）。这本书在2001年夏天就签赠好了，吴先生在短信中写明了迟寄的原因：“你到济南来大家准备欢迎你，可你去潍坊后未再回来，又听说你离开延边但不知在何处，今从郁葱处知你到此，寄上去年拟给你的书一册。”真对不起吴先生，那次去济南本打算去登门拜访的，可后来有别的事把行程给打乱了。那几年我刚刚调回东北，生活与工作都还不太安稳，耽搁了不少事情。在吴先生的这本书中，《世纪之交的中国新诗》一文评论到了我发表在1994年12月号《作家》杂志上的一首长诗《穿越新生界》，对我的创作是一个鼓励。

2004年5月，吴先生寄来诗集《游心集》（香港新天出版社，2004年3月版），附录中有多篇对吴先生诗歌作品的评论文章。随书还夹寄一封短信：

洪波：

好！评论集收到。寄上二册书，另一册转小曲，他一直未给我来信，不知他地址。

我6月初去加、美先探亲后讲学，秋后回来再联系。

开晋

5.9

这里的“小曲”指的是诗人曲有源。这本诗集的附录中还收入了吴先生夫人明岩老师2004年春节前夕写给吴先生的诗《赠开晋》：

晚年迁居太阳城，远望群山绿葱茏。
登山散步道路宽，相依相伴好心情。
儿女关怀多鸿雁，邻里和睦有亲朋。
窗明几净花木旺，白头偕老乐融融。

一首小诗，读得出吴先生老两口晚年生活的状况和愉悦心情。

与这本诗集同时寄来的还有一本《新诗的裂变与聚变》（中国文学出版社，2003年11月版）。这本文学评论集有60多万字，是山东大学硕果基金项目，书后附有《吴开晋著作及编选作品书目》。吴先生自己在前言中写道：“笔者是诗的痴迷者，大半生一直从事诗歌研究和教学。这本集子就是本人研究成果的一次展示。”全书由“诗论选篇”“诗论近作”“台港诗歌及海外华文诗论”三编组成。可谓厚重。

吴先生1934年11月出生于山东阳信，原籍是沾化。1949年入华北大学文艺部，后转入中央戏剧学院普通科学习，1950年参军在部队从事文艺工作，1955年考入吉林大学中文系，毕业后留校任教，1978年调入山东大学中文系执教，是一位桃李满天下、让人敬重的学者。2019年12月6日，吴先生在北京病逝，享年86岁。

几天前，在微信里与老诗人罗继仁聊起吴先生。罗老师说：“他在吉大任教时我们就认识了，一晃几十年，人走了！”他还说：“平时他每个月都打来电话，有时从北京，有时从济南。去世前几天还来过电话，没说他住院的事，但我听出来他说话有气无力……”

吴先生的为人和他对中国诗歌、教育事业的贡献，我们不会忘记。

# 韩作荣的两本书

20世纪90年代末，我在《诗刊》帮忙，同一层楼的另一半是《人民文学》杂志社，可经常见到韩作荣，有时还会在楼下的饭店里一起吃个午饭。1998年5月的一天，吃过午饭，作荣兄拉我去他办公室聊天，临别赠我一本《韩作荣自选诗》（百花文艺出版社，1995年7月版）。书后附录了老岛、唐晓渡、朱先树、文羽、文昊、邹静之、马步升、陈溢洪等人谈韩作荣其人其诗的文章。作荣兄在自序中有这样一段话："诗不是自恋，也不是自虐，它应当是近于残酷的真实。在这个世界之上，没有什么比虚伪更让人厌恶的了。将灵魂活生生地坦露在白纸之上，没有遮掩、没有装饰，这是诗存在的前提。有时候，一句朴素真切的话语至诚地呼唤出来，比一千个比喻加在一起更为动人。"我觉得这是了解韩作荣诗歌创作不可逾越的一本集子。那天他还随手送我一本华文出版社出版的鲁迅文学奖获奖作品丛书诗歌卷，书的前环衬页上有作荣兄他们那一届全体获奖作者的签名，并告诉我，李瑛签了两次名，第一次的签在后环衬页上了。

那时候，我偶尔会去作荣兄的办公室"蹭烟"聊天，他谈话直率，没有《人民文学》大刊物主编的架子，也没有名诗人的"派头"，倒是一副大哥风范，让你感到交往的亲切。更何况我们都是东北人，还有一种乡情。说起吸烟，作荣兄烟抽得很凶，几乎是烟不离手。中国作家协会我熟悉的人里，抽烟凶的有两个人，一个是《中国作家》杂志的肖立军，另一个就是作荣兄，都是超级烟民。

我调回东北工作后，仍与作荣兄保持着联系。有的时候参加一些文学活动还可以见上一面，可以长谈一次。当然不仅仅是谈诗。

2012年3月，作荣兄赠我诗集《词语的感应》（作家出版社，2010年7月版），是“共和国作家文库”之一，非常大气厚重的一本诗集。作荣兄的著作应该有20多部，我只有他赠我的这两部，也许还有机会搜集到其他的。

2013年4月，我们一起参加了江苏太仓的一个文学活动。6月，参加了长白山的一个研讨会，定点深入生活作家胡冬林的作品。作荣兄可能是最晚报到的，已经是夜晚了。把他接到房间里，他说是结束了重庆的一个活动夜航赶过来的。我知道，他担任中国诗歌学会会长后，很忙。他说，胡冬林的会是一定要参加的，何况还有胡昭那一层关系。7月初，中国诗歌学会年度历史扩大会议在安徽召开。作荣兄邀请我去参加了会议，这是最后一面。11月12日凌晨，作荣兄在北京逝世，享年66岁。作为诗人、作家、编辑家、朋友、老师、兄长，他都是杰出的！

2010年在河南平顶山的一次采风活动上，我曾为作荣兄抓拍了一张照片，感觉抓住了他的一些气质和特点，尤其是吸烟的样子。他去世后，我看许多地方在用这张照片。

我深深地怀念着他！

# 傅天琳的六本书

傅天琳出版过《绿色的音符》《在孩子和世界之间》《音乐岛》《红草莓》《太阳的情人》《另外的预言》《结束与诞生》《往事不落叶》等多种诗集和散文集，还由日本和韩国分别翻译出版过诗集《生命与微笑》和《五千年的情爱》。傅天琳的著作，我这里只有她赠给我的六本，早年曾购买过一本《绿色的音符》，后来被喜欢傅天琳诗歌的朋友要走了，这本诗集曾获全国优秀诗集奖。

诗集《在孩子和世界之间》（重庆出版社，1983年1月版），于1983年4月寄赠。

我最初读傅天琳的诗，是她发表在1980年4月号《诗刊》上的一组写果园的短诗《果园拾零》，最后一首是《明天我就要走了》，诗只有四行：

明天我就要走了，
伙伴们为我饯行，
“给果园留下最后一首诗吧！”
“不，这才是第一首哩！”

1980年初，傅天琳刚刚告别果树农场调到文化馆工作。傅天琳15岁去了果树农场劳动，在那里做农业工人19年。从事体力劳动，挑粪上山、抡镐刨土，多次昏倒在山坡上。四川一位作家以傅天琳为原型创作的小说在农场被误以为是真人真事，傅天琳有口难辩，处境困难。重庆市北碚区文化馆1978年就想要调她去工作，可是按有关规定没有领导批示无法解决。诗刊社寇宗鄂1979年秋天去四川参加《星星》诗刊复刊活动时了解到了这些情况，回京后向诗刊社领导做了汇报，领导研究决定由寇宗鄂起草一份简报，并以简报的方式寄中央、四川、重庆的有关领导。题为《重庆业余诗歌作者、青年女工傅天琳同志处境困难》。题目及内容是由邵燕祥先生改定的，2005年，寇宗鄂先生在查找资料时发现了这份当年的简报，并著文回忆往事，此文发表在2006年3月号的《诗刊》上半月刊上。邵燕祥先生发表在2015年第1期《新文学史料》上的《跟着严辰编〈诗刊〉》一文中写过这一段："严辰从分片编辑送审的一组自发来稿《血和血统》，发现了天琳的才情，了解其生平后，把诗稿交给我们编发四月号，同时直接写信鼓励她。又建议让她跟着采风团队沿东南海岸线走一走，开阔生活和艺术的眼界。傅天琳不虚此行，她写了《橘子的梦》，梦见大海了。严辰提议以《诗刊》的名义请重庆有关方面考虑适当重新安排傅的工作……"

《在孩子和世界之间》这本诗集，现在的年青人恐怕不易见到。其中的《半枝莲》一诗我曾多次讲给朋友，很打动人心。许多年过去了，现在还能记起这首诗，"那对生着淡紫色叶片的半枝莲啊"。

《傅天琳诗选》（重庆出版社，1998年12月版），1999年11月寄赠。这本诗选应该是傅天琳几十年创作成果的一次综合或者说筛选，我喜欢的许多诗作都在其中。傅天琳是一位越写越好的诗人，像秋天里的庄稼，淳朴、厚实……她当年被评为《星星》诗刊"读者最喜爱的十位中青年诗人"之一，和后来获得鲁迅文学奖、《人民文学》优秀诗歌奖、《诗刊》优秀诗歌奖等，都是对她诗歌创作的肯定。她在这本诗选的自序中写道："漫山桃红李白，而我一往情深地偏爱柠檬，它永远痛苦的内心是我生命的本质，却在秋日反射出橙色的甜蜜回光，那宁静的充满祈愿的姿态，是我的诗。”

2013年7月，傅天琳寄来了儿童文学长篇小说《斑斑加油！》（天天出版社，2012年8月版）。天天出版社的前身是人民文学出版社少儿读物编辑室，出版过许多闪耀光芒的儿童文学读物，他们的出版传统和编辑目光及选稿质量堪称一流。《斑斑加油！》一套三册，由傅天琳和女儿罗夏共同创作，罗夏在中国驻外机构工作，出版过散文集《漫步香港》《走进以色列》等。看到罗夏这个名字，我不禁想起傅天琳《在孩子和世界之间》诗集中的《夏夏》一诗，以及后来读到的《夏夏的眼睛》《夏夏的头发》《夏夏的花》《夏夏的生日》等等。

《斑斑加油！》获国家新闻出版总局第四届“三个一百”原创图书工程2013年冰心儿童图书奖。

2014年11月，傅天琳又寄来《斑斑加油！》合订本（天天出版社、重庆出版社，2013年12月版）。书后附录了《每颗星星都有独特的光芒——我们为什么会写〈斑斑加油！〉》，还有高洪波、曹文轩、王泉根、刘国辉等人的评论文章。

小朋友张诗雨（斑斑，傅天琳的外孙女）在书的前面说：“书中的斑斑是我，但又不完全像我……但不管真正的我还是书中的我都会承认，在美国上小学这一年是难忘的……”

《斑斑加油！》是一个中国孩子在国外的成长故事。

曹文轩说：“斑斑是一个典型的中国女孩，在她的身上，有中国孩子的善良、纯真、谦和、柔韧和勤奋，让我欣慰的是，斑斑用她的故事告诉我们，这些美好的品质并没有过时。即使是在当下这个飞速发展的时代，这些品质依然可以超越文化和经济的差异，在地球的另一端赢得尊重，并获得可贵的友谊。”

# 霍俊明的书

《无能的右手》（北京大学出版社，2013年6月版），诗学批评集，“中国现代文学馆青年批评家丛书”之一。多年来，霍俊明的批评文章已经很多，并具有权威姿态，他对真理的执拗坚持，他具有个性化的批评风格，堪称优秀。面对诗坛的喧闹，俊明独步行进，开始不断显示出他的力量和智慧。他的文章，是一个少数“左撇子”和多数“左撇子”们的不同（霍俊明除写字画画用右手，其他事情均用左手），他是“左撇子”里的特殊。这个自谦又颇有寓意的书名，有意思了。

《新世纪诗歌精神考察》（河北大学出版社，2014年5月版），“冷板凳”学术书系之一。谢冕先生在序言中写道：“他一口气写了20多万字，他把关于本世纪这个诗歌的思考封进了一只漂流瓶。”谢先生还写道：“霍俊明的文章好读，热情，饱满，有一种气势。他没有故作高深的姿态，也没有过多似是而非的引述。他的批评的最大特点是具体、实在，他拒绝空言。”“霍俊明谦虚，说自己的阅读和文字只是一些碎片。若是比较那些浩浩荡荡却又不着边际的长篇巨论，我宁可选择他的这些‘碎片’。”

以上这两本书签赠于长春。

《在巨冰倾斜的大地上行走：陈超和他的诗歌时代》（中国青年出版社，2016年5月版）。众所周知，陈超是霍俊明的导师，霍俊明是陈超的得意门生。陈超去世后，有大量纪念文章散见于报刊，霍俊明与见君把大家的怀念诗文搜集在一起，编了这本纪念集。书捧着沉重，读着沉重。

从2014年万圣节起
每一个高楼
都会有一个人
跳下来
然后微笑着
走过来
拍着我的肩膀说
“俊明，我没事！”

——霍俊明《每年都会有人从楼顶跳下来》

《怀雪》（黄山书社，2016年6月版），诗集，截句诗丛第一辑之一。整部诗集没有目录、没有标题，每首诗不超过四行，像摄影快门一按即停，像武术一掌击中手已收回，语言闪电。20世纪80年代初我写过这样的小诗，最短的甚至只有一行，后来还编印了一本小诗集《微观抒情诗》。我知道这种诗写作上的难度和快慰，而难度中最难的是如何在短短几行中写出境界和让人更深入思考的东西或者巧妙的诗思。

清明
墓碑又一次醒来
它们将再一次死去

——第1页

那些开在坟墓上的花
承担了一部分孝子贤孙的功能

——第4页

《转世的桃花：陈超评传》（河北教育出版社，2018年8月版），精装本，48万多字，俊明辛苦了！我能想象得出，在写这部书的日子里，俊明的心受着怎样的煎熬。当悲伤和痛苦袭来，多么坚毅的人都要被伤害。在陈超去世以后的日子里，俊明终于拿起笔，写他的老师，写一个人，一个很亲的人。

读完这本评传，了解了陈超的一生。作为陈超的朋友，我很伤心。但同时有一些安慰，陈超有霍俊明这样的好学生也该满意了。

俊明著述多多，我这里目前只有他赠送的这5本。

俊明1975年出生于冀东，我在河北工作多年，每次见到俊明都有乡亲的感觉。他的文章、他的诗，还有他的书法，都很了得。

一个的确有燕赵风骨的作家、诗人、批评家。

补记：俊明又寄来他的一些书——

《尴尬的一代》（广西师范大学出版社，2009年7月版），国内第一部系统研究“70后先锋诗歌”的专著。俊明在环衬的签赠中写道：“此为第一本出版的书，早成之作多匆促之处。”书前有作者自序《肩负尴尬纪念碑的70年代老卡车》，“老卡车”这个比喻很有意思。书后有三个附录，一个是《70后诗歌的相关文论》的索引，另两个是《70后诗歌的历史档案》和《70后诗人名录》。在这三个附录里，我看到了许多我熟悉和不熟悉的名字。我知道，这里面有许多诗人正光耀诗坛。

诗集《有些事物替我们说话》（中国青年出版社，2007年8月版）。俊明说：“说到诗歌，我再次强调它是我近乎唯一的精神生活。”我们何尝不是这样。试想，如果没有诗，我们的心灵该有多么空洞！

诗歌评论集《陌生人的悬崖》（四川文艺出版社，2019年4月版），《星星》历届年度诗歌奖获奖者书系之一。

《于坚论》（作家出版社，2019年7月版），谢有顺主编的“中国当代作家论”之一。全书共十章，书后附录了《于坚诗文集目录》和

《于坚创作年表》。谢有顺在《主编说明》的最后面说了这样一句话："我相信，以作家为主体的文学研究永远是有生命力的。"

散文集《诗人生活》（花山文艺出版社，2020年1月版），"诗人散文"丛书之一。"诗人的散文必须和他的诗具有同等的重要性，而不是非此即彼的相互替代，两者都具有诗学的合法性和独立品质。"俊明如是说。

诗歌启蒙注音读物——李渔的《笠翁对韵》（中信出版集团，2019年3月版），霍俊明注释本，彩版图书。

# 邓万鹏的四本书

我是怎样认识邓万鹏的，现在想不起来了。他1957年出生于吉林省四平市梨树县一个教师家庭。梨树县是一个盛产诗人的地方，邓万鹏、于耀江、钱万成、王鸣久等都是从这里出发的。至今，这个地方还有着优良的“诗歌传统”。万鹏1977年考入东北师范大学中文系，上大学之前他就已经创作并发表诗歌了。1978年，东北师范大学77级和78级两届学生中的6位同学组成了一个“北方六友”诗社，诗社还搞了个名为《北方六友》的诗刊，出了8期，影响不小。这个诗社的成员孟繁华是我的同乡，多年老友，文学批评家、博士生导师。郑道远，我在秦皇岛见过一次，好像是在社科联那样的单位任职。朱自强，原来留校任教，儿童文学理论家。我刚调回长春搞少儿图书出版工作的时候经常聚谈，后来他调去山东青岛中国海洋大学了。史秀图，在长春的一次文学活动上见过一面，只有杨春生我没有见过面。这六个人见面最多的就是繁华和万鹏。

据说，邓万鹏大学毕业后搞过一段时间戏剧创作。我问他那一段时间在哪里，他说：“大学毕业前后加起来有两年左右的时间在家乡梨树县文化局创作组，主要任务是写作二人转、演唱、剧本等，为当地剧团提供服务。当时，文化馆有个青年诗人高继恒是吉林大学中文系的老毕业生，经常在《吉林文艺》等省内外报刊发表诗作和评论，所以一有习作就去找他指点。每写出一首都急着让他批讲一番。1976年在《吉林文艺》发表的处女作就是经他推荐给曲有源发表的，此后就没再离开过诗歌。”

由于高继恒后来调到河南平顶山工作，1984年9月，高继恒把万鹏也拉去河南平顶山工作了，后来万鹏又到郑州晚报社任副刊处处长。我那时在华北油田工作，有时因工作需要会去地处河南濮阳的中原油田，也会就近去趟郑州，每次去郑州都会与万鹏见上一面。

万鹏早期赠我的书，是1986年7月送我的，一本只有一个印张的薄薄的小诗集《苦果》，“中原青年诗丛”之一，自印品。那个时期很时兴出这样的小书，类似湖南出版的“袖珍诗丛”，印制简单，邮寄方便。万鹏的这本小诗集，用一首短诗代“后记”：

信封的小船
坐着
经过提炼的心
从草绿的港口
踏浪而去
我宁愿相信
最遥远的地方
也有知音

——《寄》

这是他1983年3月10日在吉林四平时写的。《苦果》诗集虽然有些“简陋”，但它毕竟是万鹏年轻时的心灵记录，是他个人珍贵的一段诗歌史。

1997年3月和12月，万鹏分别寄来了两本书。一本是散文集《不敢说谎》（文心出版社，1996年4月版），“朋友丛书”之一，孙荪总序，万鹏用一篇散文代自序，文章的题目是《人不远行永远走不进故乡》。有些意味，我也有过这样的体会，人只有在远离故乡的时候，才会产生思乡之情，才会有对故乡更深的珍重。文章中写到舅舅从几千里外的故乡来到河南，大老远地却背来了一部家乡的新版县志，因为里面收入了万鹏的事迹。“我说，舅舅把整个梨树县都拎来了！这比什么都有意义！”从此，万鹏把这本县志摆在书架上最重要最醒目的地方，“只要我一坐在书房读书写字，一眼就能望见浓缩的故乡”。另一本是诗集《邓万鹏的诗》（辽宁民族出版社，1997年10月版），书前有作者自序，书后附录了陆健等朋友的评论文章。

2010年9月，万鹏送我他的新书《时光插图》，是本诗集，由河南文艺出版社在2010年8月出版。刚刚出版就送我一本，诗集如刚出锅的馍，还冒着热气呢。那几年，我和马新朝、子川交流书法实践，去河南的次数较多，万鹏还撰写文章在他们的《郑州日报》上介绍我们三人的书法创作。此时，万鹏已是《郑州日报》编委。算起来，每次去河南的目的是与马新朝交流书法，可是反倒和万鹏谈诗的时间最多。他对现代诗，尤其是西方现代诗研究得很深入，有自己独到的见解。他慢条斯理的谈话，像磨豆腐似的，细致、成熟，有诱人的味道。

在河南，万鹏是一个外乡人，但他已经融入了那个中国人口最多的省份，他是那里乃至全国的知名诗人。河南的朋友聊起“老邓”，就仿佛有了绝对权威的话语权。万鹏为人真诚，他的厚道会让你对友谊坚定不移。河南的朋友对他那么好，也都是一片真心。

# 柳沄的三本诗集

《柳沄诗选》（时代文艺出版社，2005年5月版），这是我调入时代文艺出版社后策划出版的第一部诗集，这个选本收入了77首诗，柳沄从事诗歌创作几十年，他是一个有节制的诗人，一如他这个人。我当时和责任编辑魏洪超商议，看能不能在书的封底放上一段合适又中肯的话，他选了吴义勤发表在《当代作家评论》上的一段文字：

诗人柳沄，20世纪80年代初开始发表作品。二十多年不间断的创作实践及写作姿态的几次调整，使他较好地解决了诗的沉重哲学品格和外在审美形态之间的辩证关系，进而把现代主义思维与现实主义情怀，把诗歌追问存在与终极的凝重和清新、澄明的美学境界融汇为一了。

诗集《落日如锚》（北方文艺出版社，2008年3月版），宁珍志主编的“北斗文丛”之一，收入60首诗作。此书是出版当月作者赠我的。

诗集《周围》（春风文艺出版社，2017年12月版），收入诗近99首，2018年2月作者赠书。

《鸭绿江》杂志原副主编宁珍志说：“柳沄的诗歌特质有点呼应波德莱尔余韵，有严格的精神追求和明澈的艺术自觉。”说实在的，当下的诗人圈子里，有几个人能做到“艺术自觉”？柳沄在这样做，的确，这是一个艰难寂寞的路程，没有人陪伴，没有人一阵阵地喝彩，不可能当红，这倒是符合他内敛、不露声色的性格。

我认识柳沄的时候，他还是个军人，一个看上去像个小兵的军人，那时他所在的部队在吉林省。有一次《吉林日报》文艺部召集了一个业余作者座谈会，我们是在那个会上认识的。几十年过去了，柳沄为人处世风格未变，诗却在不断变化、提升。他的诗写得越来越自在、老到。那些诗在日常中的一个个细节里，仿佛没有大声的呼叫，也没有暴力的动作，好像就是平淡的述说。其实，那些缓慢的诗句中也是藏着锋芒的。就像他打乒乓球，看似不经意的一个发球，你一旦不在意、不专注，就会吃球（他乒乓球打得很好）。我想，这里面还有个人修炼和个人技术的问题，不可小瞧。

柳沄1958年10月出生于大连，后来随父亲迁居沈阳，1974年下乡到盘锦一个农场，1977年入伍当兵，1986年复员到辽宁省作家协会，当过《当代诗歌》的编辑，是《鸭绿江》杂志的老编辑，他这几十年就是编诗、写诗。他说："要是当不成一名好诗人，就努力当一名好编辑，好编辑当不成就当一个好人，好人还当不成的话，也就真的老了。"眼下，他开始进入老年，但好诗人、好编辑、好人他都当成了。他还在孜孜以求，没有懈怠自己。

柳沄为诗，认真，不含糊。柳沄交友，持久。想想，我们都是几十年的朋友了，就像亲兄弟，从不外道。小说家刁斗评价柳沄："诚实，厚道，执着，这是柳沄身上最突出的品质。"

# 姚振函的六本书

1980年代我学诗刚起步的时候，就与姚振函有书信来往。那时，他在河北衡水编一本《农民文学》，我在东北家乡的县城里把写农村题材的诗寄给他，经他筛选发表在《农民文学》上。没有几年，我调到华北油田工作，我们竟然都生活在冀中平原上了。1985年3月成立河北冲浪诗社，我们从此成为好友。他是我们冲浪诗社年纪最大的老大哥，我们戏称他“姚爷儿”。那时，他发表在《诗刊》上写平原农民生活和思想变化的诗很有些影响。其中，1984年5月号《诗刊》发表的《科普大集》，给读者留下了深刻的印象。

1987年6月，“冲浪诗丛”由中国文联出版公司出版，冲浪诗社10位成员，每人一个独立书号的诗集，姚振函的那本是《我唱我的主题歌》。

1987年1月，姚振函的诗集《土地和阳光》由花山文艺出版社出版。7月的一次冲浪诗社聚会上，振函兄赠书给我，还在诗集扉页题写一行字：“张洪波浪弟惠存”。那天是1987年7月9日。诗集的内容提要里写道：“这是一本农村题材的抒情诗集。作者是我国新时期农村诗创作中卓有成效的诗人之一……”组诗《科普大集》也收入在诗集中。

诗集《感觉的平原》（花山文艺出版社，1991年12月版），“当代诗歌散文丛书”之一，1992年7月作者赠书。王洪涛总序，附录陈超短文《平常心》，副题是“为姚振函诗‘定性’”。陈超说：“他独自给出了乡土‘感觉诗’的要义，追摹者甚众。他要摆脱这些不交钱的函授学员，是必择新路而后生的。姚振函已悟出这道机关……在已经完成的意义上，姚振函的直觉诗歌是一次性实验而不可重复的。”此时，的确有一些人在模仿姚振函的诗，特别是《在平原吆喝一声很幸福》发表以后，追逐者很多。

诗集《迷恋》（百花文艺出版社，1987年7月版，1990年4月第1次印刷），书的后记是1986年8月写的，说明此书稿早就交出版社了，我不知道这本诗集为什么鼓捣了三四年才面世，也没有问过振函兄。此书是1997年4月赠我的。

诗集《时间擦痕》（花山文艺出版社，1998年12月版），2001年6月寄赠。书的前面有两个自序，一个是一篇短文，结尾处写道：“只是我不知道，我的这本诗集能否为中国诗歌增加一点有别于已有的什么东西。”另一个是振函兄1987年1月发表在《诗歌报》上的一首诗《畸形的诗人》，副题为“权当自序”。诗集的后面附录了陈超、牛汉、雁北、刘小放等人谈姚振函诗歌创作的文章。

散文集《平静之美》（河北教育出版社，2001年5月版），2001年6月寄赠。他还在书名页上用铅笔写了一行字作为提示：“335页有写你的一篇”。是他1995年为《文论报》写的一篇《我读张洪波》。

以上两本书寄我的时候，我已经离开华北平原回到松嫩平原工作了。

2015年4月28日，振函兄病逝于河北衡水，享年77岁。我们冲浪诗社的老大哥，一个我永远难忘的人。

# 潞潞的两本诗集

我和潞潞联系得晚一些，虽然早年读过他不少我喜欢的诗，但真正联系起来还是我主持《诗选刊》下半月刊的时候。2011年底，我们要介绍诗人潞潞，于是通过李晓桦兄和潞潞有了联系。潞潞发来一些资料，还寄来诗集《无题》（三晋出版社，2010年3月版），2011年12月寄赠。诗集软精装，中英文对照本，英文译者是他的好友周征环，还有一些彩色插页，封面用特种纸套封。书的设计制作紧密配合了潞潞“无题”诗的从容与深度，活干得细致而有品位。潞潞的“无题”诗，用西川的话，是“罕见的深度”。读了潞潞的“无题”诗，我感到，一些诗人（包括我自己）随便用“无题”做一次自己诗作的标题，这也太有损《无题》这个神秘幽深的标题了。在潞潞面前，应该自愧。

2015年，我女儿、女婿曾在太原工作过一段时间。11月，我去太原看望他们，当然在那里会见诗友是我的另一项重要活动。郭新民兄张罗聚餐，潞潞、李杜以及太原的其他诗友也来了，诗人兴会，相见恨晚。潞潞带来了他的新书《这：潞潞诗集》（北岳文艺出版社，2015年4月版），精装本，西川作序。这本诗集里写于1980年代的一些诗，有的当时阅读的时候就留下了很深的印象，如《城市与勇敢的野牛之血》《石头屋子》《夜的海》《泥路》等，它们也让我一下子想起了当年发表这些诗的刊物，《青春》《诗歌报》《诗刊》……回到住处认真阅读，想起自己在1980年代在《青春》杂志上读潞潞《肩的雕塑》（此诗曾被收入老木编选的未名湖丛书《新诗潮诗集》）时的情景，一个新见面的老朋友，一个一见如故的新朋友。我写下了几行诗，记述了心情：

这一天潞潞送一本诗集给我
诗与诗人一样坦率
有许多诗干脆无题
这一天北京在开文学期刊会
雾霾很重分不出主编和副主编
与会者在霾里发微信发视频
什么都看不清
而我正在太原读潞潞诗集
每一行字都很清新
这一天太原没有雾霾
让我看见潞潞笔下那只游隼
钻进天空扯出雷电的猛禽
它让我想起20世纪80年代
肩的雕塑
那么有力那么令人震撼
读潞潞诗集
品山西陈醋嚼老姜
想想文坛变化多端
心里却依然安详

——《在太原读潞潞诗集》

潞潞，1956年出生于军人家庭，1985年毕业于山西大学中文系，山西省作家协会副主席。其作品曾获“人民文学优秀诗歌奖”“赵树理文学奖”，潞潞是中国诗坛的一位重要诗人，一位值得去认真阅读、去认真研究的诗人。

# 木斧诗集《点燃艾青的火把》

《点燃艾青的火把》是老诗人木斧先生于2013年9月寄来的诗集，是木斧先生2007年至2011年的诗作选，天马出版有限公司于2012年4月出版。孙玉石先生说："年已八旬的诗人木斧，对于生活、对于现实、对于社会巨大的变化和存在的痼疾，对于人的精神高度和深度，抱有极高的关注和爱憎赤心。他的诗心的搏动始终与人民命运紧密相连。"因为要在《诗选刊》下半月刊做一个木斧先生的小辑，就请诗友王国平帮助联系了木斧先生。

木斧先生于1931年出生，本名杨莆，回族。1946年开始发表作品，1948年参加地下党成都市委领导的《学生半月刊》编辑工作，1955年由于特殊原因停止创作20多年。他的诗质朴热情，幽默犀利，自然率真，耐人寻味。

木斧先生同时寄来一本李临雅、余启瑜选编的《论木斧》（四川美术出版社，2013年7月版），我看到，很多人为木斧先生写过评论文章，牛汉、曾卓、邹荻帆、胡征等一些老先生都曾写过。这本书由屠岸先生作序，序言中还谈到了木斧先生的业余爱好：擅长演丑角，并说："这在诗歌界、在戏剧界，都是独一无二的。"

2014年第1期《诗选刊》下半月刊头条以《木斧的诗戏画三绝》为题，介绍了木斧先生。同时发出的还有先生戏装自画像10幅，非常有趣的10幅画作。

2020年3月15日下午，王国平发信息告知木斧先生去世，我立刻回复国平：

国平诗友：

惊悉木斧先生仙逝。

木斧先生是我的前辈诗人，他的离去，是中国诗坛的损失！

木斧先生吃过那么多的苦，他都顽强地挺过来了，并继续为读者奉献佳作。

我虽然未曾与他在现实中谋面，但在我主持《诗选刊》下半月刊时与先生有过书信来往，编辑过他的人物小辑，对先生有了更深入的了解。

木斧先生是我敬重的老诗人、好诗人，愿木斧先生一路走好，我永远怀念他！

晚上，我找出木斧先生寄来的书，翻来翻去，不知道自己要干什么。

# 邱景华的两本书

与邱景华一直是书信联系，后来有了微信就方便了许多。不知何故，记忆中我们是在2006年的鼓浪屿诗歌节上见的第一面。我微信问景华，他说2018年5月在河北廊坊参加林莽诗歌创作研讨会上我们才第一次见面。那他寄赠书给我时，我们还没有见过面？

《在虚构的世界里》（中国文联出版社，2001年11月版），是邱景华多年文学评论的结集，2008年5月寄赠。一本文学评论集。文章写得很棒。我最喜欢的是写蔡其矫、牛汉的几篇文章，特别是《论牛汉情境诗》这一篇，引起了我极大的阅读兴趣。之后还有一篇论述蔡其矫、牛汉、郑敏晚年诗歌作品的文章，还是吸引着我。邱景华自己在此书的后记中写道："自学者写文学评论，'成活率'极低。但我早年愚笨，不知此中的'游戏规则'，怀着强烈的好奇心，贸然闯入。"但是他成功了，他的文章没有虚晃一枪的东西、没有吊书袋子显摆知识的东西、没有绕来绕去打哑谜的东西。他的文章扎实、可靠，是自己对文学的真诚表达。我把这种感觉与林莽交流过，他也有同感。

《蔡其矫年谱》（海峡文艺出版社，2016年12月版），邱景华编著，2017年1月寄赠。这是一本很费力气的书，从1918年蔡其矫先生出生到2007年去世，一个人的一生，90年，以每年为单位记载。这个年谱，不是那种纯文学式的创作记载，而是把很多事件、人物以及蔡先生作为诗人的发声、观点也记录了下来，使谱主的人物性格、品质活现在读者面前，一些细节非常生动。例如，2006年7月30日至8月3日的一段：“应《大众诗歌》主编张承信的邀请，与著名诗人牛汉、朱先树、车前子到山西参加中国诗人联谊活动。30日，到山西忻州顿村，上午参会。下午，与诸诗友到忻州郊外看元好问墓，后访雁门关时，蔡其矫背着手，健步攀援，走在前面。第二天，陪牛汉回故乡定襄祭祖。然后到太原晋祠，对圣母殿的仕女情有独钟。再到运城，看司马光祠堂、陵园，解州关羽家庙、永济普济寺、黄河铁牛公园。8月3日，登鹳雀楼，不乘电梯，从第一层走到顶楼。”简洁、细致。我用微信问景华，这么详细，是蔡先生有日记吗？景华回答：“蔡老没有日记。”难以想象，一本书里众多这样的细节记载，寻找资料，求证史实，是多么复杂艰苦。

邱景华，福建霞浦县人，长期在一所师范学校图书馆工作。1990年以来，他发表了大量的文学评论，主要侧重新诗研究，老诗人蔡其矫生前对邱景华的写作有过具体的指导，他也一步步成为研究蔡其矫的专家。邱景华的视野开阔、思维敏锐、文章端正，是一位不可限量的文学评论家。

补记：2020年3月，在写完以上文字之后，景华又寄来《波浪的诗魂——蔡其矫论》（海峡文艺出版社，2018年11月版）。这是为纪念蔡其矫先生100周年诞辰而作的，也是景华研究蔡其矫20余年的学术成果。景华在书的导言中说：“我把本书的独特结构，看成是一种诗歌‘导游’：希望读者们一同怀着愉悦的心情，走进和漫步在蔡其矫博大精深的艺术世界里……”

## 《浪波抒情诗选》和《文谈诗话》

浪波，河北省文联党组书记、主席、诗人。浪波是河北省邢台平乡人，原名潘培铭，当年我们都称他为潘老师。潘老师1956年在邢台第一中学读书的时候就发表作品了，他应该是中华人民共和国成立后河北第一拨写诗的或者说是中华人民共和国成立后河北第一代诗人。

1984年，我在河北省作家协会帮忙，住在省文联办公楼里。那时，省作协与省文联还没有分家，是文联下面的一个协会。于是就可以经常见到潘老师，他为人宽厚，对年轻人的创作十分关心。我那时20多岁，还是个毛头青年，但潘老师没有什么文联领导的架子，让我们年轻人感到很亲切。我后来回到华北油田做文联工作的时候，经常请潘老师来。他有求必应，有时还会带一些人来。那时，油田文联工作红火，与河北省文联和作协的支持是分不开的。潘老师每次来都会很具体地教我们一些文联工作的方式、方法，一来二去我们成了忘年交。记得有一年潘老师陪他的老同学郑法清来油田，潘老师很高兴，话比以往说得多一些，还提出到我家去喝茶。我家那时住顶楼5楼，没有电梯，他们兴致勃勃地爬上楼来，在我家整整“热闹”了一个下午。

1991年8月，潘老师来油田出席我们的一个会议，期间送我一本《浪波抒情诗选》（百花文艺出版社，1990年12月版），这是潘老师的第一个选本。新时期以后，潘老师的创作冲破了以往的束缚，他在不断地突破自己。《河北文学通史》评价他的诗歌创作“突破了已有的美学规范而呈现重新腾飞之势，形成了创作的第二次高潮，他的诗歌道路及其转变，在他们这一代诗人中是具有典型性的。”

1997年春天，潘老师寄赠《文谈诗话》（河北教育出版社，1996年10月版）。这是一本文艺随笔集，看得出来，都是潘老师一些随想随寄，看似文论小品，大道理潜伏其中。潘老师于1959年考入河北大学，学的是汉语言文学专业，有大量古今中外的文学作品在心中，有理论素养，因此他写这样的文章也展示出了自身的文学艺术功底。

2018年2月11日，潘老师在石家庄病逝，享年81岁。诗人浪波，从文60多年，中国诗坛记着他，他和他的诗依然闪耀着光彩。

# 刘益善的六本书

刘益善，1973年毕业于华中师范大学中文系，曾任湖北省作家协会副主席、老牌刊物《长江文艺》杂志社编辑、社长、主编。20世纪80年代我们就有联系，他早年（1985年6月）赠我的诗集《我忆念的山村》（长江文艺出版社，1984年10月版），现在还保留着。翻阅那么多遍了，书的品相依然很好。这是益善兄的第一本诗集，都是写乡村生活的诗作。徐迟先生作序，称赞刘益善的诗形式短小内容广阔，易懂但不是一览无余。益善兄在其后记中也写到了老诗人徐迟的诗教："写诗应该有追求，写得小一点、巧一点、美一点。"老诗人曾卓生前称赞益善兄的诗："写得异常朴素。在形式上，几乎是平铺直叙，没有故意炫耀新的手法；完全是平易的语言，没有过分雕琢的华丽的句子。这种朴素，是由感情的真挚来的，因而是为内容所要求的。"作这本诗集书名的组诗《我忆念的山村》曾获诗刊1981—1982优秀作品奖。

1989年5月，益善兄寄赠诗集《雨中玫瑰》（长江文艺出版社，1988年12月版）。这本诗集收入50多首作品，包括一首写村民小组长的纪实诗。记得里面还有一些以油田为题材的诗作，"江汉宽厚的平原之胸脯/衣襟掀五月麦林让风拂出""有钻井深深插入体内/江汉从此通畅了血脉和毛孔"（《江汉之野》）；"废油井就这么在原野埋着/埋着一条千尺不弯的根须"（《有一口废油井》）。1986年为纪念华北油田会战

10周年，我们《石油神》文学季刊编辑了一本“石油诗会”专号，有益善兄支持的组诗《油田意象》，其中包括了《江汉之野》和《有一口废油井》。今天回头翻阅那一期旧刊和益善兄的组诗，仿佛就在昨天。

2010年我与益善兄参加河南平顶山采风活动，在一起的几日里聊得很开心，在三苏园还目睹了他挥毫书法。5月，益善兄寄来了长诗单行本，《向警予之歌》（武汉出版社，2008年11月版）。这本书的出版废了许多周折，1979年向警予在武汉牺牲51周年的时候，益善兄请了半个月创作假，一气呵成了这部传记体抒情长诗，由于经费问题未能出版。2007年这部长诗成为中国作家协会重点扶持的出版项目，又蒙时任中共武汉市委常委、纪委书记、诗人车延高和武汉市新闻出版局领导的支持，这部长诗成稿29年之后才得以出版。真是不容易。

2011年1月益善兄寄来《刘益善自选集》（长江文艺出版社，2010年11月版），这是一部诗歌、散文、小说的三项选本，附录中有一个《刘益善创作年表》，是1972——2009年期间的。这个创作年表对于研究益善兄还是很重要的，记载了他创作伊始到不断地探索、变化的成长过程，记录了他一些主要作品的发表情况。通过这个创作年表，也能看出益善兄的勤奋和努力，如1983年他在60多家报刊上发表作品、1985年在70多家报刊上发表作品、1993年在90多家报刊上发表作品。真勤奋！

2012年1月，益善兄寄赠《秋林集》（地震出版社，2012年1月版），随笔集，“名家随笔”丛书之一，聂震宁总序。谈到益善兄的《秋林集》，聂震宁称赞：“浸润着冲淡的诗意，讲述着人生的秋林种种平静而哀婉的情思……”

2014年3月，益善兄寄赠短篇小说集《东天一朵云》（长江文艺出版社，2013年12月版）。益善兄已出版的著作可能有30多部了。我知道，除了诗、散文、短篇小说，他还著有长篇小说、传记文学、纪实文学等。他写下了大量的文字，是一个不知疲倦的人。他是一个编辑家、好主编、优秀的诗人、作家，可以交心的大兄。

# 寇宗鄂的书

我在《诗刊》发表诗，寇宗鄂是第一个编辑。因此，几十年来我一直称他为寇老师，未曾改口（我最讨厌一开始称呼老师，混熟了称哥们拍肩膀，没用了就疏远或干脆把你忘掉的人）。事实上，我学诗之初邵燕祥先生留了我一首诗，没能发表，还发了退稿酬。真正在《诗刊》发表作品，就是寇老师编的。

多年后我被借调到《诗刊》帮忙，住在虎坊路甲15号一楼老《诗刊》的那个收发室，寇老师一家住在二楼，从此开始了我与寇老师真正的友谊。我们一起去长虹桥上班，一起下班返回虎坊桥。夏天热得难耐，在和平门下了车先去永和喝上一碗冰豆浆再往家走。寇老师经常下楼来和我聊天，谈诗、谈社会、谈人生命运、谈家庭、谈朋友、谈诗刊社的历史，那才叫无所不谈啊！晚上不让我做饭（我也不会做饭），等着楼上敲暖气片就上楼吃饭，有时还喝点儿小酒，就像一家人。现在每当我想起那段日子，就有一股感激之情涌上眼窝。2019年5月我专程去廊坊参加寇老师的作品研讨会，发言的时候谈起当年寇老师夫妇对我的好，哽咽了，只好结束发言。其实，我内心有许多感谢的话要说。

寇老师最早赠我的书是诗集《红豆》（百花文艺出版社，1990年4月版）。1991年底，我邀请寇老师和邹静之到我工作的华北油田来辅导作者。活动结束，我们还冒雪去了一趟白洋淀，在千里堤上渔民开的小饭店吃的午饭，还在冰封的芦苇丛中合影留念。寇老师回京后就寄来了《红豆》，这时应该是1992年的初春了。

1997年冬，寇老师赠我诗集《悲剧性格》（文化艺术出版社，1989年9月版），诗刊社“驼队诗丛”之一，这本诗集收入55首诗作，作者在跋中写道：“诗生性孤独而痛苦，诗与权力金钱无缘。”还写道：“本集侧重地反映出我一段时期的心理状态，一种心灵的回响，一种理念的投射……”

寇老师早年在北京工艺美术学校学过美术，至今不弃笔墨，是有影响的画家。北京市邮政管理局曾做过寇老师的诗画明信片，一画一诗，一套八张，极为漂亮。2001年2月，寇老师曾送我一套，至今珍藏，并时常品味。

我调回故乡工作不久，又被派往北京参与筹建延边教育出版社北京公司。期间，经常去看望寇老师，他这个时候已经开始大量创作国画了。我记得他还发明了一种在色彩中掺入牛奶的画法（他称其为“奶墨画”），效果很奇特。他真能琢磨，让人羡慕。

2002年5月，寇老师又赠我诗集《西爿月》（作家出版社，2001年8月版），在这本诗集的跋里，作者写道：“诗拒绝谎言和虚伪的装饰，哭与笑都必须真实。诗是心灵中的风雨雷电，是情感的激流和飞瀑，是现实和自我摩擦的火花，是感觉的沉重与疼痛，是内心的风景。”这是寇老师长期编辑全国诗人的作品以及自己创作实践的体会和感悟，不是突发而想的几句随便话。

在廊坊那次研讨会上，大家都拿到了寇老师的新书，包括诗选和画册。回来后，有诗友看到并非常喜爱，就给拿走了。我给寇老师去电话，他很快补寄来了《宗鄂抒情诗选》（漓江出版社，2014年7月版，韩作荣作序），书名页上，在范曾题写的书名下面，寇老师题写了“洪波学弟雅正”，还补记了：“你我都继承了牛汉诗的基因。”是啊，我追随牛汉先生几十年，寇老师在鲁迅文学院学习时，牛汉先生指导过他的诗歌创作，他把牛汉先生写给他的一封信的手迹放在书的前面，表达了对尊师的崇敬之情。（还记得，牛汉先生追悼会之前的那天，我从长春赶到北京，与林莽一起去寇老师家，他画了一盏灯，意为“引导灵魂的光亮”，让我在上面题写了一段话，让林莽也签了名，一同送到追悼会上了）去年，寇老师又寄来《寇宗鄂短诗选》（英汉对照，中国香港银河出版社，2020年7月版）。这本诗集收入短诗32首，这些诗，富含哲理，容易记诵，看似平和，内藏锋芒，是我喜爱的那种。《我的人生从冬天开始》（中国香港银河出版社，2020年8月版）是寇老师撰写的人生回忆录，这本书对研究寇老师的人生经历十分重要（以后另一个话题要谈到）。也就是通过这本书，我才知道，寇老师是寇准第33代世孙，还知道其父寇超（寇逸群）早年毕业于成都讲武堂，参加过北伐和抗战，第五战区司令部参谋长，一位叱咤风云的将军。这让我想到寇老师身上那股军人般的正气和不屈的性格，想到他生命和精神的出处。

说到寇将军，想起存在手机里河南诗人吴元成2020年3月21日的一段微信：

诗人邓万鹏先生一早微信，急需《楚天浩歌》一用，随于书柜中找到。

《楚天浩歌》是周学忠先生（作家、诗人周熠的胞兄）的长篇历史小说三部曲《戴焕章传奇》的第三部。前两部《回龙腾蛟》《风云际会》出版后，因朋友介绍认识，我写了一篇评论《从戴焕章看“农民性格”》。先是刊发于1995年1月20日《河南经济日报》4版头题（我时在该报供职，任总编室主任、周末版主任），后来他推荐给《农民日报》，刊发在1995年6月26日的《农民日报》副刊上。周学中先生生前还出版有一本古体诗集送我（内附写我的一首），搬几次家一时找不到了。1999年6月，《戴焕章传奇》第三部《楚天浩歌》在作家出版社出版后，周先生专程来郑，约我到河南饭店见面，把新书签名送我，时在1999年7月4日。周学忠、周熠先生对我都有知遇之恩。世易时移，二公已先后作古，令人怀想。

电复万鹏兄，才知是受诗人、书法家张洪波先生所托。他也并不知道我有这部历史小说。

12时50分，真正的需要者张洪波先生自长春来电：他在给《诗刊》老人、诗人寇宗鄂先生写文章时，了解到寇父寇逸群曾与戴焕章有过交集，故索要书中相关资料。我抓紧复读，发现相关的主要内容有：作为李宗仁的参谋长寇逸群如何保护与李先念、陈少敏过从甚密、支持新四军发展和抗战的邓州人戴焕章，以及戴焕章如何与寇家人成为知交，包括写到寇宗鄂2岁的情景等。翻拍了，当即发给洪波兄。（吴元成还拟了个题目：三诗人接力为一诗人找历史）

今年的一天，和诗友刘小放聊起廊坊那次会议，小放兄听说我带回来的书被朋友夺爱，又补寄来了寇老师的画册，一本是《宗鄂画集》（天津人民美术出版社，2010年10月版），收画作百余幅。前面有刘征先生和张瑞田兄谈寇老师画的序文，刘征先生说："宗鄂画的是中国画，融入了西画的构图和技法，一种清新之气扑面而来，那风韵同他的诗又何其相似。但看那一山一水、一草一木、一花一叶、一虫一鸟，或阴或晴，或春或秋，那只剪取风物的一角，却都饱含活力和作者的个性。他很少画人物，所画却都是人——人的精神。那一幅幅画，不正是一首首精金美玉般的诗篇嘛。"瑞田兄说："宗鄂的画需要重视。尽管宗鄂没有在中国美术界开宗立派的野心。我们一定需要信心，看一位诗人画画，看他如何把诗情、诗意和一位诗人的道义，全身心地放在一张宣纸上……"寇老师的好友、河北诗人顾国强还为每幅画配了诗。另一本是《宗鄂画集——心象系列》（天津人民美术出版社，2015年5月版），收画作近百幅。刘龙庭先生作序。这两本画册我格外喜爱，它们让我想起寇老师在虎坊路住的时候，想起他在狭仄的居室里挥汗作画，想起他被窗外的秧歌锣鼓声激怒而无奈，想起他下楼来与我一起研究《诗刊》刊授学员刊物的编排设计，想起一起饮酒谈诗，想起他敲击暖气片的声音……小放兄还用微信发来了廊坊那次研讨会上他写给寇老师的诗，还记得小放兄用带有黄骅海浪声腔现场朗读的时候，大家都被感动了：

阳春三月　天朗气清
我打开宗鄂诗的卷宗
一条汉子向我走来……

身材魁梧
宽肩虎背
面容清峻
诚朴厚重
哦　宗鄂
与我同一年代的老友
交往四十春秋的诗兄

难忘虎坊路甲15号
忆念八十年代诗歌的兴腾
《诗刊》雷霆　宗鄂　王燕生
我们的良师益友
可敬的诗坛园丁

永难忘　我与边国政
刚拜望了《诗刊》编辑部
一转身到了宗鄂家中
一杯清茶　一顿便饭
留下终生难忘的诗歌之情

哦　宗鄂

你宅心仁厚　堂堂正正

你悲悯情怀　爱憎分明

赞美母亲的泥土

不忘桑叶的恩情

喝着潼江水长大

聆听故乡呼唤乳名

冥想之中

老祖母依然活着

她瞩望着　站立在

梓潼的七曲山顶

哦　宗鄂

你赞美李大钊炕桌的油灯

曾点亮一位伟人的思想

利剑般刺破漫漫夜空

你赞美诗人牛汉的虎须

一股虎气

迸发诗的锋芒和血性

哦　宗鄂

当你远离祖国的时候

方感到孤独和失重

你说　在生长竹子和气节的地方

汉风唐韵　东方园林

才是我骄傲的自信和风景

此后　当一场横生的车祸突然降临时
是巴蜀的神山圣脉
给了你生命的坚韧和淡定

哦　宗鄂
是谁　在手机里轻轻呼唤你的名字
蜜一样滴进心田　轻轻盈盈
是谁　作为唯一的观众看你作画
走进你的安恬
点燃你的灵感和激情

哦　宗鄂
此世此生　诗歌与绘画
是你生命的两个车轮
不炫耀　不张扬
栉风沐雨　默默前行
美哉　宗鄂
壮哉　梓潼
孤独的唯美主义
让时间和生命
干干净净　永远年轻

小放兄这首诗的题目是《读宗鄂》，老朋友，很深很深的情。

在这里，不妨重温一下牛汉先生的一段话："宗鄂的人的风格是平实而内慧的，且具有率真与严峻的个性。他的诗也如此。他的诗意象情境都是经过心灵的多次锤炼而生成的；自然、质朴，没有芜杂的铺陈，没有外露浅薄的装饰，绝无玩诗的恶习。他的诗是带着现世的苦恼、悲壮，以及圣洁的理想，每个句子都浸润于人生的洪流中，得到了洗练之后的光彩。因此内在的情韵也比较深邃，富有哲理色彩。近两年来，又读到他不少新作，他的诗仍是堂堂正正的，面对复杂而动荡的现实，没有回避现实的考验，并清醒而明智地置身其中……”

寇老师大半生献给了诗，他为中国诗人们服务了几十年、辛苦了几十年。我们应该感谢他，向他致敬！

# 郁葱的书

当年（1984年）成立河北冲浪诗社的时候，10个成员中（边国政、姚振函、萧振荣、刘小放、逢阳、伊蕾、白德成、何香久、郁葱、张洪波），我和郁葱是年龄最小的（郁葱还大我三个月）。冲浪诗社成立后，1987年，由中国文联出版公司出版了一套“冲浪诗丛”，每人一本单行本，郁葱那本是《蓝海岸》，评论家苗雨时评价：“他的诗可以说较干净地剔却了消息性、陈述性的语言。每一句都是一个环境，使人在读后不得不进入一种激情状态。”

我与郁葱不断深厚的几十年的友谊，就是从那个时候开始的。

1991年3月，郁葱寄来了他的诗集《生存者的背影》（百花文艺出版社，1990年12月版），精装本。序言是伊蕾与何香久谈“郁葱其人其诗”，是一篇谈话录。后记是张学梦的文章“面对生存者的背影”。这前后两篇文章，对研究郁葱的诗歌，至今都很重要。

生存者常背向土地引发一些联想

生存者神情漠然

生存者面对苍穹淡然一笑

——郁葱《生存者》

这是郁葱1989年写下的诗句，而他至今还是老脾气，对一些人和事，常常是漠然、淡然，一笑而过。而对一些原则问题，他会有自己独立的看法和思考，他对美与丑有自己不容摆荡的立场。

1993年12月，郁葱的诗集《世界的每一个早晨》由花山文艺出版社出版。这本诗集用诗的方式记录了20世纪80年代至90年代初郁葱的部分心路历程。

1994年，郁葱的诗集《郁葱爱情诗》由百花文艺出版社出版，扉页上印着："真正的爱，其实仅仅是对自己的又一次发现。"这本诗集收入了39首诗，他自己做的"总体设计"，诗集从封面到内文，都美观大方，十分得体。

《自由之梦》（花山文艺出版社，1998年12月版）。郁葱在繁忙的编务之余，笔耕不辍，不断有新著出版，也看得出，花山文艺出版社给予他不断的支持。

《郁葱抒情诗》（河北教育出版社，2003年9月第一版，2007年第二次印刷）这部诗集在2005年获得"第三届鲁迅文学奖"，我收到的是获奖后出版社第二次印刷的精装本。收到郁葱寄来的书后，我曾回复郁葱一封信：

郁葱兄：

一周前就收到了《郁葱抒情诗》，因宗仁发那里有个20世纪70年代作家的聚会，活动要我协助一下，去了长白山，所以迟复了。

你还是很有激情的，这几年写了很多诗作，有大的影响，是咱们冲浪诗社里最勤奋的。香久也是很勤奋的，在另一些领域创造业绩。老边不久前来长春，我们聊起当年许多事情，也难免感叹岁月无情。我们还给白德成打了电话，希望浪兄浪弟们能在承德一聚。但我觉得是很难的事情了。你上次去黑龙江，从我居住的城市过，竟没有下车看看，很遗憾。

《郁葱抒情诗》中的绝大多数作品我都曾读过。我觉得这里面更多的是“情感”诗，在这些诗中，写得最好的是那些具有象征意味的诗，从个人出发，抵达更大面积的深层。人生某一阶段的刻骨经历，会喷发出巨大的诗情。因此，写起来就会涌动不停。你也有过这样的诗句：“我的内心有无限的呼声。”

你对鲁迅文学奖很重视，认为这个奖是一个写作者毕生的期待，并且终于得到了这个奖，应该祝贺，这是你不懈努力所获得的成果。

我和你不一样，这几年写得少，与朋友来往也少，加上搞公司，又得不断学习和体验新的东西，时间很零碎。但写得少毕竟还是在写，没有掉队的感觉，每年都能写一些诗，只是写得慢。人过半百，锐气不足，思维也缓慢了。对年轻人的诗还很关注，很羡慕他们的状态，没有拘束，自自在在地。

自1984年我们冲浪诗社成立迄今，再加上此前的时间，我们的友情已近30年了，每每想起，会有太多的感慨，这里面有许多别人无法理解的东西，也就是我这一拨人最珍贵的东西了。

你这部诗集印制得很气派，还有获鲁奖的腰封，一下就看出你对这部诗集的在意。这是一部精装书，从出版角度讲，它够豪华的了，但里面的诗还是朴素的。

能否以《诗选刊》的名义搞个活动，使冲浪诗社重聚?

祝好。

洪波匆匆

2008年8月11日早晨

接着，又陆续收到郁葱的书，其中有两本开本很小的口袋书，一本是《狂欢夜》（诗集），另一本是《郁葱访谈录》。前一本证明了他的创造力不减、诗思不断。后一本是他面对媒体说过的一些掏心窝子的话。

《艺术笔记》（河北教育出版社，2011年12月版），精装本，收入郁葱2006年至2011年间的散文随笔83篇，分读书笔记、游历笔记、人物笔记三部分。这是一部很有看头的书，很有史料价值的书，比如写到的他与田间、牛汉、张志民、公刘、浪波等一些诗人的交往，比如他行走和读写时的一些感想、思考，正如编者设计在封面上的一句话：

一个诗人的心灵记：生活　艺术　思想

《生活记》（花山文艺出版社，2015年6月版），诗集，精装本。书的封面已有提要："这是一部纯粹、简单的生活记事。它随意、感性、生活化、浅抒情，距离传统意义上的诗歌理念有一定差异，有的甚至是诗人的瞬间思想，是郁葱诗作中'非主流''非经典'的那一部分。这些作品写于2005年至2014年之间，把它们汇集成册，是为记录诗人当时的一些经历和心灵历程。"但是，我觉得，不要真的就把这些诗当成简单的生活记事，这里面饱含着社会、人生命运给予诗人的种种课题。

《郁葱的诗》（青海人民出版社，2015年10月版）是一部每首诗都有赏析文字的独特诗集。收入170余首诗，170多则赏析文字，蔚为壮观。写赏析文字的有年纪大的评论家、老朋友，也有更为年轻的诗友。用郁葱自己的话说，这部诗集等于是朋友们替他选编的。大家对这些诗的认可和赏析，同时把他不同时期不同风格的佳作汇集到了一起。诗歌伴随郁葱几十年，无论是编诗歌刊物还是写诗，郁葱有常人无法理解的固执，你不能在他面前伤害诗，那等于伤害他这个人。他对诗的痴情让我想起他的一首小诗：

我是那种，一条道，

走到黑的人，

走到黑，

我还会往

更黑里走！

——《一生》

郁葱主编诗歌刊物多年，先是《诗神》，后改为《诗选刊》。他兢兢业业办刊的同时，还操心着河北诗歌事业的发展，主编过《河北50年诗歌大系》等多部诗选和个人诗集，有多年好朋友的，也有晚辈诗人的，而且亲力亲为，做了许多细致烦琐的工作。记得我当年有一本诗集《沉剑》还是他亲手设计的封面并张罗出版的。2015年8月，他寄来《在河以北》。这是他主编推出的“燕赵七子”诗选。对年轻一代的诗人，他是不遗余力地推举。除了编选作品，还写评论文章，还张罗青年诗人诗会等一些活动，令人敬佩。我很羡慕他，一个很少乐于交往的人，身边会有那么多的年轻诗友，还不是诗歌与人格的力量！他是个写作上的多面手，现在更年轻的朋友可能很少知道除了诗和诗论，他还写过其他文体的东西，他自己也很少提起。在我记忆中，他至少还写过并播出过电视剧《蓝岛意识流》、中篇小说《瞬间与永恒》《署都》等。

《燕赵》（花山文艺出版社，2015年11月版），诗集，精装本，以诗歌的形式遍写燕赵大地。但不是简单的地域颂歌，有自己的生活经历，有燕赵文化精神在里面，也有郁葱艺术追求诗风变化在里面，这是难能可贵的。我在冀中平原生活工作过17年，当我离开它的时候，忽然感到，我最喜爱的是那片土地和那里的朋友，稳健、敦厚、不事张扬、富有爱心，像缸炉烧饼，干脆、有嚼头、耐品味……

诗集《尘世记》（花山文艺出版社，2017年8月版），精装本。这是“鲁迅文学奖河北获奖作家书系”之一，严格说是一部诗选，由“生存者”“生活志”“燕赵辞”“尘世记”“启示录”五部分组成。此书系收入河北16位获鲁迅文学奖作家的书，每人一本，他们是：何申、一合、铁凝（两本）、韩羽、梅洁、徐光耀、李春雷、郁葱、陈超、李浩、刘家科、关仁山、胡学文、张楚、大解。

《尘世记》曾获塞尔维亚国际诗歌金钥匙奖。

散文集《江河记》（花山文艺出版社，2021年3月版），“诗人散文”丛书第二季之一。这本书中我最喜欢“大师时代”那一组文章，记述了郁葱与上一代诗人的交往，田间、牛汉、公刘、张志民、李瑛。其中，写田间那一段，许多事情是鲜为人知的。这种细节是一些（不在场、靠资料拼凑）文章没法相比，也做不到的。

在这里，我想到了《河北文学通史》。那里面对郁葱诗歌创作的评价是："他精敏地把握了诗歌中轻与重、小与大、具象与抽象的关系。他的诗歌无疑有质实的精神重量，但又不乏美妙的飞扬感。"诗写到这个份儿上，就自在了，就有了内在的魅力。

# 邱正伦诗集《冷兵器时代》

《冷兵器时代》（中国文联出版社，2009年9月版）是邱正伦的一部诗集，诗集的前面有作者的一段话，写道："在中国军事博物馆，我第一次见到古代兵器的实物。那时我并没有在意什么，后来在公园林荫的一把座椅上，一位热恋中的姑娘，正在用匕首给男朋友削苹果。这一幕情景让我为之一颤。阳光透过树梢在匕首与苹果之间、恋人与恋人之间移动。在我的心中，匕首恐怕是古代馈赠给现代社会唯一的军转民遗产。当我将公园的情景同在军事博物馆看到的情景联系起来思考时，自己不知不觉站在了古代冷兵器带给我们的智慧峰巅……"于是，匕首、斧头、剑、刀等，浑身是胆地来到我们面前。当然，这本诗集也不全部是写冷兵器的，只是用冷兵器时代做个书名罢了。邱正伦在后记中写道："这样的书名也许并不讨人喜欢，但一想到这就是我最为真实的生命体验和生命存在对我和我的写作提出来的要求，我就没有更多的理由来考虑别人怎样来看待自己的状态了。"

邱正伦是一个有自己坚持的诗人，他的艺术思想和审美见地在他送我的另外两本书中也可见到。一本是邱正伦编选的当代先锋主义诗选《以诗作证》（重庆大学出版社，2009年12月版），收入柏桦、陈超、陈东东、李亚伟、杨炼、翟永明、周伦佑等30多人的作品。邱正伦在序言写道："先锋主义诗人的写作已经完全超越了任何意义上的抽象思考和名词性的解释，已经完全以主体性的鲜明姿态站立在现实锋利的刀刃上……”另一本是《身体的镜像》（文化艺术出版社，2013年10月版）。这是一本长达15万多字的人体艺术研究论文。

邱正伦是西南大学美术学院博士生导师，我认识他的时候，他的著作应该有16部之多，2012年他来长春公务，我们一起聊得很深入。之后他又拉我去南京出席一位画家展览的开幕式。我们知道，邱正伦是20世纪80年代西南师范大学五月诗社社长，先锋诗人，直至今天他仍是经常以诗人身份出现。55岁后，他又研习书画，尤其是对当代书法，他有自己独到的见解和自己已经形成的格调。

# 赵健雄的书

我与赵健雄熟知在20世纪80年代末，书信来往较为密切的时间应该是他从内蒙古回到浙江后，那时他在一家轻工学校教书，应该是90年代初了。健雄当年在内蒙古《草原》杂志主持“北中国诗卷”，非常有影响。健雄兄把他的书赠送给我时，从未有过签赠日期，只是“洪波兄闲读”之类，签个名字就寄来了。

他最早寄赠给我的是一本诗集《最后的雨》（广西民族出版社，1992年11月版），书的前勒口上有几句作者简介：“赵健雄，祖籍甘肃，但四辈之前已迁居江南，20岁出塞，至今20载。种地、教书、编稿、目下在弄《草原》，著有诗集《明天的雪》，也写小说与散文，并以方竹为笔名，搞评论与杂文……”接着的几年中，他不断有书寄赠给我：

《糊涂人生》（辽宁人民出版社，1992年9月版），随笔集，书中有110多篇短文，均未超出千字，也可谓小品文。健雄在书的扉页上写道：“洪波兄闲读，文字往还已久，近始有神交之感，人生难得一知己。”

《都有病》（上海人民出版社，1995年3月版），还是短小随笔集。此时，健雄的这类短文已经广受读者欢迎，他的书估计也是出版社看好的选题，而他在自序里是这样说这些短文的：“有时候，懒得横空出世，便操刀剖剖自己，说无聊消闲也罢，讲这其实是一种勇气的作为也罢。挥动起手臂来，难免有失分寸，无意间亦可能划破了某位的脸面，先在这里致歉，并申明自己的用意只在疗治，而无他图。”

《纵情声色》（山东人民出版社，1996年10月版），仍是短小随笔集。

《乱话三千》（中国国际广播出版社，1997年2月版），是当年我为出版社朋友李镇组织的一套随笔书之一，选题策划后，我组稿，作者都是朋友，有邹静之、李琦、张爱华、伍立杨、庞壮国、赵健雄、冯敬兰，还有我自己的一本，一共八本。出版社对稿子质量表示很满意，后来我在南京等地书店打听了一下，说是销售得还挺好。那几年，随笔很热。

《姑妄言之》（大众文艺出版社，2004年12月版）又是随笔集，还是健雄独特的风格，文字简约但蕴含着力量。

我在北方妇女儿童出版社工作的时候，又一次去杭州开会，便借机在那里会见了健雄兄和《西湖》杂志主编嵇亦工兄，还一起吃了个午饭。健雄兄那时已在政协的一份报纸工作，也帮着嵇亦工兄看一些稿子。聊得很开心，一顿饭吃了很长时间。健雄兄给我留下了很深的印象，一个不简单的知识分子。

现在偶尔翻一下他的著作，从那些短文中总能找到一个人的大气象，看到他不停思考着的那些东西，他的睿智以及自己坚持的真理和教给读者的道理。

# 陈义海的五本书

20世纪90年代末，我在《诗刊》帮忙的时候，有一年与老编辑寇宗鄂去江苏盐城搞“春天送你一首诗”活动，期间结识了盐城诗人陈义海和姜桦。

义海是盐城师范学院的教授，比较文学博士，盐城师范学院文学院院长。他曾在2005年远赴英国沃里克大学翻译与比较文化研究中心（CTCS）访问讲学，能用中英两种文字进行文学创作。

义海赠送我的《明清之际》（江苏教育出版社，2007年8月版），是一部对明清之际中西异质文化交流的背景进行分析和对基督教与儒家文化第一次大规模碰撞的文化思考的著作，学术性很强。看得出，义海下了很大的功夫，是一部有分量的学术专著，赠书时间是2008年12月。还有一本诗集《狄奥尼索斯在中国》（江苏文艺出版社，2010年6月版）。这是他的第二本中文诗集，2010年11月送我的。再就是中英文双语诗集《迷失英伦》（南京大学出版社，2010年8月版）。曾在沃里克大学担任过10余年副校长、比较文学和翻译家苏珊·巴斯奈特为这本诗集写了序言，她在序言中写道：“这本集子所收入的陈义海的诗歌和译诗，从几个方面反映了他驾驭语言的能力和诗情才艺：他用母语写诗，同时是一个译者兼诗人，更了不起的是，他还是一位用第二种语言（英语）写作的诗人。就这一点而言，他在新一代作家中颇具典型性……对于陈义海的勇气，以及他的技艺，我深表敬意。当今世界，呼唤更多这样的敢于探索、勇往直前的创造者，这样我们才能欣赏到跨越时空的诗歌所赋予的美感与力度。”

每次翻阅这本中英双语诗集（当然，我只能读中文）的时候，我的眼前就会不断出现义海的形象和声音（英语的和汉语的）。2018年11月，义海和子川邀请我去江苏盐城师范学院出席中美新田园诗高峰论坛。活动中，我看到了义海主持和翻译时的自如、潇洒。通过义海和子川结识了南京大学的张子清教授以及美国的诗人们。大家还一起到泰州、扬州、太仓等地，一路上义海辛苦地为大家服务，这让我十分感动。他机智幽默的翻译让我们一路欢笑，还有他的朗诵和歌唱，一个难得的双语活跃分子，至今难忘。

在写以上这些文字期间，义海又寄来他的两本新书。一本是《从老欧洲到新英格兰》（中国书籍出版社，2019年10月版）。实际上，这本书到2020年1月才第一次印刷。此书系江苏省作家协会“紫金文库”之一种，是义海在国外游历、学习期间的一些感悟，以随笔的形式记下的心灵印痕。在牛津小巷，在康河岸边，格林尼治、哥本哈根……他每到一处，都要记录着自己的思考。另一本是诗集《爬满状语从句的房子》（国际文化出版公司，2020年6月版）。他自序的标题是《越来越难》，这是一个诗人的自省和追求。当一个诗人的写作觉得“越写越难”、感到“越写越不敢轻易下笔”的时候，一个新的提升已经开始。

# 刘征先生的书

1998年4月7日和8日两天，《诗刊》主编高洪波、常务副主编丁国成、副主编叶延滨等人一同看望走访了在京的部分著名诗人，了解他们的生活和写作的近况，倾听了他们有关诗歌创作和对诗歌状况的看法以及他们对《诗刊》办刊方面的意见。我作为随行记者记录了整个走访过程。7日上午在虎坊路15号走访邵燕祥先生开始，继而又走访了贺敬之、柯岩、绿原、雷抒雁。当天晚上，鲁迅文学院常务副院长雷抒雁（曾任《诗刊》副主编）与我们一同到方庄走访刘征先生。到了刘征先生家，先是在他典雅的画虎居里欣赏了先生收藏的几十种砚台，然后在背景音乐中品着碧螺春茶聊了起来。刘征先生是人民教育出版社原副总编辑，长期从事教科书编写、出版工作，一个孜孜不倦的学者、教育家。在文学创作上，他新诗旧体诗都写，在新诗创作中，他的寓言诗、讽刺诗影响很大。他的杂文也了得，是杂文大家。他的讽刺诗、杂文都很犀利、泼辣，可没想到见到本人，是那么和蔼可敬。那天晚上，刘征先生主要谈新诗和旧体诗并存、谈讽刺诗创作队伍建设、创作题材等话题。先生还赠每人一幅字，有两幅字的款上都写着“洪波”这个名字，让高洪波和我自选，反正名字都是一样的，引得大家哈哈大笑。那幅字我一直珍藏着，很喜爱。刘征先生是书法家，他的墨宝弥足珍贵。次日，我们还走访了张光年（光未然）、朱子奇、李瑛，还到协和医院看望了病床上的臧克家先生，这里不再细说。

记得1997年冬，在山东聊城的一次讽刺诗研讨会上就见过刘征先生，但没有多聊。这一次坐在先生书房里近距离听他谈诗，很是难得。1998年6月号《诗刊》发表我记载的这次访谈录的时候，刘征先生这段，我用了《喝新茶赏古砚纵谈诗歌》这样一个标题。

2000年，我已调至延边教育出版社工作，我的诗集《生命状态》由北方文艺出版社出版，给刘征先生寄去了一本，请他指点，他回了一封短信，给予了肯定和鼓励：

洪波文友：

大著《生命状态》收到，谢谢。

你的诗巧捕妙情妙景，清新简洁，余味无穷。于众多说不上是花是草，一片糊涂（不是朦胧）的诗园里，是一枝独秀的花。我说得对吗？

匆匆，即颂

诗安、教安。

刘征

5.20

我刚到一个以出版朝鲜文读物为主的出版社工作，社里拟出版一本汉文的刊物《中学生读写》。新刊物由我主编，我就请刘征先生题写刊名，恰好延边教育学院的学报也想请刘征先生题写刊名，就一并告知了先生，很快，先生给两个刊物题写的刊名都寄来了。延边教育学院的朋友们格外高兴，为此我们还在一起喝了一顿酒。刘征先生在教育界可是赫赫有名的，教育学院的朋友们可都是崇敬着的。

寄刊名、题字的同时，先生还寄赠了他的两本书。一本是杂文集《美先生和刺先生》（时代文艺出版社，1997年8月版），“中国当代杂文八大家”丛书之一，收入杂文115篇之多。另一本也是杂文集《人向何处去》（新华出版社，1999年1月版），“学人文库”之一，收入杂文83篇。先生把一篇对答《主客问答》作为自序，很是独特。又过了一段时间，先生的文集出版了。很快先生就寄来了一套，厚重沉实的五大本：

《刘征文集》五卷本（人民教育出版社，2000年6月版）

第一卷　语文教育论著

第二卷　寓言诗及其他

第三卷　诗词

第四卷　杂文、随笔

第五卷　古代寓言整理

出版说明里介绍了：“刘征，本名刘国正，1926年生，北京市人。他是著名的语文教育家、诗人、杂文家，兼工书法。1946年他开始步入教育界。”还写道：“屈原的《离骚》说：‘溘埃风余上征’，王粲的《登楼赋》说：‘征夫行而未息’，刘征先生很喜欢这两个诗句。他年逾古稀，仍在修远的征途上行行不息。”这套文集是刘征先生用了大半生的心血养育的劳动果实，他参加编写或指导编写的语文教材，他创作的杂文随笔、诗歌，他撰写的学术论文……洋洋大观，成果辉煌。

祝刘征先生身体健康、生活快乐、长寿！

# 邢海珍诗集《远距离微笑》

这是评论家邢海珍教授的一部诗集，“寒地黑土文化丛书”之一，黑龙江人民出版社2007年1月出版，作者2007年3月寄赠。

邢海珍在诗集的后记中写道：“好几年前，我也曾认真地编过一回自己的诗集，但是终于没有出版。那时我就给诗集取名为《远距离微笑》，我认为它之中有丰富的哲学意蕴，有一种警策和思辨的深意在。”

《远距离微笑》这部诗集是邢海珍多年来诗歌创作的结集，也是第一本。我们可以通过这部诗集的作品，欣赏到一个评论家的另一种文笔。一个诗歌评论家，他的文章和他的诗作，应该是相辅相成的。我喜欢邢海珍的评论文章，他对诗歌透彻的解析、他对诗人深度的理解，和他创作了大量的诗应该是有关系的。

邢海珍出生于1950年，退休前是黑龙江绥化学院中文系教授。他的学生很多，我见到的一些都非常敬佩自己的老师。邢海珍著有专著多种，尤其是诗歌研究专著，而这本诗集在他的著作中有着独特的亮色。他对诗歌的情怀毋庸置疑，他自己说：“我的人生命运与诗紧紧地牵系在一起。我多么看好这些分行的文字，这是我一生一世的追求，我愿意把它们放在人间最干净的地方，我愿意用生命的树荫去庇护这些有生命的文字。”

邢海珍是我的老朋友，多年来通过诗的交流，我们的心灵越来越近。他为我的创作写过几篇评论文章，帮助我不断地完善自己，也让我懂得了他内心的感会，他是一个难得的知音。

# 杜爱民《眼睛的沉默》和《自由落体》

在西安，在穆涛那里认识了杜爱民，留下了特别好的印象。正如贾平凹的评价：“爱民属牛，人宽容善良。”后来他寄来他的书，一如其人，朴素、淡定。

散文集《眼睛的沉默》（国际文化出版公司，2006年10月版），熊召政、黄海分作序，2006年10月寄赠。作者前言：“我的文字，不涉及思想、心灵这些看似本质的东西。”作者在后记写道：“我这本小册子所以取名《眼睛的沉默》，是因为在我看来沉默中隐约可见我个人命运的无形现实和一个作者的写作现实，以及超越这些现实，创造未来新的可能的奥秘。能够引领我走路的，不是天边地平线上的无限奇幻，是我所看见的那眼睛里的沉默。”这种冷静，会使很多所谓富有“思想”的作家尴尬。

诗集《自由落体》（陕西师范大学出版社，2011年1月版），作者2011年2月寄赠。诗集收入诗歌112首，分7辑组成。出版诗集的这一年，杜爱民50岁。当年，《现代主义诗群大观1986—1988》曾收入他的诗《外乡人》《给一位朋友》，那两首诗至今还闪着光。杜爱民写诗几十年了，对诗的本质清晰懂得，使他的诗句像从生活中捞取的酵母，富有弹性，经得住体味。他具有平民姿态却又似乎不太合群，而这种自我恰恰是大多数诗人难以做到的。

杜爱民还鼓捣一些笔墨山水，这也许与陕西，尤其是西安的文化积淀和艺术氛围有关。我不懂绘画，只是看着自己喜欢。

我主持《诗选刊》下半月刊的时候，爱民帮助组织稿件，还帮助在咸阳机场展示刊物、争取读者。每期坚持，我一直怀有谢意。

# 迟慧《慢生活》和《大象学校》

有一年我与《作家》杂志主编宗仁发去哈尔滨，李琦听说我和仁发平常打乒乓球锻炼身体，就找来黑龙江作协的朋友一起打，那位朋友很专业，我们不是对手。那一次，李琦还介绍了一位朋友叫迟慧，“70后”作家，她为我们跑前跑后，让人感受到了黑龙江人的热情好客。2013年迟慧南迁，调到江苏无锡文联去工作了，但还有微信联系。

2015年4月，迟慧寄来了她的散文集《慢生活》（中国文史出版社，2015年1月版），李琦作序。李琦20世纪80年代末在《北方文学》做编辑，发过迟慧早期的诗歌，并惊叹“真是有才华”，从此两人成为忘年好友，后来成为同事。李琦在序言中写道：“诗人迟慧，渐渐不大写诗了。我们也觉得，她的散文比她的诗歌更出色。她朴素轻盈的写作，独到的观察力，优美松弛的文笔，赢得了很多真心喜欢的读者。”而迟慧自己却说：“写作对我来说，是找到了一种沟通方式，用文字的钥匙打开了一扇时空之门，和宇宙万物沟通……”迟慧的文章都不很长，点到为止，说到即收，很像书法的小楷，笔笔精到，结体严谨，耐人寻味。

到了2015年11月，迟慧又有儿童文学新作，由春风文艺出版社出版，一套5本注音童话书，书名为《大象学校》，分“冒失鬼上学”“僵尸国旅行”“怪怪国奇遇”“怪物留学生”“破坏城”等各单本。迟慧寄来了这套书，还为我的小外孙题赠：

送给张义丰小朋友的童话礼物，祝你健康成长，生活幸福。

迟慧

2015.12.10

我的外孙当时正随父母在太原生活，把书交给他，我知道，他的童年生活又多了一份乐趣、多了一个美好的记忆。感谢迟慧。

我也是写过童话、出版过童话书的作者，对儿童文学作家的作品还是很关注的。看到迟慧这么漂亮的一套书，心中很是羡慕，也为她的收获而高兴。儿童文学名家孙幼军、张之路、常新港、单瑛琪等人对迟慧的童话都有很高的评价。他们的评价以图书推荐语的形式，就印在《大象学校》每一单本的封底上。据说，迟慧的童话写作的缘起是为儿子铁蛋编故事。有这样一个童话妈妈，铁蛋有福了！

除了“大象学校”系列，迟慧还创作了“哼哼哼去上学”系列，以及校园小说“淘气包爱上学”系列等。《大象学校》出版后，她还应邀进无锡、常州20多所学校讲座，与小学生们见面、互动。她还被应邀去海南等地的小学讲座……迟慧获得过冰心儿童文学新作奖、太湖文学奖等多种奖项，是一位集诗歌、散文、儿童文学于一身的优秀作家，尤其是孩子们喜爱的儿童文学作家。我相信，她的创作会越来越丰厚，她的那些儿童文学“系列”会一直延续下去。

# 庞壮国的书

20世纪70年代末，我刚刚开始诗歌创作，关注着一些诗人，特别是东北写诗的。我与庞壮国就是那时候开始书信来往的，我们相见于80年代初。他的诗有特点，有强烈的地域感。吉林省辽源市当年有一本影响不小的刊物叫《关东文学》，主编是宗仁发，他现在是号称中国纽约客的《作家》杂志的主编。1985年第4、5、6期合刊的《关东文学》发表了庞壮国的《关东第十二月》，这期刊物影响甚广，许多青年诗人由此走向全国。很快，由张同吾推荐，12月号的《诗刊》也选载了这首诗。推荐者说："这是一首颇有特色的诗，以罕见的长句式，极力渲染与铺陈，生动地描绘了关东大地富有鲜明地域特征的自然风貌，也含蓄地表现出新生活的气息。"以叙事的方式抒情，庞壮国在那一个阶段创作了不少这样有东北特色的作品，如写嘎仙洞的那些诗、写赫哲族老人唱莫尔根史诗、写大马哈鱼群在春天暴动、写放鹰、写黑土地……

80年代初，我在华北油田搞石油诗会，庞壮国也积极地赶来参与，还带来了新朋友朱东利。

80年代中期，我们一起在西安评选全国石油职工文化大赛文学作品，住在长庆油田西安办事处，每天朝夕相处。评选结束以后，我们在胜利油田王忆惠的邀请下，又去了胜利油田几日。我们成了走得很近的朋友。

1995年7月，庞壮国寄来两本书，诗集《望月的狐》和《庞壮国诗选》。《望月的狐》，由天津百花文艺出版社出版，是“岁月文学丛书”之一。这是一本历年代表作的结集，其中还有一部分“石油诗”，包括《石油师的旗帜》《我走进松辽盆地的地底》《钻塔，叩醒海拉尔盆地》等一些力作。《庞壮国诗选》则是从他多年发表的作品中精选出来的170首诗，由北方文艺出版社出版。这是他出版的第三本诗集。

《听猎人说》，这是我为中国国际广播出版社组织的“青橄榄文丛”之一，是庞壮国的一本随笔集，贾宏图在序言里有这样的评语：“现在文化人愿意用植物和动物命名丛书。我也斗胆赐庞壮国为‘北方的狼’。庞壮国的歌声悲壮、苍凉、悠长，有时像摇滚歌手一样沙哑和泼辣。”

同一套丛书中也有我一本《摆脱虚伪》，其中有一篇写庞壮国的，题目是《大壮》。我写道：“当年大壮的一首《关东第十二月》炸响了多少人的心窝，那首诗至今还有权威的选本在选用，仿佛一提到庞壮国的名字就不能不联想到《关东第十二月》。而在大壮那里，《关东第十二月》已经成为过去的辉煌，连他自己都很少提起。”

我还写道：“我曾把大壮拉出来，到陕西、河南、河北等地走了一圈儿，去为一个后来搞影视的原诗人写一部有关皇帝的专题片。一路几乎是踏着史书走下来的，大壮没有白走，他记录下来的东西近于一本书。后来看到了他发表的系列组诗《活人读史》、系列散文《秦汉以及我的行走》等，使我不能不佩服他的粗中有细和勤奋。”

打开他的诗集《望月的狐》《庞壮国诗选》，我们可以清晰地看到，20世纪80年代，庞壮国为中国诗歌所做出的贡献。他的主攻方向是创作具有东北地域历史文化内涵的史诗型系列抒情诗，北方土语进入文学书面语言的实践与尝试，人与自然的和谐以及北方土著民族“天人合一”传统文化心理的扬弃与再塑。再翻阅20世纪90年代的各种报刊，我们又可以看到一个诗人在散文领域里的独特行程。他把那些文章集结成《庞壮国随笔集》，由北方文艺出版社出版，诗人李琦作序。寄书的时候，他还在扉页上写着：“张洪波啊，20世纪80年代相识，忽忽悠悠三四十年矣。珍重！”这时候是2012年6月。

# 王仰之的书

王仰之，华北石油管理局史志办公室原主任、高级工程师、科普作家。王先生科普著作众多，《地下宝藏》《地球的故事》《水的故事》《人和水的斗争》等，都是20世纪五六十年代出版的书。据说，王先生有一本谈石油的书，有些人当年就是看了这本书而报考石油院校的。王先生还参加过《十万个为什么》一书的编写，比如《为什么会发生洪水》《河流的力量是哪里来的》《为什么说西湖和太湖都是由古代的海湾变成的》《地下为什么会有石油》等一些地学条目就是王先生撰写的。

我于1984年10月调入华北油田。第二年，由诗友宋克力引荐，认识了王仰之先生。那天，王先生拿出一本书签好名送我，是地质出版社出版的“趣味地球科学丛书”之一——《水的世界》，很好看的一本书。他讲“蓝色的星球”、谈地球的水是从哪里来的，谈水在自然界是怎样循环的。他讲“浩瀚无际的海洋”、讲蓝色的宝库、讲潮汐奇观……他告诉你湖泊的“身世”，谈冰川、地下水、雨和雪，还有地下水和水质污染……深入浅出。

从此，我与王先生成了忘年交，我常向他请教一些石油地质方面的问题，特别是石油发展史的问题。他推荐了《中国石油地质学》《潜山油气藏》等书籍，让我找来阅读。这些书对我后来石油题材文学作品的写作影响很大。

1986年7月，王先生送我一本《中国大地的探索者》，是他和甄朔南合作的一本科普书。这本书介绍了古今中外14位探索中国大地的地质学家，从为石油命名的沈括到世界著名的地质古生物学家德日进，介绍的详尽、科学，文笔生动、内容充实。那天，王先生同时送我一本《小花开在黎明前》，这是鲁兵和圣野编的《中国儿童时报》作品选，由浙江少年儿童出版社出版。《中国儿童时报》是由田锡安于1930年6月在绍兴创办的，1931年秋天移至杭州编辑出版，抗战期间停办。1940年在金华继续出版，1944年盛澄世接任社长并把报纸迁回杭州。王先生当年在这份报纸上发表过儿童诗和儿童故事，也因此结识了上海、杭州这一带的一些儿童文学名家。这本作品选里就收入了王先生的儿童诗和儿童故事等作品，都是当年在《中国儿童时报》上发表的。我没想到，早年王先生还创作过儿童文学作品。你瞧，他的儿童诗写得多有趣：

羊喜欢：
四面都是青草地。
猫喜欢：
两只老鼠到嘴里。
狗喜欢：
两根骨头丢在地。
鸡喜欢：
三条小虫一把米。
人喜欢：
几个朋友在一起。

（原载1948年10月11日第1498期《中国儿童时报》）

这首儿童诗的题目是《喜欢》，趣味、爱心、童心都在里面。当然，也看得出，《中国儿童时报》这份报纸在当年会给小读者们带来多少快乐。

1990年1月，元旦放假后刚刚上班，王先生来我办公室，赠书一册，接过来一看，是《丁文江年谱》（江苏教育出版社出版）。丁文江，地质学家、科学家，蔡元培称赞丁文江是“稀有的人物”，说他是有办事才能的科学家。这本年谱弥足珍贵，对我们了解丁文江、了解他们那一代知识分子十分有益。记得我在读过这本书后，还因为丁文江的一首诗写过一篇谈诗的小随笔。1990年11月，王先生赠我一本《中国石油编年史》（石油工业出版社出版），老部长焦立人题写的书名。从公元前2世纪四川开凿盐井遇到天然气开始，至1995年12月科学家、原煤炭部顾问孙越崎先生在京逝世止，简直就是一部中国石油工业年谱。看得出，王先生搜集了大量资料、下了很大力气。1995年4月，王先生赠我《中国地质学简史》（中国科技出版社出版）。1996年11月又赠我《中国地质调查所史》（石油工业出版社出版），中国地质调查所是中华人民共和国成立以前的地质调查和科研机构，成立得早、规模大、成果多。从1913年到1949年，共37年。地质学家黄汲清先生为这本书撰写的序言。黄先生写道：“对于地质调查所的历史，是中国地质学史研究的重要课题之一。王仰之毅然承担了这项艰巨的工作，并且在一没有经费、二没有助手的情况下，只用了很短的时间，就写出了一份初稿拿给我看。我非常高兴。”

因为工作调动，经常搬家，王先生赠我的书还有一些能想起来但一下子找不到了，比如《谈谈地质》《奇异山水》《中国石油史研究》等。

王先生知识丰富、著作等身，做人低调，为人谦和，是我非常敬佩的人。

# 第广龙的书

第广龙，我第一次见到他是在20世纪80年代中期，在全国石油职工文学征文的颁奖大会上。在胜利油田的黄河饭店，他从长庆油田来，谦和、不张扬，诗写得淳朴、感人。我们成了好朋友。

广龙不断地进步，诗写得越来越好。同时启动了散文创作，也写得不赖。

他早期送我的诗集有：《第广龙石油诗精选》《祖国的高处》《水边妹子》等。其中，1995年2月寄给我的《水边妹子》是当年《诗刊》寇宗鄂主编的“青春诗丛”丛书之一，由《诗刊》老主编杨子敏先生作序。他参加过《诗刊》第九届“青春诗会”。广龙的诗写得扎实、可靠，甚至有些“土腥味儿”。我很喜欢这样的诗，有味道。

妹子，你身子里的春天

悄悄来了

你的胸脯

被叮咚的心跳

顶高了

——《水边妹子》

日头，日头

我挖你两镢头

日头，日头

我邀你上炕头

——《日头》

九月，和玉米约好了时间

我蹲在地垄上

身影在暮色中

一点一点变黑

——《和玉米交谈》

2005年7月，他寄来了作家出版社为他出版的散文集《感恩大地》。他写了自己一些有趣又尴尬的事，其中《打电话》写道："那阵子我刚参加工作，还没见过真的电话，更别说打电话了。"他写到一次到机关教育科要材料，需要打一个电话："真是惭愧，我竟然不知道要拨号，而另一部电话上带着摇把，我便一只手拿着拨号电话的听筒，另一只手去摇另一部电话的摇把，把旁边的几位干部给逗笑了，我也怪不好意思，只好请一位慈祥的女士帮我打……"2009年1月，他的诗集《军舰鸟》（太白文艺出版社）出版了，5月间寄给我的。这之前他好像还出版过几本集子，但没有寄给我。这一次，他同时寄来一本他的散文集，名叫《八盘磨》，写了许多亲历的事儿。2010年2月，广龙寄来一本散文集叫《记住这些人》，李敬泽说这些文章是"结实、谨慎的列传"。就看这些名字（也是题目）吧：刘玉米、狗子、高爷爷、王黑子、马财迷、大头、史三原……，都是普通人，都是有交集的人。几年后的2014年的5月，他又寄来了甘肃文化出版社为他出版的诗集《第广龙的诗》，厚厚的一大本，是"文学陇军八骏金品典藏·诗歌卷"之一，他已经是甘肃诗歌八骏之一了，成绩不小。2014年6月，广龙一次寄来两大本书。一本是诗集《一个骑自行车的人》，另一本是散文集《路上的信》，都是石油工业出版社出版的。短短的两个月时间里，广龙就有三部集子寄来，他的创作丰收不断，而且是诗和散文齐头并进。

第广龙在一步一个脚印地成长，再不是当年那个文学青年了，他已经是一位成熟的实力作家了。此时，我想起2005年8月接到广龙寄赠的书之后给他回了一封信。当时，有一家刊物约评点书的稿子，我就把那封信给了他们，却因此忘了发给广龙了。再后来在一家刊物上看到有一篇广龙写我的文章，他说，信写好了不寄给本人，却等发表了让收信人看，这还是第一次遇到。哈哈，现在我把这封信找到放在下面，向广龙贤弟致歉：

广龙你好：

上个星期就收到了你寄来的诗集和散文集，一直忙着，迟复请谅。

诗集《祖国的高处》我粗粗看过了，我对里面的许多诗还是有很深印象的。记得《祖国的高处》和《悬天壶口》最初就是发表在《诗刊》上的，应该是1998年的10月号，那一期你的诗被编为头条，版式是我设计的，那一辑诗好像还请了一些老诗人做了点评，你的诗是李瑛评的吧。

“祖国的高处/长者慈祥/一个是我的父亲/一个是我的亲娘”，“把银子装满睡梦/把生铁顶在头上”，这样的句子让人心动。你的诗都写得很质朴，有的时候甚至有点“土”劲儿。这个“质朴”和“土”是你的生活、你的阅历、你生命深处的积累、你的根，也是别一个诗人无法模仿和换取的财富。这样的诗，没有扎实的生活基础、没有对土地的深层理解，是很难写得出来的。

整部诗集耐人寻味的诗作很多，如一粒米就做了大河的源头的《小米》，你把它写成了“岁月的舍利子”。再如《沙坡头》，“在宁夏的天空下/我曾向往当一回黄河上的羊皮筏子（你的书里是‘筷子’，是不是印错了？）/当一回民歌里的镰刀”。我去年参加中国作协组织的西气东输采风活动的时候到过沙坡头，也沿着黄河坐了短短一段水路的羊皮筏子，但是我没有想到你诗中那样的句子，因为我还不能一下子就明白了羊皮筏子之于黄河的意义、镰刀之于民歌的意义。你的另一首《羊皮筏子》（书中把‘筏子’又印成了‘筷子’），也写得有味道。“把羊赶下水/在黄河里漂流/此岸到彼岸/是羊的一生”，这是痛苦而又悲壮的形容，只有长期在那里生活的人才能理解这样的诗句，才能说：“梦见了羊，原是我的前生。”《日头》一诗以前在刊物上读到过，记不得是哪家刊物了，印象中比现在书中的这一首要长一些。记得你原来有一段写剪窗花的，大意是剪个小媳妇，并让那小媳妇在纽扣里等着被娶走，写得很奇妙，现在这一段删掉了，不过还好，关键的，最硬实的句子还在：“日头，日头/我挖你两镢头/日头，日头/我邀你上炕头”。这里面的“邀”字有点儿文气，“挖你两镢头”写得好，有劲，幸福、欢乐、悲伤、苦楚、追求、向往等都在里面了。还有如《指甲花》《回家》等，都是好诗。

最让我感动的是《白发母亲》《大病》《守灵》等几首诗，深情，我们现在太缺少这样情真意切的诗了。我是一个多年流荡在外的人，漂泊的人是最能体会家和亲人的，特别是对父母的思念和挂记。我的老父亲去世以后，我曾几次动笔要写写父亲，可是都没有写成，一种巨大的悲痛一直压在我的心里。你的诗，也说出了我的一些心里话，让我想了许多许多。

广龙，我们有多年未见面了。前些时候，中国石油作家协会在大庆开会，我专程到大庆去看一下石油上的老朋友，但没有见到你。这几年读到你的诗也少了，我想，无论工作多么紧张、生活多么疲惫，还是要坚持写，你是一个能写好诗的好诗人，不能停。

谢谢你寄新著来，散文集容我抽空再看。

专此布复

顺颂撰祺

张洪波

2005.8.7于长春寓所

# 黑明的两本书

摄影家黑明送过我两本书——

《公民记忆：1949—2009》（文化艺术出版社，2010年10月版），2012年4月的一天在他北京宋庄的家里赠我的，彩色摄影集。这本书的选题策划很独特，让我这个出版人很羡慕。大多数中国人都有在首都天安门前留影纪念的习惯，多少到过北京的人都会有这样一张照片。黑明在这本书前面的文章中记述，2004年春节，整理老纪念册时，萌生了“寻找100张天安门前老照片的想法，决定邀请照片中的主人公重返天安门，在这个特殊的环境中，对他们进行一次大规模的影像对比”。就是说，在当年拍摄照片的地方，再拍摄一张新的照片。然后把一旧一新两幅照片同时做在书里。

2004年至2009年，先后有300多人，参与了黑明的拍摄。5年当中，许多人与许多故事，让黑明难以忘怀。书出版时，每一对图片又配上一篇记录性随笔，图文并茂，一段人生史记。从1949年到2009年，同一个场景，不同的时期，60年岁月，300张天安门前新老照片，历史感、时代感，包括人物随着年龄的变化，让人感慨。

书的封面提示：

黑明在天安门前用相机记录中国历程

影像背后中国人的笑声泪影

后毛泽东时代老百姓最深刻的记忆

300张天安门前新老照片

60年共和国百姓往事

书的前言、后记中有黑明对拍摄过程的记述，5年的拍摄工作中所遇到的种种事情有一些记载，一个摄影家的内心，强烈的情感世界，跃然纸上。

《探秘克里雅人》（中国摄影出版社，2014年7月版），这本书是2015年4月19日黑明在他家中送我的，黑白摄影集。

新疆，塔克拉玛干沙海深处，原住民克里雅人，他们“世世代代在荒漠里生息繁衍，祖祖辈辈重复着古老的生活习惯，传承着多彩的风土民情。他们沿袭着远古的装扮，男人身着黑色袷袢，头戴高筒羊皮帽子，脚穿皮靴。妇女头顶白纱巾，顶端戴有‘太里拜克’小帽，身着长衫……”（黑明《探秘克里雅人》）神秘、遥远……

这是一本克里雅人的普通人物影像集，从第一村民小组到第五村民小组，人物个性突出，形象鲜明。每张图片还配有一段文字，例如：

亚森·买吐肉孜，1976年6月8日出生，小学毕业，达里雅布依第三村民小组村民。2000年结婚，两个孩子，一个上小学四年级，一个上六年级。我在他家没有看到水井，他说他们常年吃着克里雅河的河水。在他家的院子里，有一个很大的羊圈，他说他家一共有70多只绵羊，渴望拥有一辆报废车，去赚多多的钱，好供两个孩子念书，希望自己能改变孩子们的前程。

书后面还有一辑随笔式的“调查笔记”和题为《永远不会忘记》的后记。在后记中黑明说他这次新疆之行，把塔克拉玛干东西南北都走遍了，地图被画得密密麻麻。我相信，这一次跋涉和拍摄，黑明的心灵被强烈地冲击了一次，克里雅人和大沙漠成为一个摄影家无法磨灭的心灵史。

黑明，1964年出生，陕西延安人。1980年开始从事摄影，1990年他在天津工艺美院毕业后，进入中国石油文联工作，我们好像就是那个时候认识的。记得那个时候《看陕北》很有影响，“黑氏四兄弟”名气也很大。后来黑明调入中国青年杂志社任摄影部主任，再后来又调到中国艺术研究院任中国摄影家杂志社社长。我们有时会见上一面，老朋友了。黑明和我的另一个摄影家朋友瞿勇也是好得像一个人似的，有的时候我去北京或飞到北京再去河北，他们就会到飞机场把我接到他们那儿住上一夜，神侃到深夜，尤其是聊起石油上的事儿，打开的话匣子就关不住了。

黑明侧重纪实摄影、专题摄影。他的这两本书就是纪实、专题的。前些年，黑明来长春，说是要拍一个有关抗战老兵的专题，我还帮他找过拍摄对象。这几年没怎么见面，但我听说摄影集已经出版了，好像《解放军报》等一些媒体有过报道。

黑明的纪实和专题都是有关人物的，他对人物的理解和对人物内心的把握是非常到位的。他所拍摄的人物画面，除了摄影技术和艺术所要达到的，还有潜伏着的许多的话，摄影家要说的话。记得多年前看过他的一幅早期作品，一个吃面的人蹲在门槛上，饭碗遮住了大半张脸，墙上、地上、窗子上几十个空碗。我记不得作品名字了，只记得那是一幅有许多话要说的作品。

黑明已经有20多部书出版了，未来还会有更多书出版。

# 北野的五本书

北野的原名是刘北野，初识他还是在20世纪90年代末，一次韦锦张罗在河北廊坊给牛汉先生过生日，吴思敬、林莽、唐晓渡、刘福春等都参加了。有两个陌生的面孔，一个是孙晓娅，另一个是北野。林莽介绍他是《新疆日报》文艺部的编辑，正在中国作协鲁迅文学院学习，诗与人都很好。

北野赠送给我的第一本书也是他的第一本诗集《马嚼夜草的声音》（华夏出版社，2000年8月版），这是21世纪“文学丛书”之一，是从全国青年作者（未出版过集子）中“过五关暂六将”筛选评定出来的。这一套书是1999—2000年卷，共12本。其中，诗集3本。从全国那么多作者中脱颖而出，挺不容易的。袁鹰、谢永旺为丛书做了总序，林莽为北野的这本诗集作序。林莽写道：“北野的诗之所以令我感动，是因为他是用自己内在的生命之火，点燃了诗歌语言中涌动的激情。他那浓郁的生活感受和现代语言方式之下的歌唱，让我们的心灵再次得到了诗的沐浴。”

北野一直与我有着联系，后来他离开了新疆到了威海，在山东大学威海分校任教，业余时间仍坚持写作。

北野赠送给我的第二本书是《南门随笔》（新疆青少年出版社，2001年2月版）。这是一部随笔集，书中收入了北野1990年至1999年散见于各个报刊的短文。他在书的题记中解释了书名："书名《南门随笔》，是因为其中绝大多数篇什写于乌鲁木齐南门。南门一带集中了乌鲁木齐最大的清真寺、天主教堂和新华书店，因此我认为南门实际上是乌鲁木齐这个多元文化杂交城市的一个秘而不宣的文化中心。"这本书是"圣马文丛五人集"之一，周涛在为这套书做的序言中写道："北野身上侠的成分明显，无论是长相、性格，还是生存方式，北野都更像一部现代武侠小说里的人物。他的写作是非常随意性的，想写就写，不想写就不写，没有进取入世的功力目标。"

《北野短诗选》（香港银河出版社，2002年2月版），中英文对照本，收入短诗23首。北野的短诗写得精致、蕴含丰富、小中见大。以下是他的《旅者》：

过去已经过去
今天的纸上人们
徒有悲伤
树木吮吸着大地之气
鸟儿吐纳着天空
今天的旅者满怀疲惫
前方没有归宿
后方没有故乡

诗集《黎明的敲打声》（新疆电子出版社，2004年5月版），"天雅诗丛"之一，周涛作序。北野自己说这是一本匆忙编就的诗集，他说："我不是一个很有计划的人。我的写作就像做梦，梦见什么就是什么，很难规划一个主题。"出版这本书的时候，北野41岁，书稿是他16岁的儿子一字字输入电脑的，他的儿子叫子路。书后还附录了几篇访谈和北野谈创作的文章。

《在海边的风声里》（黄河出版社，2008年4月版），是一本综合作品集，诗文均有，但收入的诗比例较小，随笔多一些。1998年6月寄赠的。这里面的一些随笔我很喜欢，尤其那种幽默含蓄的短文。

北野是“60后”诗人，他放过羊，吃过苦，漫游过西部，是个有独特人生经历的人。

北野还写了一手好字，他的书法，拙中见智，内藏机巧，可以收藏。

北野还是一个有趣的人。有一年请他来长白山采风，一路上大家被他逗得前仰后合，他却绷着脸，不笑。

# 胡可先生的《老兵心语》

2011年10月，老朋友胡健寄来一本她老父亲、剧作家胡可先生的新书《老兵心语》（中国戏剧出版社，2011年5月版）。书的环衬上有老前辈的签赠，字迹刚正。这本书收入的是剧作家胡可先生晚年的一些文章，其中有对中华人民共和国成立以来戏剧事业的回顾、评论和展望，也有对一些老朋友的怀念，还有创作谈。

胡可老前辈在抗战期间，就创作了《前线》《子弟兵和老百姓》《清明节》《戎冠秀》等一些优秀的救亡戏剧。中华人民共和国成立后，他的作品《战斗里成长》《战线南移》《槐树庄》等影响都极大。我小的时候就看过《槐树庄》，好像不止一遍。

胡可，1921年出生，1937年就参加了革命队伍，解放军艺术学院原院长，正军职离休干部。2019年12月4日在北京逝世，享年98岁。

胡可先生去世后，胡健有怀念文章发表在《光明日报》上，其中写到了老先生去世时的情景："2019年12月4日，虽是冬日，却难得的风和日丽，阳光灿烂。早上父亲还由保姆推着轮椅去附近公园转了一圈，上午回来写文章，又和小战士下了一盘象棋。不料其间突然喘不过气来，急送医院，诊断为大面积心梗，抢救无效。就在与母亲分隔整整15年的日子里，他撒手人寰，去与母亲相会了。"

胡可先生的夫人胡朋，也写过剧本，是从战争中走过来的老艺术家，与胡可先生相伴一生，她的银幕形象也是我们这一代人难以忘记的，《槐树庄》里的郭大娘、《烈火中永生》中的双枪老太婆……

《老兵心语》收入一篇短文《沉思偶记》，这里面有一句话：“个人的历史由自己一生的言行写成……”这无疑是人生的提醒。

# 刘江诗集《时间深处的爱》

《时间深处的爱》，诗集，中国妇女出版社1990年8月出版。作者刘江，未曾谋面。20世纪80年代末，我在华北油田工作时，刘江在《中国旅游报》文艺副刊当编辑。1989年10月，我有一首题为《有一伙外国人游碑林》的诗，寄给了《中国旅游报》，是刘江编辑发表的。从此，他与我书信往来，有时也约稿，成为神交。这本诗集是1991年春寄赠给我的，是刘江的第一本诗集。由“多思的年华”“建设的旋律”“复归的恋情”“深层的感觉”“起伏的云帆”五部分97首诗组成，诗作语言朴实，内容富有哲理，有对现实与理想的反思，也有对山川风物的咏唱。老诗人张志民先生作序。张志民先生与刘江是同乡，都是京西山区大台人。写这个序言的10年前，刘江在家乡大台中学教书的时候，因爱好诗歌，就与在《诗刊》工作的张志民先生有过书信来往。张志民先生称赞这部诗集“是一本尺度严谨，作品整齐，不充数，不掺假的集子”。

刘江与我同龄，都是1956年秋天出生的，都是1978年发表第一首诗歌作品的。刘江的父辈是煤矿工人，他小时候曾梦见自己当了记者，后来他还真就成了《中国旅游报》的编辑、记者。有谁能想到，多年以后，就是这个诗人刘江，创办赫赫有名的《时尚》杂志，成为时尚集团的掌门人，是当下的大出版家、成功人士。我想，后来这些，他小时候肯定没有梦到过。《时尚》杂志发展成为拥有17本高档期刊，业务涵盖期刊编辑、图书策划、网络传媒、广告、印刷、发行、数字出版、电视电台制作等多项领域的跨媒体多平台的传媒集团。

2019年3月9日，刘江因病去世，享年62岁，他太累了。

# 《王肯文选》

1982年7月，在长春参加吉林省业余文艺创作积极分子代表大会期间，我看过吉剧《包公赔情》《燕青卖线》，知道编剧是王肯，吉剧的创始人之一，二人转专家。1983年我调离吉林省到冀中的华北油田工作，再回到吉林省及后来到长春居住已经是2001年了。在省作家协会的一次会议上认识了王肯先生，相见很晚，相见恨晚。那时他不主持省作家协会的工作了，退休了，是作协的名誉主席。但他仍很认真地谈创作，关心吉林省文学事业，关注着作家。我没想到他对我的创作也有了解，甚至还知道我在写作上追随牛汉先生，还知道我的性格脾气。他谈话机智幽默且很有长者风范。他表示欢迎我回到故乡，让我把诗集寄几本给他看看，我遵嘱寄了。2003年春天，我收到了王肯先生寄赠的《王肯文选・吉剧剧作选》和《王肯文选・关东笔记》，精装两部，吉林人民出版社2000年11月版，是“吉林人文书库”之一。书做得比较讲究，放在书架上，王肯二字堂堂正正。

我读过他的《1956鄂伦春手记》，其中有些篇章也收入在文选中。王肯先生，绝不仅仅是一个吉剧的剧作家，他是一生致力于研究东北的勤勉的学者、作家、诗人。我们这个年龄的人，谁没唱过王肯作词的歌《高高兴安岭》《草原到北京》。他的清唱剧歌词《自由三十天》，那就是诗，就是诗剧。

王肯先生因病于2011年11月5日在长春辞世，享年87岁。

# 周民诗集《恒湖》

《恒湖》，诗集，江西人民出版社1986年2月出版，作者周民，民国影星周璇之子、赵丹养子。周民1970年（19岁）到赣江通向鄱阳湖间的恒湖农场劳动、当教师，直至1977年（26岁）离开那里。诗集收入抒情诗101首，由《湖之情》《人之心》《国之恋》《爱之音》4辑组成，怀念亲人，追忆往事，礼赞山川是这本诗集的主要内容。其中，《骨灰盒》等一些怀念义父的诗作，情感细腻真挚，非常感人。

20世纪80年代初，周民在上海《萌芽》杂志社当诗歌编辑，曾多次编发我的诗作，相互书信往来多年。诗集《恒湖》是他在1986年7月份寄赠给我的，扉页有签赠文字。1990年代，我们还有过断续的联系，好像还通过电话，后来我工作单位经常变动，居住地也总是变化，就失去了联系，但他的诗集我还是一直带着的。

# 贺东久诗集《带刺刀的爱神》

1986年12月31日至1987年1月6日，由中国作家协会、共青团中央和全国总工会联合举办的全国青年文学创作会议在北京京丰宾馆召开，后来被称为第三次全国青创会。会议报到的当天，贺东久提着酒瓶子满楼找包括我在内的朋友们喝酒，现在回忆起来还很感动。

老兵东久（酒），1951年出生，安徽宿松人，1969年应征入伍，当过战士、文书、干事、南京军区前线歌舞团创作员、总政歌舞团创作员，一级编剧。1989年毕业于解放军艺术学院文学系。他1973年开始发表作品，有多部诗集出版，当年诗名显赫。后来他的歌词创作更是名扬军内外，由他作词的歌曲有：《中国，中国，鲜红的太阳永不落》《莫愁啊，莫愁》《边关军魂》《眷恋》等500多首，获奖多多。我很喜欢他的歌词，有诗意，有哲理，有真情，不是那种无病呻吟、哼哼呀呀的东西。

去年还与东久兄通过电话、发过短信。他在电话中说，洪波来北京啊，马上来啊，喝酒！他在短信中说，洪波你要的稿子容我6月份完成吧，太忙了！我现在清楚了，去年的6月份早已过去，今年的6月份即将来临。约这个家伙的稿子，你就得直接打上门去。

东久兄的诗集《带刺刀的爱神》，1984年4月由解放军文艺出版社出版，是“战友诗丛”之一。书勒口上的内容提要指出：“这是一部秀丽、深邃的诗集。”还介绍说：“无论是古战场，还是钢盔，作者都能以奇特的想象，发掘出军人的哲理；无论是三月的原野，还是绿色的军服，作者都能用细腻的笔法，舒展开军人的真挚爱情。”那时候的书大多有“内容提要”，现在的书很少看到这样的文字了。

1985年1月，东久兄寄赠这部诗集给我。从此，他的名字就在我的书架上占领了高地。

# 公木先生的两本书

这是公木先生的两本书，《我爱》是公木先生的自选诗集，时代文艺出版社在1990年5月出版。《哈喽，胡子》《人类万岁》等重要诗作都收入在内，也有歌词，如《八路军军歌》《八路军进行曲》（1988年由中共中央批准，经时任军委主席邓小平签署，颁定为《中国人民解放军军歌》）《英雄赞歌》等。这本诗集的后记和附在书后的自传尤为重要，对研究公木先生的学者来说，会是重要的文献。《第三自然界概说》是公木先生于1988年5月至1990年8月间写的一篇论文的单行本，吉林教育出版社在1993年6月出版。公木先生认为，人类通过劳动从“第一自然界”中创造出“第二自然界”，人类本身便是这个“第二自然界”的主体并生活于“第二自然界”。而所谓的“第三自然界”则是人类想象的产物。公木先生说：“艺术创作、诗创作既是生产实践，又是美感活动。我由此生发推演出一个关于‘第三自然界’的假说。”这两本书都有签赠文字，但未注明日期，记忆中应该是1996年6月。1996年6月，吉林大学文学院在珲春开了一个东北文化研究会议，我以吉林大学文学院客座教授的身份出席了会议并主持了开幕式。公木先生及吉林大学文学院部分教授也应邀出席了会议。会议期间，公木先生给我写了一幅字，还赠送了这两本书。

# 马合省的三本诗集

1986年，红军长征胜利50周年，马合省与另两位军旅诗人重走长征路。马合省写了一路，最终创作了一本名为《苦难风流》的诗集。我认为，这本诗集就是一个大型的组诗。马合省在这本诗集的后记里写道：“走访了红军长征的路，便知前方之苍然茫然。满目苦难，遍地风流，这便是我一路上感知的人世人生。”《苦难风流》在1987年7月由北方文艺出版社出版，36开本，传统的诗集开本，薄薄的，内容却很丰富。1987年冬作者签赠。后来马合省在1988年3月至8月还走了长城，2006年还到阿坝又走了半个多月。《老墙》是走长城后的作品，抒情长诗，写长城，写了我们这个民族的诸多问题，写了诗人太多的思考。我还是第一次读到这样写长城的诗，非常喜爱。我曾在多个场合谈到这首诗、这本诗集。我认为，这是一首被遮蔽或者说未被重视的抒情长诗。

合省兄于1954年出生，河南清丰人。他的老家紧靠中原油田总部所在地濮阳，我以前常去那里，包括清丰，都去过。那里有不少我们共同的朋友，有众多的古迹，还有黄河。合省于1973年当兵，1988年转业到黑龙江省的地方出版社。虽然他结束了军旅生活，但我仍把他作为优秀的军旅诗人看待，主要是他的那些军旅诗作给我留下了太深的印象。《老墙》，1989年9月由上海文艺出版社作为“新诗丛”之一出版，1989年冬签赠。合省与女诗人李琦是夫妻，1986年全国青创会上我与他们二人见面，此前只是通信。

2004年夏天，合省到长春来公出，又送我一本诗集《永远的人》（解放军文艺出版社，2003年9月版）。这是他从事创作以来的一部作品选集，我喜欢的一些诗大都收入其中了。看前勒口上的作者简介才知道，他于1972年入伍后是在第二炮兵某基地，后来又调到基建工程兵某支队，再后来又调到空军某飞行学院。这家伙当一次兵体验了三个兵种，我还一直以为他只是空军。

# 蔡其矫诗集《生活的歌》

这是蔡其矫先生的一本诗集，人民文学出版社1982年7月出版。这本诗集应该说是一个选本，收入的作品选自1941年至1979年的创作。这本诗集有许多我很喜爱的诗，如《双虹》《祈求》等。诗集前面有一篇作者写于1981年4月的自序，文字的结尾是这样写的："因为我不是要写别的，而是要写诗。而诗，几千年来，它已是一种客观的存在，我必须使所写的符合诗的条件，它才有存在的可能性。不这样办，我有什么办法呢？只好虚心一点，向所有的人（古人今人）学习，向所有的诗学习，写一辈子，学一辈子，而每写一首诗，都向第一次创作那样艰难。"记得牛汉老师也曾对我说过这样的话："每写一首诗，都要像在写第一首诗，把你全部的感受写出来。"1982年这本诗集刚刚出版的时候，我曾在家乡的新华书店买到过。后来工作辗转，不断搬家，那一本已经找不到了。现在的这本是从广播电视部资料室流出来的，封三还插着借阅卡，书脊上有编号。扉页上盖着印章，但有蔡先生的亲笔签赠："洪波徐伟同志，蔡其矫。"没有签赠日期。

20世纪90年代末期，林莽经常召集大家在北京朝阳区文化馆聚会，范围都很小。记得有一次聚会，蔡先生、牛汉老师、袁鹰先生、谢冕先生、刘福春兄等都来了，朝阳区文化馆馆长、诗人徐伟拿出一本《生活的歌》请蔡先生签字，蔡先生写下了"徐伟同志"后，我说："这本诗集我已经没有了，如能给我就好了。”徐伟同意把这本诗集送给我，大家说，蔡先生都写上徐伟的名字了。这时，只见蔡先生提笔在“徐伟同志”的前面又加了“洪波”二字，书就放到了我的手里。就是现在这本。

蔡先生于2007年辞世，他生前饱经磨难，他的诗和人对后来的许多年轻诗人都有影响。他生前被誉为诗坛的常青树，飘逸的诗人。飘逸的诗人这个赞誉出自牛汉老师的文章，记忆中这篇文章好像是在《天津文学》上发表过。

# 唐晓渡的《中外现代诗名篇细读》

这是唐晓渡于2000年3月9日赠送给我的书，全书24篇文章均是对中外24首诗歌名篇的介绍和解读。这些文字是1990年底，应当时正主持诗刊社全国青年诗歌刊授学院的王燕生先生的邀请，有选择地介绍一批现代诗代表作，为《诗刊》刊授版《未名诗人》开设“名篇指南”栏目而写的，每月一篇，历时两年，最后成书。先是被内蒙古人民出版社要去，却一直延误未能出版，后由重庆出版社于1998年12月出版。

晓渡兄1982年毕业于南京大学中文系，毕业后就到《诗刊》编辑部工作，一直从事诗歌评论和理论研究，是资深编辑和出版家。他也写诗，搞翻译，还写了一手好书法。他下围棋、喝酒，结交了许多好朋友。

我与晓渡兄是多年好友，他的文章和著作我都读，但这本书我格外喜欢。在今天，这个很不注重细读的时代，我们来阅读一位批评家对一首诗的细致品读以及细读后的心得，不是那种大而空的，不是那种只看到肉而看不到骨头的评语。这正是我们需要的。晓渡兄在这本书的后记中写道：“在这些文章中，我试图把西方‘新批评’所谓的‘细读’和中国传统的感兴式意象点评加以综合运用，同时注意互文性（首先是‘文脉’意义上的，也包括同一作者的其他作品）的把握，以便一方面通过逐行逐句逐语象的拆解、分析，尽可能充分地揭示一首诗的内涵和形式意味；另一方面，又将由此势所难免造成的对其整体语境魅力的伤害减少到尽可能小的程度。”

这本书的后面有一篇附录，是作者谈自己在1988年创作《镜》这首诗的过程以及一些思考。这首诗的成诗起因以及思考过程是很耐人寻味的，值得一读。它的题目是《镜内镜外》。

# 马镇长篇报告文学《大漠无情》

马镇，北京人，1969年高中毕业后赴吉林白城插队，毕业于通辽师范学院物理系。1976年后在吉林油田、华北油田任中学教师、宣传干事，1991年调中国石油文联任文化干事。1994年调中国农工民主党中央，历任党刊《前进论坛》编辑、编辑室主任、副主编。1978年开始发表文学作品，1984年加入河北省作家协会，1992年转入北京作家协会，2007年加入中国作家协会。著有长篇小说《亲王之子》、中篇小说集《血湖》《中国知青婚姻内幕》、纪实文学《蒯大富演义》等。我是在华北油田工作时认识马镇并成为好友的，那时我住任丘，在华北石油管理局机关工作，他住廊坊万庄，在华北油田勘探一公司工作，相距120多千米的路程，却不影响我们密切的往来。后来他去北京，我回吉林，来往渐少。

2004年12月，马镇兄寄赠《大漠无情》给我，中国文联出版社2003年8月出版。这是一部长篇报告文学，记载了抗战时期，以孙越崎为首的一批爱国知识分子，舍弃个人的一切，在西北玉门寻找石油的事迹。这是一段可歌可泣的历史、一段尘封的历史，是中国现代工业史上不可磨灭的一笔。书中还附有百余幅珍贵的历史图片。这是马镇兄十几年的心血结集，为了这部书，他采访了海峡两岸50多位石油老人及其子女，其中艰难可想而知。马镇兄在寄赠此书的同时，还附了一封短信。

他在信中告诉我，此书为初版，出版时已经删去了4万多字，二版遵原石油部老副部长焦力人之言，又删去了批评某领导的一些文字，如有机会再补上。我一直期待着读到那些被删去的文字，我对中国石油工业发展史还是非常有兴趣的。

《大漠无情》获第二届中华铁人文学奖、北京市庆祝中华人民共和国成立55周年征文优秀作品奖。

# 牟心海诗集《空旷也是宇宙》

在北京的时候，常听寇宗鄂先生谈起辽宁的牟心海，一个曾在乡、县、市都任过职的人，他担任过凤城县委副书记、丹东市委副书记，辽宁省文联党组书记、主席，同时是诗人、散文家、画家、摄影家、书法家。见到他的时候，是在北戴河参加东三省诗歌会议上，并很快成为好友。这次会上我有个发言，一些诗人听了不太顺耳，是主持会议的牟心海先生做了解说，强调会议应该有多种声音，才把我解脱了。牟心海先生给我的印象是：不急不燥，友善，表里如一，可靠。不像有的干部，两面人，一身霸气，内心苟且，看人下菜碟。

《空旷也是宇宙》这本诗集是心海先生于2000年10月送给我的。当时我给他写过一封回信，谈了读后感："从这一本诗集中您所关注的东西，可看出一种宽大的胸襟。现在有许多诗人的诗写得越来越小气，越来越没有胸怀，气脉不通，又如何让人接近？有的人虽然选材很大，乃至大得哲学、大得政治、大得呼号，但诗的气脉不通，无艺术探索和追求的劲头，最终还是苍白、空泛。"后来，心海先生还不断地寄赠他的新著给我，有诗集《太阳雨》《身影》，还有画集、摄影集以及人物传记《彭定安的学术世界》等。2013年4月，去辽宁本溪参加军旅诗人杨卫东诗集的首发式，返长春时路过沈阳，罗继仁老师张罗聚餐，参加的人是几位老朋友，说是也通知了心海先生，但来不成，在住院。罗老师说心海先生电话里的声音很弱，也未说得了什么病。未能一起畅饮，很遗憾。没过多久，却传来心海先生逝世的消息。真后悔，那次沈阳一行匆匆忙忙，没能去医院看望。

心海先生一生钟情文学，他写得纯粹，有自己独特的探索，不是那种附庸风雅的"官员写作"。我很怀念他，他年长我许多，又有官职，但每次见面都与我平起平坐。在我心里，他就是一个值得交结的好诗人。

牟心海，1939年生于辽宁盖州农村，2013年9月30日病逝于沈阳，享年74岁。

# 贺中诗集《群山之中》

贺中，20世纪90年代中期，在北京，林莽介绍给我的少数民族朋友。贺中，1963年出生于甘肃，他自己说自己有裕固、藏、汉等民族的血统。他翘翘的胡子，浓浓的眉毛，炯炯的眼睛，重重的口音，在朋友当中一出现，就会是一个中心人物。他是一个有趣的人，也是一个多才多艺的人，写诗、摄影、绘画、平面设计，他都可以。他的另一个名字叫克列·萨尔西诺夫。记得认识他那天，是在沙滩北街2号大门外的一个小餐馆里，林莽、贺中我们在一桌，另一桌吃饭的是雷抒雁、马丽华等人，还互相敬了酒。贺中酒量大，反复过去敬酒。那时我正在华北油田工作，夏天，贺中约了旺秀才丹来玩，连续几天大醉，大家还一起到白洋淀的渔村里去采风。多年以后，我在才丹的网站上还看到过当年我们在白洋淀的合影，一棵高大的树下，一群人排开，都是陪贺中和旺秀才丹的，是摄影家瞿勇拍摄的。

2000年，我在延边教育出版社工作，贺中在《西藏旅游画报》当总编辑，好像是吉林省旅游局组织到长白山的活动，刚刚下山就打电话给我。我在延吉的好友宋延文去过西藏，与贺中有很深的交往，已是他的影友、酒友（我的朋友去西藏，都会找贺中）。晚上大家在一起，又是一顿大酒。贺中掏出一本诗集送给我，诗集的名字叫《群山之中》，是民族出版社1995年8月作为“西藏当代作家丛书”之一出版的。贺中用蓝色的圆珠笔在诗集的前衬上写了“洪波兄存念”。签名的时候，把贺中的中字最后一笔一拉到底，还在边角处用小字补写：“2000.9.14.延吉，新书告缺，旧册一笑”等字样。这是一本收入他百余首诗作的抒情诗集，有马丽华的序言在前面。马丽华称贺中是内秀莽汉，“我只见英雄气短而诗意绵长”。

经常在子夜或下半夜接到来自拉萨的电话，是贺中，他在那边呼叫，你赶紧来拉萨喝酒，你的朋友某某来拉萨，我今天接待了他，正喝着呢……2013年夏天，他来长春，又一次见面。晚饭后，报社的朋友又安排去吃大排档。他不拒绝，大口吃肉，大口喝酒，像一个仙儿，正在完成俗务。

# 肖复华报告文学集《世界屋脊神曲》

肖复华，北京人，17岁自愿西出阳关，再向西，进入荒凉的柴达木，成为一个石油人。我在《华北石油》报编副刊的时候，他在《青海石油报》编副刊，那时候就常通信交流文学创作，多年以后他调廊坊在石油文联工作，我们就经常在会议上相见。复华兄嗜酒如命，与他长期在中国西部生活有关。他的哥哥、作家肖复兴曾有《今朝有酒》一文，讲述过复华兄喝酒的故事。20世纪90年代初，我也写过《文朋酒友》，谈复华兄的酒事。复华兄以报告文学名世，当年他的《当金山的母亲》在《文汇月刊》上发表，曾引起关注。1994年12月，他的报告文学集《世界屋脊神曲》由三秦出版社出版，写过《柴达木手记》的著名作家李若冰先生为其作序，序言的题目是《敞怀唱大风》，称肖复华是一个敞怀唱大风的歌者，是潇洒的戈壁王子。1995年的夏天的一个中午，我从冀中平原到北京，约好去复华兄的家里喝酒。那时我正筹划调离石油回故乡工作，他动员我不要离开石油，不停地讲述他与石油半生的感情，我们二人大醉，醉意中，他赠我《世界屋脊神曲》一书，并在扉页上写道："石油和血一样，我们离不开。"我们眼含泪水，相互凝视了很长时间。那天酒后，他还要带儿子去白云观那边看望一个老同学，我说你喝了这么多的酒就别去了，他执意要去，最后搭我的车去了。路上，他儿子还对他说了一句："爸爸你真让我操心！"下车的时候，他坚决要付钱给我的司机，他迷迷糊糊地还以为是打出租车呢。

复华兄1950年生于北京，1968年初中毕业后自愿去青海柴达木油田。当了12年修井工，后相继担任过调度员、记者、编辑。1989年毕业于西北大学作家班，后进修现当代文学专业研究生。1991年筹建青海石油文联，任副主席，1996年调任中国石油文联组联部副部长。1978年开始发表作品。著有报告文学集《啊！老三届》（合作）、《世界屋脊神曲》《走进撒哈拉》，散文集《风会告诉你》《风从戈壁吹过》等。1994年加入中国作家协会。曾获庄重文文学奖、青海省首届文学创作奖、《中国作家》报告文学奖、中华铁人文学奖等多种奖项。2011年11月28日，复华兄因病逝世，他沾满石油的身躯在这个世界上仅有61年。他生前希望把自己的骨灰撒在柴达木盆地里。

# 瘦谷的两本散文集

《闪电中的鸟》是瘦谷（赖大安）1990年12月由黑龙江北方文艺出版社出版的散文集，1991年2月赠我。《像流水一样回望》也是瘦谷的散文集，东方出版社1997年10月出版，作者1998年3月寄赠，前衬上写着“洪波兄：怎一个‘想’字了得。拙书寄请老兄指正。瘦谷1998.3.30”。瘦谷是我在石油系统工作时结交的好朋友、好兄弟。我在华北油田（河北任丘），他在中原油田（河南濮阳）。后来他到北京一家企业搞策划，我调回东北搞出版，经常邮寄、交流各自新创作的成果。瘦谷早期创作以诗为主，安徽出版社曾出版过他的诗集《永恒的家园》，还发表过小说，后来他把极大的热情都投入到散文创作上去了。他的散文，在中国台湾颇受欢迎。《像流水一样回望》就是他散文创作鼎盛时期的出版物。这本书大部分是怀乡忆旧的文字，书的扉页上特意用了一行文字表达了作者的心思：“一缕怀乡的病痛就在低头的一瞬爬上了心间——此书献给故乡川西平原。”瘦谷说他自己非常喜欢这个书名，但在为这本散文集定书名的时候他却犹豫了，因为他另一部30多万字等待出版的小说也想用这个书名，最后还是在编辑的反复劝说下把这个书名先给了散文集。瘦谷是个才华横溢的作家，他的文字总有一种沉郁的优美，让我们从《闪电中的鸟》这本书中节选一段：“虽然在无垠的雪地上还散落着无数的鸟的尸体，在雪地上还难于找到草籽这样堪可充饥的粮食，但春天就要来临，雪就要融化，草就要变绿，树就要发芽，花就要含蕾。我想，我除了挥动铁锹，在春天的来路上，铲去冬天的积雪，让春天有一个通畅的归途，让春天不要绕行那无为的路，我没有更好的选择。”（摘自《在冬天的尾声中阵亡的鸟》）

瘦谷1963年出生于四川省新都县，2008年3月在北京病逝，45岁，多么可惜！2008年3月4日我专程赶到北京，次日在八宝山向他的遗体告别，老天匆匆忙忙地收走了我的兄弟。后来我写了一篇怀念文章，在那篇文章中我说，《像流水一样回望》是瘦谷文学创作的里程碑。今天，在这个寂静的深夜，我重新翻出瘦谷的著作，它们都成为纪念碑了。

# 张学梦诗集《现代化和我们自己》

《现代化和我们自己》是张学梦的成名诗作，写于1978年12月30日，发表在1979年5月号《诗刊》上，1981年获中国作家协会全国中青年诗人1979—1980优秀新诗奖。1983年5月，诗集《现代化和我们自己》列为诗刊社主编的“诗人丛书”之一，由江苏人民出版社出版，一般读者现在想找到这本书应该是很难的了。我得到这本诗集已是1985年6月，作者从唐山邮寄过来的，他用他喜欢的蓝色圆珠笔在像页上斜着写了“洪波惠存”等字。1986年，这本诗集获全国第二届优秀新诗集奖。

张学梦1940年8月出生，初中毕业后在话剧团和工厂工作，当过杂工、市政筑路工、铁路养路工、装卸工、基建木工、木模工、冲天炉炉前工、造型（铸造）工等，后来调到唐山市文联从事专业创作。他是唐山大地震后，从地震断裂带的废墟上站立起来的诗人。《现代化和我们自己》是诗人发表的第一首作品，这个起点非常高。这首诗发表后，在全国引起了强烈的反响和共鸣，被誉为思考时代的力作。张学梦也因此被誉为对时代敏感、对社会有强烈责任感的诗人。

我是在1984年河北省中青年作家座谈会上见到学梦兄的，从此成为好友。有时开会就能碰到一起，就会听他讲他所感兴趣的科学、讲他的诗的构想，甚至一些很生疏的科学词语，他都讲得头头是道，很吸引人。我的诗集《独旅》出版的时候，他还给我寄来了一封长信，仔细谈了对我诗歌创作的意见，很认真、很诚恳，让我难忘。一晃几十年过去了，我们大概有20多年没有见面了，疏于联系，很想念。听唐山年轻诗人讲，学梦兄退休后很少参加活动，年纪大了，写的东西渐渐少了。但大家对他是十分敬重的，他的诗是独特的。在他的诗中，不但可以感受他的哲学思考，还可以领略他知识的广博。前几天我整理老照片，还翻出了我与学梦兄当年的合影，是参加1986年全国青创会在京丰宾馆拍的，他穿着一件像工装似的蓝色衣服，头发稍乱，站得稳当，笑得理性。

# 金话筒陆澄的《诗歌朗诵艺术》

2006年4月，诗刊社“春天送你一首诗”活动主会场设在了浙江宁波，午餐时结识了同桌就餐的上海广播电台主持人陆澄。很巧，陆澄的姐姐是李洁思的中学好友（吉林省延边州常务副州长）。李洁思是上海知青插队到延边的，后来一直留在延边工作，她也是我的知青大姐。我有一段时间调回延边工作，李洁思和她的丈夫黄烁（延边州政协主席）对我有过很大的帮助。陆澄说，他小时候总和姐姐到李洁思家去玩。这样一说大家就都很近了，现场还给李洁思大姐打了电话。当天下午，听了瞿弦和、陆澄等人的朗诵，很感人。不久，陆澄从上海打来电话，说要在他主持的《午夜星河》做一期我的节目，我给他寄了诗集，没多久就播出了，一个小时的节目，陆澄朗诵我的诗，还邀请了上海女诗人张健桐做嘉宾解析诗歌，节目做得很有特色。陆澄在1999年就获得了全国广播主持人“金话筒奖”和全国广播“十佳主持人”称号。他主持的《午夜星河》在2004年被评为全国广播文艺“十佳栏目”。陆澄的朗诵浑朴、自然，听了让人感到亲切。但他不仅仅是一个广播电台主持人，他还写诗、写论文，出版有关朗诵艺术的书，搞过许多公益性文化活动，还创办朗诵俱乐部，我与好友郎宝君到上海去看过那个朗诵俱乐部，很有格调。他每次打电话来，都要饶有兴致地谈他的想法、谈他喜爱的朗诵艺术。2008年10月，陆澄寄来他的著作《诗歌朗诵艺术》。

这本书是上海人民出版社2007年11月出版的。这是一本关于诗歌朗诵的理论著作，也是一本朗诵艺术普及读本，是一本有指导性的业务读本。在这本书中，我们会体会到语言的奇妙、体会到声音里的学问，甚至把配乐的技巧和朗诵会的策划也讲到了，几乎就是一本工具书了。

陆澄，大个子，豪爽热情，待友真诚，他是大我三岁的知青大哥。每次我去上海，都要与他见上一面，报个到，聊一聊，每次他还会找一些朋友来，一起聊。

## 《黄世英电影新作选》

2010年9月，黄世英兄从秦皇岛寄来他的新著《黄世英电影新作选》（作家出版社，2010年9月版）。看得出来，书刚刚出版就寄出来了。黄世英，1941年出生，电影文学作家。认识他的时候，我正在华北油田工作，他与作家奚青、邓建永等人在廊坊。当时，地矿部把文学创作室放在了那里，他们编了一本文学刊物《新生界》，还编辑了许多文学书籍，约过我的稿，发在《新生界》上，还在他们编辑的《中国地质文学词典》里介绍过我，石油和地质是有血脉关系的。大家经常来往，有时我去廊坊，有时他们来任丘。奚青的小说很有影响，后来他好像调到天津一所大学去了。邓建永出版了长篇小说《白色台阶》，不久调到了武汉，在地质大学教书，后来到中央电视台搞“探索·发现”去了。世英兄好像一直坚持在那里，可能是因为在那里他会有充裕的时间写他的电影文学剧本吧。再后来成立国土资源部，世英兄就成为国土资源部文学创作室的主任了。他是名气不小的电影编剧，中国电影文学学会的副秘书长、河北省电影家协会副主席，还当过五个一工程和中国电影金鸡奖的评委，是国务院授予的全国劳动模范。《男儿要远行》《世界屋脊的太阳》《大东巴的女儿》《椰岛之恋》《归国留学生》《胡杨》等许多影片都是他任编剧，他的电影文学作品获得过国家政府奖、日本电影“福祉奖”、俄罗斯阿穆尔之秋电影节奖、塞浦路斯国际电影节奖。

总之，他的成绩很大。

这本《黄世英电影新作选》收入了世英兄7部电影文学剧本，360多页，可谓沉甸甸的。有写在楼兰古国与核试验基地，地质学家历尽艰苦把死亡之海变为希望之城的动人故事；有写北国大森林里狩猎和野蛮采金的故事，告诫人们善待自然；有写少数民族爱情故事的；有描绘平民英雄成长历程的。都是世英兄的心血之作。一晃又是多年未与世英兄联系了。据说，他选择了秦皇岛（也有说是北戴河）作为退休后的居住地。我想，无论在哪里，他都不会停下手中的笔，他是一个不怕劳苦的人，他积累的故事一个接着一个，很难一下子讲完。

# 塞风、李枫微型诗集《山水和弦》

这是一本只有20多页的小诗集，简装，简单到封面封底与内文都是一样的纸，白皮书。内部印制，有重庆市准印证号：渝JW［96］30112号，40开，印数是500册，重庆诗缘社主编，为“微型诗潮丛书”之18本，作者：塞风、李枫，1997年12月出版。

老诗人塞风先生，生前与我常通信，也常邮寄诗文。这本《山水和弦》是塞风先生与夫人合作的诗集，所谓“微型诗”，大多两三行，貌似小而微，内容却也能写得很有分量。如这本诗集，把泰山写成大地的主心骨，把黄河写成一匹满载风沙的战马，力量不减，想象丰富。我不太知道“微型诗”是怎样的一个流派或者说是怎样张罗起来的。多年前我也写过这样的小诗，我称它们为“微观诗”，后来在1980年代初，也内部印制了一本《微观抒情诗》，64开，比40开的《山水和弦》还要小，李瑛先生给写了个序言，只有89字。塞风先生去世后，我曾写过怀念文章，这里不再多说。有意思的是，塞风先生在这本诗集上写的是“小高洪波弟指疵”，署名“二李”。当时我被借调在《诗刊》工作，主编是高洪波，也许他是用大小来区别两个洪波或者是写顺手了，下笔就写成了高洪波，之后在前面又加了个“小”字。但我知道，塞风先生经常开玩笑，很风趣。记得我在华北油田工作的时候，油田教育学院有一个搞文学评论的男性老师。有一年春节，塞风先生给这位老师寄来一张贺年卡，署名为“你的红”。塞风先生的原名叫李根红，他利用这个“红”字开了一个玩笑，不知情者还以为“红”是这位老师的情人呢。由此可见，塞风先生的幽默和他那颗童心。

# 晏明的两本诗集

晏明先生是我在《十月》杂志发表诗的第一位编辑，那时我刚调到华北油田工作不久，写了一首《油田，青春的交响诗》寄给了《十月》，很快就接到了晏明先生的留用通知函，并鼓励我多写一些这样的工业题材的诗。不久，诗就发表在1984年第1期《十月》上了。我和晏明先生的交往从此开始。晏明先生寄来了他的诗集《春天的竖琴》，是四川人民出版社1983年7月出版的，印数1万多册，32开本，4.5印张（正文130多页），定价只有0.42元。

晏明先生本名郭灿之，1920年12月出生于湖北省云梦县。20世纪40年代初，晏明先生在重庆曾参与郭沫若领导的进步人士抗敌活动，主编《诗丛》，后来到鄂中抗日前线编辑《胜利报》，又到恩施主编《武汉日报》文艺副刊。中华人民共和国成立后，晏明先生在北京《新民报》《大众诗歌》《北京日报》都工作过。北京出版社的《十月》杂志应该是他最后的落脚点。在他的编辑生涯里，不知道扶植了多少的作家、诗人。同时，他自己也是集编辑、诗人于一身。他著有诗集《三月的夜》《收割的日子》《北京抒情诗》《故乡的栀子花》等十多部。

20世纪90年代初，晏明先生曾为湖北家乡的事情到华北油田来找过我，到我家里做过客，在我简单的书房里谈了两日诗。老先生认真诚恳，对诗歌一往情深。谈起他去青海时非常兴奋，还说起他也写过石油题材的诗作，谈高原、谈玉门油田、谈他对石油人的感受。他还特别叮嘱，有一本新的诗集已经出版，回去就寄过来，希望能重点看一看写玉门的那部分诗。1992年6月，晏明先生寄来了诗集《高原的诱惑》（华岳文艺出版社出版）。打开诗集，一股中国西部地区的风扑面而来。诗集由“青海湖恋情”“草原红梅”“撒拉尔之春”“土族风情”“玉门采油树”“九寨沟幽谷”6辑诗组成。我先是重点拜读了写玉门的那部分，一共25首，每首都不长，大多是两行一节的十来行一首的短诗。晏明先生这样形式的短诗写了多年，已经形成了自己独特的风格。地质锤、钻井、铝盔、石油河、钻机、钻塔、采油树等一些油田词语随处可见。他写石油地质先驱人物孙健初、写牵骆驼偶读人、写玉门的夜晚、写老君庙、写鸭儿峡和石油沟、写白杨河、写采油姑娘和轰鸣的钻机……看得出，他对石油工业已充满激情。读着这些诗我有些惭愧，我在油田生活多年，竟然没有去过玉门，那可是中国石油工业的摇篮啊！现在想起来都感到遗憾。诗人李季曾在玉门任过宣传部长，后来写出许多油味十足的“石油诗”。他说过：“凡有油田处，就有玉门人。”玉门是一个源头。

晏明先生于2006年9月15日晚8时在北京病逝，享年86岁。我忘不了他那些深情婉约的诗、忘不了他厚厚的眼镜片后面那慈祥的目光。

# 陈超的三本书

我认识陈超那年，应该是1985年。我在石家庄协助花山文艺出版社戴砚田创办《诗神》，住在省文联办公楼刘小放和张骏的办公室里。我大多晚上工作。早晨，主编戴砚田锻炼身体的时候把稿件顺路交给我，我再按照他的要求处理并设计版式。记得在一个晚上，陈超背着一把吉他来了，沙哑的声音，聊了一会儿就匆匆走了。那算是第一次见面。之后就是经常见面无所不谈了。

我这里有陈超生前送我的三本书，它们分别是《中国探索诗鉴赏辞典》《生命诗学论稿》《热爱，是的》。

《中国探索诗鉴赏辞典》是1989年由河北人民出版社出版的，第二年送给我的。陈超在扉页上写了几行字："洪波我兄存念，陈超1990年春。"这是一本工具书，收入129位现当代诗人的探索性诗作和陈超写的四百多篇赏析文章。第一辑是象征派诗群、第二辑是现代派诗群、第三辑是九叶派诗群、第四辑是朦胧诗诗群、第五辑是西部诗诗群、第六辑是新生代诗群。我估计这本书陈超是准备了很长时间的，那一年是中国新诗70年。他在自序中特别强调，我们的意见相同相近或相悖，都具有同样的意义。还引了帕斯的一句话："每一个读者就是另一首诗。"这本鉴赏辞典，今天仍然有意义。

《生命诗学论稿》，河北教育出版社在1994年12月出版。这是陈超下了很大功夫的一本著作。他的学生霍俊明所著的《陈超评传》一书里专门写到了《生命诗学论稿》的生成史。这么重要的书，他却在扉页上写着："洪波闲读。"这时已是1995年，他赠我书的具体日子是5月17日。这本书里有一个标题我现在还记得，叫作《深入当代》。想想，陈超的一生不就是深入当代的一生吗！

《热爱，是的》，这是陈超创作的一部诗集，是从他已经发表的300多首诗作中最后选定的76首作品。由远方出版社2003年12月出版，这一年他45岁。

陈超在寄给我的书中夹带着一封信：

洪波兄：

您好。大著收读，写得甚为整齐，比之我所熟悉的你的诗，这里许多作品更有引我入胜的细节，个人化的感悟。而且，比起其他许多诗人，我感觉你的视野更宽，题材范围更大。不知为何你认为我没好好看过你的诗？其实都好好看过。我关注朋友的写作。只不过，近十来年我很少或根本不再写诗评，一门心思写诗。（有许多人认为我的诗比评论更有趣，不如就写诗了）所以，写到今天还在写。前不久我为《清明》写文章还谈你的诗，是我对你多年关注后才能准确概括出的一段话。

现将拙著诗集寄兄笑看。请随时回河北玩！

握手

陈超

2004.11.18

这封信之后，有一年在江苏太仓的一次会议上还见过一面，他当时气色不是太好，消瘦了许多，也不大愿意说话。我问他是不是身体有问题，他只是支支吾吾。2014年10月30日，他纵身一跃就飞离了我们。陈超去世后，他的学生霍俊明写出了一本厚厚的陈超评传《转世的桃花》（河北教育出版社，2018年8月版）。读这本书，可以更多地了解陈超。

有必要简介一下陈超：1958年出生，祖籍河北鹿泉，诗人、理论家，河北作家协会副主席，河北师范大学文学院教授、博士生导师。曾获河北省文艺振兴奖（理论）、第三届鲁迅文学奖、第六届庄重文文学奖、2000年《作家》杂志年度诗歌奖。辞世时年仅56岁。

我十分怀念陈超，好朋友、好兄弟！

# 安福寺达照的赠书

几年前去浙江文成，进安福寺见达照法师。达照法师很年轻，1972年出生，2001年6月在中国佛学院获佛教文献学硕士学位，中国佛学院普陀山学院研究生导师、温州佛教永嘉禅学会会长。温州市妙果寺住持、文成安福寺修建委员会主任。我去文成的时候，安福寺已经修建完工。在禅房，一杯茶，听达照法师讲，讲得好，甚至把量子力学都讲了。据说他20多年讲经说法不辍。之后，法师赠书，一本是《一股清泉》（同济大学出版社），一本是《楞严大义》（上海古籍出版社），还有诗集《雪莲华》。看介绍，他出版的专著已经很多，比如《永嘉禅讲座》《〈金刚经赞〉研究》《〈天台四教仪集注〉译释》《禅心密印2010》等。法师用毛笔在书上做了题签。

《楞严经》，为什么叫“开悟”的《楞严》？因为这部教法直接让你去追究新的本来面目，看心的状态，看到了然后起修，然后证道。我们现在去观察自己的心，专心致志、如实地观察自己这颗心。平常我们总觉得开悟是一件很难的事情，实际上在佛经教法中可以看到，佛陀告诉我们：开悟和修行时间的长短是没有关系的，跟功夫做得深、做得浅没有关系，它在于一种契机，就是你能够契入，你就能开悟，就能见道，就能见到真心、本来面目。

《楞严大义》一书的封底这样提示着。

从文成回来，我开始阅读达照法师的书，《一股清泉》是他的散文集，江河山川、人生际遇、是什么使他心性澄澈，使他在内省中走向通往生命实相的大道？一个独坐禅室、痴迷书卷的法师，他正一步步认识自己和世界、认识生命的意义。

《雪莲华》是一部诗集，都是旧体的。一首一首地读，心就随着诗句渐渐宁静下来，有的诗反复阅读，感觉有青灯照心。感谢达照法师。为了表达我的谢意，我陆续用草书抄录了《雪莲华》诗集中的一部分诗作，大约有几十幅，然后装纸箱快递给文成的诗人慕白，请他转交给达照法师，留作纪念。我知道，达照法师的书法了得，也许他会从另一个角度会对我的字给予指谬。

达照法师是20世纪70年代初的人，我19岁下乡当知青的时候，他才刚刚3岁，想想自己几十年的执迷不悟，惭愧，惭愧。

# 《戴砚田诗文选》

2003年3月，戴砚田先生从石家庄寄来一部精装本《戴砚田诗文选》，厚厚的，760多页，由河北花山文艺出版社出版。

在河北，诗歌界的朋友都称戴砚田为老戴，老戴是《诗神》杂志的创办人、首任主编。当年我在石家庄曾与他一起做《诗神》的创办工作。花山文艺出版社是老戴的单位，当年他在那里任编辑室主任。

老戴是1932年出生的，1948年入伍，参加过平津战役，后来到中国医大四分校学医，1951年毕业后回到地方，分配在热河省卫生厅编《卫生战线》报纸。他的编辑生涯从此开始。

老戴编过《茅盾诗词》《老舍新诗选》《郭小川诗选续集》《雁翎队的故事》等一些有分量的图书，是为出版事业做过贡献的人。他们出版社能给本社的老编辑出版一本选集，很有纪念意义。

老戴在寄书的同时写来一封信：

洪波友：

你好！寄上我的诗文选，请百忙中一阅，这算是我50年业余创作的一个小结。

其中有些是华北油田的生活。

也有我们共同创办《诗神》的生活。

因为成本太高，短篇小说、杂文、叙事诗等均未收入。

我由此返回文苑，近日写了不少。你那里如有想寄我的新作，寄到我这信封上的地址就可以收到。

我的小孙女戴龙吟在石家庄市第二中学，暑期该上初二了，挺爱写的，已在石家庄《燕赵晚报》作文版上发了三篇了。你那里有什么机会想着点儿，好吗?

祝你心想事成，万事如意!

戴砚田

2003.6.14

创办《诗神》之初，1985年春天的时候，老戴曾送我一本他的诗集《春的儿女》（花山文艺出版，1982年11月版），还在扉页上写了："我的好友张洪波同志存念并指正。"后来在1990年10月间又寄我一本他的诗集《渴慕》，是广东花城出版社出版的。《春的儿女》是诗人张志民做的序，张志民先生写道："他从生活出发，但也并不轻视诗的特点……"张志民对老戴的诗是肯定的。《渴慕》诗集是批评家陈超做的序。陈超写道："戴砚田体态孔武有力，坚卓卓一个北国男儿，却写下了许多舒朗淡雅的寄情小札。"

许多年没有见到老戴了，有的时候想起河北、想起石家庄，就一定会想起老戴，想起戴老师、戴主编，想起操着冀东话的老戴，想起魁梧而细心的老戴。

# 罗绍书的《美刺集》

现在已经很少有人写讽刺诗了，也很难说出哪一位诗人是专门写讽刺诗的。这让我想起一个人，贵州的罗绍书先生。

我在《诗刊》帮忙的时候，有一年宗鄂张罗了一个会，在山东聊城，研讨了讽刺诗的写作。在这个会上我结识了罗绍书先生。

罗绍书，1933年出生于黔西农村，祖籍是江西。工作在《花山》杂志社，他是以写讽刺诗为主的诗人，也写旧体诗和抒情新诗，还写小说、散文、杂文等。

《美刺集》是罗绍书先生创作并由贵州人民出版社出版的讽刺诗集。1999年1月寄给我的，还有一封短信："此书出版命运真苦，不仅压了近5年才出，在拼版时，还被'删'去刘征、吴奔星二先生的序，华君武的插图，以及本人的讽刺诗文论14篇。现特寄上两序和杨四平的代跋，供一阅一笑……"刘征先生的序言和吴奔星先生的文章都是复印件。前者文章题目是《灵醒俏皮，富于情趣》，发表在《人民政协报》和《贵州日报》上；后者文章的题目是《现实呼唤讽刺诗》，发表在《诗刊》上。

《美刺集》收讽刺诗266首，刘征先生评价这些诗"将讽刺与幽默融为一体，寓辛辣于微笑，给人以无尽的余味"。吴奔星先生评论道："罗绍书写作并研究中外讽刺诗，可谓历有年所了。他对讽刺诗，有较长期的创作经验和较为深厚的理论素养。”第二年8月，罗先生又寄来一本《美刺诗论》（台海出版社）。他在前环衬上写着：“有缘人也有知音，洪波学弟惠存。”吴奔星先生的文章作为代序放在这本书的前面了。书的后面还有臧克家、张志民、方敬、刘征、石河等人写给罗先生的书信，臧克家的来信颇多。罗先生寄来的书里还夹着一幅墨宝，是罗先生的一幅行书联，四尺竖幅：

对棋可让一子趣

琢字不容半笔荒

——与洪波贤弟共勉

这幅书法作品，我一直收藏着。

去年，在宁波的一次会议上见到了《山花》现任主编李寂荡，我向他打听多年没有联系的罗绍书。没想到，李寂荡说，罗先生于2009年就已经去世了。也就是说，20世纪90年代末，我与罗先生在山东聊城的第一次见面，也是最后一次。

# 王斯平诗集《一棵想家的槐树》

我想不起来认识河南诗人王斯平是哪一年了，就微信问现在北京的河南诗人丛小桦，小桦说查一下，没有几分钟，小桦就回复我：

“洪波兄，我查了一下，是2004年5月中旬。”

“我记得是你陪他来的。”

“是的，还有个印刷厂的。”

“对对对，你的记忆真好！”

那一年，王斯平一行人来长春，小桦把他介绍给我，说斯平主持的新乡作协要出书，希望我们出版社能成全。从此，我们成了朋友。

王斯平1955年出生于河南卫辉乡村，河南大学毕业后在师范学校教书6年，后又当选新乡市作家协会主席，还办了一本文学刊物《牧野》。斯平大我一岁，是个中原大汉，我的小哥。酒喝得好，嗓门高，声音醇厚。谁要是在他面前喝酒耍滑，肯定下场很惨。他回新乡后，很快就寄来了他的诗集《一棵想家的槐树》（重庆出版社），老诗人王绶青作序，说王斯平已经从一个青年诗人成长为一位实力派诗人了。看这首诗，《人与牲口》：

人与牲口有一样的地方
牲口与人有不一样的地方

人把人惹急了
就骂对方是牲口

牲口把牲口惹急了
骂不骂对方是人
我们怎么知道

人常常把自己是牲口的地方隐瞒起来
牲口从不隐瞒
牲口就是牲口

牲口离不开人
要不然
它怎么是牲口

人离不开牲口
要不然
谁承认你是人

王绶青先生说这是斯平的力作。的确，这首诗很耐人咀嚼。这是《人与牲口及其他》组诗中的一首，最初发表在《扬子江》诗刊2000年第5期上。评论家李建东说："我们看到汩汩流淌出来的不'情'的水，而是'理'的血。"（《刀锋上的思维》）

后来，斯平兄还请我去过新乡，我在那里领教了河南人的痛饮，还认识了新乡的一些诗人、作家、书法家……还在酒桌上被痛快地放翻。斯平兄，俨然一个诚恳、无纰漏的地主。

农历癸巳正月初四，斯平兄在南京莫愁湖荷轩写了一首旧体诗：

独坐只应天可对，
野行常有诗相随。
白发冷风英雄老，
一曲莫愁两行泪。

他用手机发给我，正月十二，我用草书把他这首诗抄写了一遍，我记不得是否寄给他了？他已经在2016年辞世，走得急了。想想我们最后一面还是在黄河诗会上，他的身影还在我面前，那么健壮；他的声音还在回荡，那么响亮。

朋友们怀念他：

牧野诗兄从兹去
中原铎声曾经来

——冯杰

北望太行哀斯平斯人已去
诗魂永驻山水间水流高远

——森子

我在读斯平留下的诗，一棵想家的槐树，在我面前高大着，挺拔着。

# 彭国梁的书

彭国梁，湖南长沙人，诗人。他还是个藏书家和编书的高手，长沙近楼楼主。彭国梁多年蓄着胡须，人称彭胡子。我和国梁在20世纪80年代就有联系了。那时他在编长沙市文联的文学刊物《创作》，还与江堤等人鼓捣“新乡土诗”。

2004年6月，他从长沙寄来一堆书，每一本上都有题签：

《闲文闲画》画/何立伟，文/彭国梁（湖南人民出版社，2001年9月版）

《情文情画》画/何立伟，文/彭国梁（湖南人民出版社，2001年9月版）

《痴文痴画》画/何立伟，文/彭国梁（湖南人民出版社，2001年9月版）

《怪文怪画》画/何立伟，文/彭国梁（湖南人民出版社，2001年9月版）

《色拉情话》画/何立伟，文/彭国梁（长江文艺出版社，2003年8月版）

《第三只眼看家》画/何立伟，文/彭国梁（北岳文艺出版社，2002年10月版）

《盼水的心情》彭国梁著（太白文艺出版社，1998年12月版）

《感激从前》彭国梁著（太白文艺出版社，2003年9月版）

国梁和小说家何立伟合作。何立伟的漫画，彭国梁的文字，趣味横生，散发于各报刊，还出版了一些图书，深受读者欢迎。前6本就是这样的作品。何立伟说："我和彭胡子的合作始于《家庭》杂志，每月一专栏，整整一版，没成想受到小小的欢迎。后又延伸到其他几家报刊上，同样是专栏。"何立伟还说："这是漫画与世界的关系。始于有趣，终于有趣。我相信绝大多数的人，都会讨厌无趣。"《第三只眼看家》的作品大多是选自《家庭》同名专栏的作品。这些作品，太有乐儿了！

《盼水的心情》是一部诗集，"潇湘诗丛"之一。评论家沈奇读后文章《纯驳互见，清韵悠远》代序。这一本诗集有不少是彭胡子他们搞"新乡土诗"时期的作品，这些意绪会点燃我们对许多往事以及众多情境的回忆。

《感激从前》是一本散文随笔，读了这本集子，就知道了彭胡子与人是如何交往的，也知道了彭胡子对一些朋友都是咋看的，更知道了彭胡子的好玩儿之处。

彭国梁的《书虫日记》自2007年4月湖南教育出版社出版以来，已经出版好几本了，后面的几本均是上海辞书出版社出版的，他赠给我的已经到了第四集了。这个书虫，藏了那么多的书，一栋楼的书，还要有日记，相当于有了时间档案。他藏书、读书、写书、策划出版书，这个书虫可不是一个一般的书虫，他是一个富有的人。我去过他的近楼，在几层楼的书中，听他随意的介绍，你会突然觉得自己缺了不少东西。去过近楼，国梁会要求你给写一幅题为《上茶》的字。我去近楼的时候，刚刚学习书法，就给他写了一幅顺口溜：

长沙三月登近楼
清茶一杯伴书读
写过新诗玩小品
与世无争得自由

他参与编的书也有送我的，如《老报刊中的长沙》（国防科技大学出版社），读了，跟着书充实了自己。

2011年4月，胡子送我《长沙沙水水无沙》（南京师范大学出版社，2007年4月版）。这是他写的一本关于长沙城市文化的书，取长沙白沙井一名联的一句做书名，胡子在此书的序言中写道："我以为，用'长沙沙水水无沙'七字做书名，无论身在何处的长沙人见了都会感到亲切的。当然，我更希望更多的非长沙人都来喝一喝长沙水。喝了长沙水，其前程无量是肯定的。"

2012年7月，胡子赠书《趣趣留心：写作真的很好玩》（湖南文艺出版社，2012年8月版）。8月出版的书怎么会7月赠送？那时胡子提前从出版社拿回了几本样书，让我赶上了。这是一本谈作文的书，却在里面大量地谈读书、介绍书。是啊，不读书，不知道书，还能写好文章吗？

2016年，胡子又送我一本《胡思乱想——彭国梁原生绘画》（湖南大学出版社，2015年12月版）。一本钢笔画，线条在胡子的笔下细致地流动，有的地方甚至极其复杂，把人物的五脏六腑和内心想法都一股脑儿地画出来了。那些原生的欲望和追求毫无隐蔽地走出来，接受世界的认可。我喜欢这些作品，不仅仅喜欢其中的技法，重要的是喜欢彭国梁毫无拘谨的思想。

坐拥书楼的彭胡子，不知道最近又有啥新的策划？

# 冯杰的两本书

认识冯杰多年了，我却只有他两本赠书。努力找多年前他是不是给过我他的诗集，结果是失望的，真的没有。现有的两本书还是他近几年送我的，而且都不是诗集。印象中，他好像出版过好几部诗集，还有小说集。后来有很长一段时间他在写散文，当然不弃诗歌。他的散文了得，特别是在中国台湾。

冯杰送我他的散文集《田园书》（河南文艺出版社，2012年6月版），我真的是喜欢得不得了，他那些朴素优美的文字太牵动人心了。日常的冯杰，似乎不善表达，偶有冷幽默也是马上传球或收场。我几次到河南，他去接我，很少言语，笑眯眯地拎起我的行李就走，不是我那种见了朋友就兴奋，就控制不住自己而咋咋呼呼。

这本《田园书》满满的他对乡土的情怀，他是一个深深地理解了乡土、一把抓住了死昂图本质的作家，哪怕只是面对一只牛铃：

> 为了牛，乡村的铁铃声必须活着，就像寒山寺的那口钟，一千多年来，它也许仅仅只是为了张继那一首短短的四句诗而活着。
>
> ——冯杰《牛铃铛声必须活着》

是不是叨住了东西？冯杰的散文是诗人的散文，是散文家的诗。

另一本书是有趣的《野狐禅》（河南美术出版社，2015年2月版），冯杰画了画，再配上三言两语的文，妙趣就来了。画里画外，功夫厉害，画着说着，联想驰骋。还有一些就画在写在往来的信封上。我主持《诗选刊》下半月刊时，每期都寄赠刊物给他。你看，他这本书里有两幅就是在我寄刊物的信封上不拘一格地书法一番、钤印一番，就成了妙趣的一幅。

冯杰在《野狐禅》一书的前面有一短文为序，不妨抄录于下面：

未悟而妄称开悟，禅家一概斥之为“野狐禅”。一千年前在《无门关》里开始走动一条狐狸，一千年后的狐狸，出场更多。你我都是。何为野狐禅？这一公案多解，我说不出来。当年求教过二大爷，二大爷说：“这还不懂？野狐禅就是‘夜壶里的禅’。”此见解真是标新立异。忽然就有“虎子”介入了。这一解释真好，大俗大雅，最近野狐禅的本质。

有一年林莽、子川、冯杰我们四人相聚长春，相当于四个人的一次笔会，要弄个有纪念意义的。冯杰笔蘸颜料，片刻，手下长成四个柿子，冯杰说一个柿子代表一个人，签名吧，大家就马上在自己（柿子）的身旁签名。嘿，效果还真不错！我至今都珍藏着。

有一年大家去河南鄢陵采风，进了花地，冯杰我俩形影不离，我问这问那，想着该怎样写首诗。冯杰应答着，似乎一切对他来说不算新鲜，该怎样还怎样。到了鄢陵采风的诗集出来，我记得他竟然有一大组诗在里面，还记得他有诗句：“花，自己说开就开了。/诗人说了不算。”还有写蜡梅的：“我知道哪一朵和我在说话/哪一朵蜡梅，可以转世为蜜蜂。”诗写得宁静，是那天构思的吗？也是那一天，冯杰掐下一瓣花塞进我的衣袋，说：“香你一路！”

现如今，美国、加拿大、日本等国或地区都有人收藏冯杰的文画结合的作品，品味他的情趣。我想，他们不一定都会有《野狐禅》这本书。

冯杰是河南省诗歌学会副会长、河南省文学院专业作家。

# 高维生的书

高维生，1962年出生在吉林延边，现在山东滨州，散文家。前些年他有新书出版，都会寄我一本，非常感谢他的信任。

20世纪90年代初，我要经常从河北任丘出发至山东滨州，过黄河到胜利油田所在地东营。过黄河之前要在滨州会朋友，有我的老朋友李长英，当然有维生，还有雪松、长征……我与维生都是延边人，内心就很近。

散文集《季节的心事》（国际文化出版社，1995年11月版），1996年12月赠给我的，这可能是他早期的结集，收散文29篇。

散文集《俎豆》（内蒙古人民出版社，1999年2月版），2000年4月寄来的。收散文49篇，小说家张炜作序。张炜在序言里写道："这本书有许多文字是写读外国作家、诗人的感触，写他与他们心灵上的沟通。这是感人的，并有一种向上的力量。"还有，他写家乡，写布尔哈通河的四季，写一条普通的河；写老祖母，"生命是一条河，祖母是河的源头"。《燃灯者》的结尾："当金色的阳光撒向大地，我双膝跪地迎接阳光。这阳光是祖母灵魂的光芒。"

散文集《东北家谱》（花城出版社，2003年1月版），"风俗中国丛书"之一，2004年4月寄来。丛书由李森做总序，这个李森应该是云南的李森，教授、诗人，也是我的朋友。维生在书的前面有一段关于这本书的话，其中写道："现在看来，这本书自由的表现、创作的激情，在今后的写作里不可能重复了……她是回忆的烈焰中诞生的鸟儿。"

散文集《酒神的夜宴》（山东电子音像出版社，2005年4月版），2005年5月寄赠。书中最后一辑是书简，其中有写给父亲的信，谈自己对文学的挚爱。维生的父亲高梦龄是我的忘年交，小说家，曾任《山东文学》杂志社社长，著有长篇小说《残夜》《浮云》《落日》等。维生在信中对父亲说："我越来越离不开文学了。"

散文集《纸上的声音》（吉林人民出版社，2011年1月版），2011年2月寄赠。这是"中国新锐最佳方阵·当代青少年美文读本"之一。蒋蓝作序，蒋蓝的散文我也非常喜欢，前年在苏州的一次文学活动上见过。蒋蓝说这是一本安静的书。

传记《浪漫沈从文》（团结出版社，2012年1月版），2012年1月寄赠。汪政作序（汪政也是我的老朋友），汪政写道："维生的文字又一次让我们记起了沈从文那句影响了汪曾祺一辈子的话：贴着人物写。"看得出，维生在这本书的写作上下了很多功夫，看看这本书，不但了解文学大师沈从文，也看看一个晚生作家是怎样走入前辈作家心灵的。

# 沙克的五本书

前些天，沙克在朋友圈晒了他的一本油印诗集，是1984年制作的，名字是《匿名电话》。20世纪80年代，沙克很年轻，写诗的韩鹏翔开始用笔名沙克。我在朋友圈留言："年轻就是力量。"沙克回复："年老剩下肚量。"我想起，我还收藏着他的一本油印诗集《握住你的手》呢！1990年冬制作的，1991年2月寄给我的。记得诗集的名字是"七月诗人"绿原先生题写的。于是从书架上找出来，拍了图片发给沙克……

我这里，还有沙克赠送的另外四本书：

散文随笔集《美得像假的一样》（中国文联出版社，2008年12月版），沙克在后记中说他写散文比写诗还早几年。上初中的时候就已经把作文写得很像文学作品了，常被语文老师当作范文。老师还把他的文章寄给电台播发。我想，他是自由的写作，一开始就是自己培养着自己的兴趣。

诗集《有样东西飞得最高》（中国文联出版社，2011年3月版），有130多位文化人参与了诗集的命名，这很有意思。也许，这不仅仅是一次征集书名的游戏，至少是作者自己掀起的一次阅读和点评的浪潮，通过这次诗集命名，沙克一定收获满满。

散文集《我的事》（江苏凤凰文艺出版社，2014年7月版），60多种（件）事集合在这本书里，社会人生、衣食住行，大事儿小事儿，一一道来。所有标题都是两个字，如股事、家事、书事、茶事、政事……都不乏作家自己独到的想法。如《人事》一文写到最后："人事关系如良友，清如海水溪流，人善相施，和谐社会成了。"

《沙克诗选》（南海出版公司，2014年12月版）。沙克从1979年开始写诗，几十年的诗歌技术操作和在诗坛中的各种历练已经使他的诗语言越来越干净，内涵越来越深入。简单的词语里面埋藏着诗的玄机，得细细品味。

前些年他邀我去苏北参加一位诗人的作品研讨，他跑前忙后，还要主持会议，累得嗓子都沙哑了，可他对诗歌的那种认真劲儿，让人十分感动。那次出席会议的人，都是沙克出面邀请的，所以，他的忙和累，不仅仅为了一个会议，也是为了朋友的一次相聚。

2018年11月，在江苏盐城师范学院"中美田园诗歌高峰论坛"上，我听了沙克的发言。稳健、从容，有自己对诗的独到见地，他似乎一刻不停地在诗中思考。

沙克在《握住你的手》那本诗集的跋中写道："对于现实生活我看得最重也看得最轻，最重时我着意体验和参与；最轻时我竭力排除、淡化，以争取宁静的心态来写诗。"沙克是勤奋的诗人，我知道他还会有更多的著作出现。

# 瞿勇的三本书

瞿勇，风光摄影家，河北摄影家协会副主席。1963年出生于甘肃酒泉，大学学的是美术专业，1983年开始搞摄影，1987年就加入了中国摄影家协会。他的摄影作品获得过国家以及省部级的多种奖项。我在华北油田搞文联工作的时候，他正在新疆参加塔里木石油会战，我与时任局党委宣传部长的姚治晓老领导找他们塔指前线的指挥谈了几个小时，最后决定把瞿勇调回局机关到文联办公室工作。就这样我们成为同事、弟兄。

摄影集《净月》（吉林摄影出版社，2012年9月版）。净月潭国家森林公园位于吉林省长春市东南部，距市中心18千米，森林面积100平方千米，是亚洲最大的人工林海，有“都市氧吧”的美誉。我做文化公司的时候，请瞿勇来长春拍摄净月潭风景，他欣然接受，整整拍了一年四季，吃了很多苦，可他毫无怨言。摄影集《净月》就是这次的成果。这部影集出版后，许多长春市的朋友都惊叹：长春还有这么好的地方？我怎么没发现？这就是风景摄影的魅力。一湾浅水、一片余晖、几枝残荷、几张落叶，都可进入镜头，都有审美价值。瞿勇还有许多拍摄的办法，需要拍一张俯瞰式的图片，没有条件，他就在高山上再爬到大树上去拍；一朵小花很矮，他就趴在地面上拍，一年四季过去，他拍下了可供选择的几千张图片，我都看花眼了，不知选哪些为好了。画册做出来了，要给他发劳务或稿酬，他却拒绝了，他说："帮大哥拍几张片是应该的，还要啥劳务呀。"

《圣域额尔古纳》（内蒙古文化出版社，2013年5月版），这是一本全彩色摄影作品集。作者2013年8月送给我的。摄影家黑明在序言中写道："额尔古纳，美丽与神圣同样令人震撼的地方！"是啊，这样的地方，怎能不强烈吸引着一个著名风光摄影家！瞿勇去额尔古纳拍片的时候我是知道的，他在那里用了两年的时间完成的拍摄。这两年中他吃了很多苦，不用说季节更迭时大自然带来的麻烦，不用说风霜雨雪，就说一个蚊虫叮咬，听着都悚然。但瞿勇更多的是展现额尔古纳的美，展现额尔古纳的迷人之处。在这本画册的前面有瞿勇撰写的文章《额尔古纳印象》，这是他拍摄额尔古纳的理由，是他热爱额尔古纳的理由。正如瞿勇在这篇印象记结尾时所言："我梦中的圣域，额尔古纳——一个无与伦比绝妙梦幻的人间天堂。"画册还有当地文人邹玉介绍性的配文，书后还附有一些拍摄手记，那些手记是瞿勇对额尔古纳一点一滴累积的敬意和爱心。不可不读。

《光线决定一切——风景摄影高级教程》（中国摄影出版社，2013年6月版）是一本彩色版风景摄影教学书，2013年8月作者赠送。瞿勇在这本书里把自己几十年的摄影经验加以传授，自己拍过的图片作为范例。这些图片大多是瞿勇多年前在内蒙古坝上草原拍摄的，用图片拍摄过程和具体的摄影参数，传授给读者一些拍摄手段和拍摄方法。这是文字与图片组合的课堂。这本书对喜爱风景摄影的朋友实在是太有用了。书的内容分为七章：第一章，光线决定一切；第二章，构图是基础；第三章，预设场景与抓拍；第四章，风景中的灵魂；第五章，风景中的精灵；第六章，花草树木也精彩；第七章，变幻莫测的天空。后面还附有一个"温馨提示"，告诉你外出拍摄时要准备的防护用品和宿营物品以及食品、药品。

瞿勇的好友、摄影家黑明（也是我的好友）在这本书的封底上有一段话：“本书着力展现与观者思想和情感的共鸣，用质朴的语言将光线对色彩、影调、构图的关系阐述得淋漓尽致，而那一幅幅神秘而充满激情的作品，让人为之震撼、愉悦、心醉和神秘……”的确，这本书不但讲解了摄影技术，也讲述了摄影过程中的一些奇遇和难以忘怀的情景，书因此而生动。

几十年的摄影生涯，培育了瞿勇的坚毅、耐力和观察世界的细心，也培育了他热情、开阔的性格。他在各地结交了许多好朋友，也经常在各地奔波，他的电话经常是在你想不到的地方打来的，新疆、西藏、内蒙古、华北、江南……

去年秋天的一个夜晚，我要去河北参加一个会议，取道北京，为了到瞿勇和黑明的住处与他们见个面。那天，我与瞿勇整整聊了一个晚上，几十年的人与事翻腾出来，文学与摄影的东西也牵扯出来，不知不觉已经天明。

瞿勇是贴心的朋友，他又是一个有山河境界的艺术家，他的作品说明了一切。

# 旺秀才丹的四本书

2019年6月，藏族诗人旺秀才丹一下子寄来了四本书：

旺秀才丹的诗集《梦幻之旅》（民族出版社，2002年6月版）

旺秀才丹与万玛才旦合著的《大师在西藏》（兰州大学出版社，2006年4月版）

旺秀才丹编著的《藏族文化常识300题》（甘肃民族出版社，2009年5月版）

《旺秀才丹诗选》（太白文艺出版社，2019年6月版）

前三本书，是他2017年6月5日题签的，不知为什么当时没有寄来？后一本是新出版的。“常青藤丛书”之一，所收作品均是20世纪80年代活跃在中国诗坛的大学生诗人，我收到过“常青藤丛书”吉林大学卷包临轩、任白等人的诗集，旺秀才丹这一本是华东师范大学卷里的。他读书的时候曾任华东师范大学夏雨诗社的社长。

我认识旺秀才丹是在20世纪90年代，那时我还在华北油田工作。有一天，老朋友裕固族诗人贺中（克列·萨尔诺夫）带着一位新朋友来油田，这个新朋友就是旺秀才丹。一见如故，谈诗喝酒，油田的一些诗友也都加入进来，喝得昏天黑地。在石油城里喝、在白洋淀上喝，这两个壮汉很有战斗力，抵住了一群石油人的进攻。旺秀才丹是甘肃天祝藏族自治县人，在《西北民族大学学报》工作。谈起甘肃，情感近了许多。

我20世纪90年代初我在甘南草原坠马摔断了腰，在兰州做了八个小时的手术，险些瘫痪。甘肃是我难以忘怀的地方。

从此，与旺秀才丹成为朋友，经常联系，这得感谢“中介人”贺中。

旺秀才丹用汉语写诗，我不知道他会不会用母语写诗？他寄来的诗集《梦幻之旅》获得过甘肃省政府敦煌文艺奖，2006年他还创办了西藏文化的中文平台“藏人文化网”。还有，他创办了藏人文化发展促进会、藏地旅游网、布达拉网。他编书，策划了许多好看又有品位有影响的图书。2014年，我要在我主持的《诗选刊》下半月刊上介绍一下旺秀才丹，用的标题是《旺秀才丹：进入汉语的异族诗人》，对这个标题我至今都不满意，异族这个词总是觉得冷冷的，尽管是在强调他的汉语写作。如果从这个角度做标题，还不如用他自己的一句道白：“汉字喂大的藏獒”或“一匹胸怀蓝天白云的狼”，人物性格跃然。

谈到自己的写作，旺秀才丹在一次接受采访的时候，针对自己的诗作《草原儿女：次珍十八》说过这样一句话：“我说出了我想说的，也克制住了我不该说的。”这句话给我留下了很深的印象。

# 姜桦的四本书

1990年代末，《诗刊》在江苏盐城搞过一次“春天送你一首诗”活动。在筹备活动的时候，我与《诗刊》老编辑寇宗鄂一起去了一趟盐城，在那里结识了盐城人民广播电台的姜桦、盐城师范学院的陈义海等一些盐城诗人，姜桦还陪我们去大丰滩涂参观并了解了麋鹿的养殖情况。

2003年至今，姜桦寄给我四本书。其中，三本诗集一本散文。

《大地在远方》（中国对外翻译出版公司，2000年9月版），大概是姜桦的第二本诗集，林莽在这本诗集的序言中写道：“就姜桦的诗歌本身而言，我觉得他是一个以自然意象为主体的诗人。他的诗中充满了阳光、月色、白云、田野、星空、树木、河流、羊群、飞鸟……这些自然意象在诗中反复出现，是它们构成了姜桦诗的世界。”现在有好多诗人喜欢把诗的题目弄成《××帖》，在姜桦这里并不新鲜，他早就玩儿过的了，在这本诗集里就有《秋风十帖》。

《纪念日》（宁夏人民出版社，2011年6月版），诗集，姜桦在“后记”中告诉我们，这是他的第四本诗集，创作时间集中于2008年4月至2011年4月。诗集由“木、水、火、土、金”五辑组成。他说：“简单粗疏的分类，我希望能够更多呈现我生活和人生的一些片段。”看得出，辽阔的黄海滩涂给了他许多诗，集中在这本诗集中有许多“滩涂诗”耐人寻味。

诗集《黑夜教我守口如瓶》和散文集《靠近》均由南京大学出版社在2014年12月出版，为“姜桦作品集”的姊妹卷，书印制精良却又简洁质朴。对于诗歌，他自谦地说自己是一个地域诗人，他热爱家乡的森林、湿地，以及那里的所有生物。这些是构成他诗歌创作的主要元素，也是他真实感受的环境与生活。2018年11月，借参加“中美田园诗”活动之机，我再一次参观了这片被称作“东方瓦尔登湖”的土地。那一次，姜桦协助义海做了不少工作，还在森林里组织了别具特色的诗歌朗诵。（谈到诗歌朗诵，我几次听过姜桦朗诵诗歌。每次都被他感染，他朗诵得真好！）说起散文，姜桦说：“这和我诗歌一样的东西，却比诗歌更加呕心沥血。”《靠近》是他的第一本散文结集，童年和故乡，所有爱的记忆，用姜桦的话说，那是铺在他心中的金牧场。

苏北壮汉姜桦，他的诗在把一块土地的格调提升，他自由健壮的气象也在其中。这位粗中有细的诗人，他是大地的倾听者，也是大地的代言人。

就这么远远地

听一百匹马在我的血管里嘶叫

——姜桦《倾听》

# 吴兵的两本书

老友吴兵赠我两本书，一本是儿童诗集《摇荡的秋千》（明天出版社，2001年10月版），另一本是诗集《什么能让风苍老》（山东文艺出版社，2006年10月版）。

《摇荡的秋千》，李掖平教授作序，收入儿童诗80多首。这是一本非常好读的儿童诗。说它好读，是因为集子中的诗不是那种坐在屋子里为儿童们“想象”出来的，也不是非要把儿童教育成“什么什么”的那种儿童诗，更不是板着脸冲着儿童说大话的那种。吴兵的儿童诗，一看就知道，来自他对今天的儿童细心的观察和认真的理解，至少是对生活在他身边的女儿的深度关注。因此，他诗中的那些天真和童趣，既是他自己的内心，也是儿童心灵的自然闪动。不像有的成人写出的儿童诗，一看就是大人装小孩，怎么读都别扭。在吴兵的儿童诗里，雪像白色的蝴蝶在空中飞舞，可一落地就会变成趴着不动的小白兔了；果核里香甜地睡着一个小虫，可千万别把它吵醒了；咕咕叫的鸽子，肯定是谁把它惹生气了……这样的诗，好玩，快乐，孩子们能不喜欢吗？在吴兵的儿童诗里，还有一些看起来语言、情节都很平淡简单，而实际上却隐含着生活中那一份大人对儿童或儿童对大人，乃至对万物的深深的爱。如《布娃娃》中的“我长大，/怎么布娃娃不长大？//妈妈说：/你吃了多少鸡蛋/喝了多少牛奶呀”。又如《葡萄》中的“青的不一定酸，/紫的不一定不酸。//无论青和紫/爸爸妈妈给的，/总甜”。你瞧，这不是简单中的深刻吗？

吴兵在这本儿童诗集的后记中写道：“什么是诗意的生活？当刚学会说话不久的女儿，在我的背上说出‘月亮挂到树上了’时，这不就是诗意的生活吗？”

《什么能让风苍老》，收入115首诗。书做得简朴但不小气。吴兵到北京参加《诗刊》第14届青春诗会的时候，我正被借调在《诗刊》工作，于是就认识，于是就没有断了书信来往。这本集子里有一首《黄河断流》，记得最初是发表在《诗刊》上的：“迎面是黄河/转过脸就是海”，还有“赤裸的我/在结不了冰的地方/冷”。记得那一期《诗刊》还发表了他的几首短诗，写得都很精致。

吴兵，1960年出生，19岁就发表诗了。这本集子应该是他的佳作精选了。

同时寄来的还有一本《兄妹译诗》，杨宪益和杨苡兄妹二人翻译艾略特、勃朗宁等人的诗，是一本译诗集，是吴兵责任编辑，山东画报出版社出版的书，扉页上有杨苡的签名钤印。

2003年9月，我到济南开会，期间约吴兵陪我去看望老诗人塞风先生。看得出，他与塞风先生关系是很密切的。塞风先生对吴兵的诗歌创作是否有影响我不太知道，但吴兵对诗的挚诚、对黄河的情感，与老诗人塞风先生是相通的。

吴兵是山东画报出版社的老编辑，编辑过赫赫有名的《老照片》，组稿和策划能力非常强，是个不简单的出版家。作为出版人，我对他很佩服。

好几年没有联络了，也不知他又在忙什么好书？

# 张文献的五本书

2011年7月，在苏州，诗人小海给我介绍几位新朋友，其中有古陶瓷收藏鉴赏家、散文作家张文献。那天下着毛毛细雨，大家走在平江路上，边走边谈。文献是个不太愿意说话的人，可一谈起苏州、一谈起陶瓷，他谈话的精气神儿就上来了。

文献送我一本他的散文集《家住吴宫》（百花文艺出版社，2007年12月版），朱金晨作序，对张文献的散文很是赞赏。文献在后记中说这是他的第一本散文集，自己也进入40岁了。40岁是人生的好时光，也是写作的好时光。这本书中的文章大都很短，千字左右，有的甚至更短，短到几百字。朱金晨说他在编《文学报》副刊时，文献的短文发表后，是很受读者喜爱的。

后来我又多次去苏州，每次都会与文献相见。2012年4月的一次见面，文献送我两本他的新书：

一本是《吴越斋闲话》（上海文艺出版社，2012年2月版），散文集，范小青作序。

《吴越斋闲话》是一部散文随笔集，收集了作者数十篇文章。从这些文章中，我们不难读出张文献的心路历程。事实告诉我们，一个内心细腻，充满温情的写作者，最终是不会受到外界的更多的影响的。文学和写作，永远在他的心底深处，时时处处都会生发出灿烂的色彩，来点缀他的人生，来充实他的生活。

——范小青序言《闲话的滋味》

另一本是《明朝中期的苏州——王锜年谱》（古吴轩出版社，2012年3月版）。这是一本史料，看得出，文献下了很多功夫。这本年谱不同于流水记载，里面充满散文笔调，详尽记述了这位终生布衣的明代笔记作家的人生历程，读起来会兴致不乏。

2018年5月，文献赠给我《宋瓷收藏与鉴赏》（清华大学出版社，2017年9月版）。大量珍贵图片，配有笔记文字，有见解，有切身体会，新颖独到。书的封底印有苏州大学博士生导师、苏州大学博物馆馆长张朋川先生的一段话，说张文献“多年遍访古窑址，潜心古瓷收藏，日积月累，终有所成”。我不懂古瓷，但我知道文献在古瓷收藏鉴赏，尤其是宋瓷收藏鉴赏方面已经了得，不是简单的发烧玩玩，而是专家水准的了。

2019年1月，文献送给我一本他编著的运河古镇浒墅关诗文增辑《秀野山水间》（古吴轩出版社，2018年12月版）。浒墅漕关，多少诗篇，在这里可以一览。这是一项寂寞、细致、需要耐力的工作，文献不辞辛苦地把它做了下来，让人敬佩。书做得也独特，折页（拉页）装订，内容竖排，分古诗词、古文两部分，唐至清有关浒墅诗文无有遗漏，可谓内容大观，装帧大气，具有收藏价值。

# 曲近的三本诗集

曲近，原名付学乾，祖籍河南内乡。曾任新疆兵团作家协会副主席、石河子文联副主席、作家协会主席，任《绿风》诗刊主编多年。我这里有他寄来的三本诗集。

《与鹤同舞》（新疆青年出版社，1999年9月版），1999年11月寄赠。是洋雨主编的“新疆好诗丛”之一，收入诗歌作品119首，分“圣土之忧”“中国音乐”“昨夜星辰”“苍茫西部”“心灵壁画”5辑。

《一壶月光》（作家出版社，2012年8月版），2013年3月寄赠。是李光武主编的“金戈壁文学丛书”之一，收入诗歌作品118首，分“坐在古诗词里赏月”“在时间里打坐”“山水灵韵”“春天的味道”4辑。

《时间不可复制》（中国文联出版社，2016年8月版），2016年10月寄赠。是姚康主编的“石河子实力作家文库”之一，收入诗歌作品126首，分《心境》《旅境》上下两卷。

曲近主持《绿风》诗刊多年，是一个诚恳、用心的期刊人。我不知道他是什么时候怎样到新疆生产建设兵团的。反正他几十年来就在那里工作、生活。他很少出疆参加文学活动，稳在石河子，一心一意办刊物。用他自己的话说，是要有在小城市办大刊物的雄心的。多年来，《绿风》已经是全国有影响的诗歌刊物。虽然地处偏远，但刊物定位准确，追求作品质量，因此显得纯正、素雅。

曲近小时候喜欢画画，后来迷上了诗。他的诗如同他这个人，质朴无华，却很值得品味。

人，睡在夜里

夜，睡在大地的怀抱里

大地，睡在草叶的梦里

草叶，睡在露珠的宠爱里

露珠，睡在牛羊的眼睛里

清晨，一滴鲜奶醒来

一半是血液

一半是草汁

奶香整整

酿造了一夜

——曲近《草原之夜》

草原在这些关系里才有了神秘之夜和酿造之夜，“一滴鲜奶醒来”，这是一个细致又意味深长的由来，是诗人的妙思。

有一年在江苏的一次文学活动上欣喜地见到了曲近，这个很少出来活动的人，视野却是开阔的，他在会上的发言证实了这一点。散会后，我们一同去机场候机，接着话题聊，有聊不够的感觉。握手告别时，我看到了他的目光，那里面是一个久居大西北的人，对朋友的热诚。

# 徐鲁的六本书

徐鲁，老朋友，好兄弟，集诗人、散文家、儿童文学作家、书评人、出版人于一身的多向度人物。他的著作很多，不说著作等身吧，可能也差不了许多了。我这里只有他送给我的六本书。

《青春的玫瑰》（海燕出版社，1995年5月版），1996年春天寄赠。这是一本给青少年读者写的书，书中美文都不是太长，书的开本也精致，可随身携带、抽空快读。

《剑桥的书香》（中央编译出版社，1996年7月版），“新锐文丛”之一。这本书的前面有徐迟先生做的一篇序言《文饭小品》，谈到这样一段话：“徐鲁把他近几年来写下的一部分读书散文编成一集，原拟题书名为《文饭小品集》，不知出于什么考虑，后来又换成了另外的书名。其实，换了书名也还是一些‘文饭小品’。这是一个年轻的爱书人和读书人心目中的书人书事。”

《小人鱼的歌》（湖北少年儿童出版社，1997年12月版），儿童诗集，“当代儿童诗丛”之一。束沛德作序。这套诗丛的作者是曾卓、金波、聪聪、高洪波、徐鲁、薛卫民、邱易东、姜华。老中青三代写儿童诗的诗人，每人一本。1998年4月，湖北少年儿童出版社还在北京召开了一个研讨会，会场是中国作家协会的会议室，当时我正借调在《诗刊》工作，那天我也被请去参加了会议，徐鲁的这本书就是那个会上送给我的。会后我还编了一组这个诗丛的诗选，发在我责编的“中国新诗选刊”栏目里，正好发在6月号《诗刊》上，6月有儿童节啊。

《黄叶村读书记》（陕西师范大学出版社，1998年9月版），书的前面有作者自序，徐鲁在自序里写道：“这本《黄叶村读书记》是我继《剑桥的书香》《恋曲与挽歌》《同有一个月亮》之后的第四本书话和读书随笔集。”书后有一个附录，附录了徐鲁1989年至1998年所出版的书目，一派创作丰收景象。

《书房斜阳》（武汉出版社，2000年3月版），是第二辑“跋涉者文丛”之一，2000年初夏赠书。徐鲁在书的前环衬上写下：“如果没有书和诗歌，我们会在哪里？”曾卓先生为丛书做了总序。这是徐鲁的第五本读书随笔集。此时，徐鲁的读书随笔已有很大名气，我遇到一些朋友，有认识徐鲁的，有不认识徐鲁的，聊起来，都会伸出大拇指赞赏徐鲁的读书随笔。

《温暖的书缘》（上海辞书出版社，2014年8月版），还是书人书事。“开卷书坊”之一种。他在这本书的代序《小书店之美》一文中透露，自己早已离开出版业到湖北省中华文化促进会去工作了，办公室与寓所只有一墙之隔。这个好，上下班方便，更主要是节省了大量的时间，可以用来读书。徐鲁是个离不开书房的人，他把时间给了书房，浪费了心疼。

顺便记下，徐鲁获过众多的奖项：全国优秀儿童文学奖、中国图书奖、国家图书奖、冰心儿童图书奖（获得过4届）、中国台湾地区“好书大家读”年度好书奖、湖北省文艺明星奖、湖北青年文艺奖、湖北省文学奖等。

# 老皮的七本书

老皮，福建漳州人，自由写作者。有一年去厦门参加鼓浪屿诗会相识，到目前只那一次见过一面。但没有断了联系，现在有微信，方便了。但他还是寄来他的著作，让我感到他一直在写，隔上一段再出书，勤奋且有成果。

《懒散集》（现代出版社，2014年6月版），诗集，2016年1月签赠。我没有细数，估计这本诗集收入的诗作至少得有200多首。诗集叫《懒散集》，我不知道老皮的日常生活是不是懒散的，但读他那首《慢生活》，感觉他正端着一杯咖啡或者一杯酒喝着，夜色弥漫在他的周边。

《知天命》（阳光出版社，2015年12月版），“中国诗人随笔系列·福建卷”之一，2016年1月签赠。我不知道这些娓娓道来的文字最初发表在哪里，但我相信是会受到读者欢迎的。因为这些随笔接近人心，不摆架子。

《盛大的秋天》（文汇出版社，2016年3月版），诗集，2019年10月签赠。诗集的封底已注明：《盛大的秋天》是老皮2015年创作的诗歌结集，收入190余首诗作。老皮的诗句就是那种自然形成又能暴露情绪的那种，如：

一个人在雨水中的情思

胜过这场雨

——《雨中情思》

我全部的身心，始终是一颗子弹

蓄势待发，被压在枪膛

——《落日》

《晃悠》（文汇出版社，2017年4月版），随笔集，2019年10月签赠。书前有作者自序，说到这些都是旅行随笔，五台山、丽江、拉萨、西安、南京，还有柬埔寨……随感多多，写出来，是记载，也是共享。

《观自在》（团结出版社，2018年6月版），散文集，2019年12月签赠。书的后勒口内容简介，告知收录在这本书里的是作者完稿于2017年的108篇诗性散文。

《风吹浮士》（团结出版社，2018年6月版），诗集，2019年12月寄签赠。诗集的前勒口印有作者简介，估计是作者自己撰写的：“老皮，原名洪天来，1964年出生，福建漳州人。非典型性文艺爱好者，资深幻想家，自由撰稿人……”

《守望一片海》（中国华侨出版社，2018年11月版），诗集，没有签赠，与其他书一起寄来的，是“漳州作家丛书”之一。作者是这样描绘他所守望的一片海的：

止不住的蓝，千回百转，前赴后继

比绝望更美，比火焰更高

——《守望一片海》

我注意到，老皮是一个多才多艺、爱好广泛的人。书法、篆刻他也都有尝试，他的书有好几本的封面题字都是他自己的，行草书，很有书卷气。我突然想到，只有“懒散”自由的人，才可能有这样的广泛涉猎，才能更自信地挥洒自己的才情。

# 嵇亦工的书

《蓝蝙蝠》（浙江大学出版社，1990年1月版），诗集，作者1991年4月寄赠。嵇亦工在诗集的后记中说，这是他的第一本独自的诗集，此前有两本诗集都是与友人合出的。这本诗集也是他发表诗18年之后的结集，但选入诗集的诗只是编此集之前近三四年所写的诗，共60余首。同时寄来一本嵇亦工编的《十五人集》（浙江大学出版社，1990年6月版），而实际上正如嵇亦工在前言中说的："现在，读者面对着的是一本浙江高等院校18位学生的自选集。"这是一本大学生诗歌作品合集。

《面对雕像》（浙江文艺出版社，1995年9月版），一首长诗的单行本，1995年10月寄赠。作者在后记中写道："长诗《面对雕像》自1991年春天完稿以来，至今已有5个年头了。5年来，除了诗中的部分章节被几家文学刊物选择发表过外，它几乎一直静卧在我的抽屉里……时至今日，这部搁置5年之久的作品终于得以正式出版并与广大读者见面。"书后附录两篇评论文章，一篇是唐晓渡写的《嵇亦工和他的"雕像"》，另一篇是洪治纲写的《寻找生命的力度与人格的高度》。这两篇评论文章无疑是能帮助读者更好地解读这首长诗的。唐晓渡的文章中，在引用马丁·布伯《我与你》中的一段话之后写道："我相信对此艺术真谛有所体验或感悟的读者不难理解和把握这首长诗的价值和意义。"洪治纲的文章开篇就写道："一种冷峻袭击着我。一种作为最崇高的艺术之本体所透射的冷峻袭击着我。这就是《面对雕像》的气息。它扑面而来，直入骨髓……”

《踏儿哥》（学林出版社，1999年9月版），长篇小说，1999年9月寄赠。踏儿哥是指踩三轮的车夫，社会底层一族。小说展示了城市底层人的生活情感与生存状态，在“江城”古城背景下，描绘了众生的追求和向往。小说23万字，金昌海、崔亚娟、孙贵田、刘小宝等人物形象鲜明，个性突出。

《父亲躺在花丛中》（中国文联出版社，2000年12月版），中短篇小说作品集，2002年9月寄赠。这本书集结了10多篇中短篇小说，30余万字，是“桂雨文丛”之一，王蒙、何镇邦做了总序。

《人与狗》（大连出版社，2001年11月版），长篇小说，2002年9月寄赠。作品主线是1960年代末中学生的成长过程，“文革”经历。人物坎坷、凄美、悲壮。

记得早年嵇亦工还编过《新生代诗选》《新生代诗选续集》。他毕竟还是诗人，无论他写了多少小说，都离不开诗人身份。

嵇亦工1953年生于南京，当过兵，主持过杭州市的《西湖》杂志。有一年我们在杭州见面，他把老友赵健雄拉来，我们三人一起逛书店、就餐、互道心里话。亦工兄是个性情中人，一个值得交往的人。

# 王玉树的《鲁藜传论》

《鲁藜传论》（金城出版社，2014年11月版），2015年1月作者寄赠。我是在一则短消息中知道这本书出版了，消息披露了作者王玉树先生是天津的，我就给南开大学的罗振亚教授发微信，请他帮忙搞到这本书。不久，书就寄来了，有王先生的签赠、钤印，是王先生亲自寄来的。

鲁藜（1914—1999），是“七月派”代表诗人之一，他的成名作《延河散歌》于1939年发表在胡风主编的《七月》上。我刚学诗的时候读过鲁藜先生不少诗作，其中印象最深的当然是短诗《泥土》：

老是把自己当作珍珠

就时时怕被埋没的痛苦

把自己当作泥土吧

让众人把你踩成一条道路

王玉树先生与鲁藜先生是闽南同乡，他十分敬佩鲁藜先生，在鲁藜研究工作上耗费了大量精力，如整理编选《鲁藜诗文集》（四卷，近200万字）；与天津诗人柴德森（已故，也是我认识的诗人）发起成立“天津鲁藜研究会”等。

王先生在此书的后记中写道：“我作为一个鲁藜的研究者，跟他直接交往近20年，获益匪浅，对作品的理解和生活细节比较熟悉，有助于写好这部传记。再就是跑遍了全国各地的图书馆查阅资料，拜访一些名家和诗人的朋友，以便掌握更多有关的信息。”

《鲁藜传论》，24万字，大32开本，鲁煤（“七月派”诗人）、朱先树（《诗刊》编委、评论家）分别写了序言。因为我与牛汉先生的师生关系，对“七月诗人”有更多想要了解的愿望，更何况这本书传与论的文笔和史料的使用都是我叹服敬佩的。感谢王玉树先生！

王玉树简介：1932年出生，福建石狮市人，1956年毕业于天津师范大学，天津社会科学院研究员、天津鲁藜研究会会长。著有《鲁藜研究文粹》等学术专著20余部，散文集《多梦的岁月》等文学作品6部，作品多次获奖。

# 王忆惠长篇小说《眷恋》

《眷恋》是王忆惠石油题材的长篇小说，山东文艺出版社1984年10月第1版。

1980年代，记不清是哪一年了，全国总工会石化工会召集石油系统搞文学艺术的几个人在物探局十三陵疗养院商讨成立中国石油文联的事情。石化工会的屈主席、宋副主席还专程到会看望大家，石化工会的汪梅标在会上做主持。胜利油田、大港油田、华北油田、石油物探局……文学、美术、摄影等各路代表聚了一次，虽然最后事情也没有弄成，但结识了许多朋友，与王忆惠就是这个时候认识的。

赠书日期没有写，大概是1985年春天寄来的。

《眷恋》出版后，首先在石油系统引起很大反响，之后山东话剧团把它改编成了话剧，并且曾到北京演出，效果极佳，听说一场下来，掌声有20多次。后来又改编成电视剧，在央视黄金时间播出。还获得了1987年电视剧“飞天奖”。1987年4月，在中央电视台影视部会议室召开了电视剧《眷恋》的座谈会。石油工业部老部长余秋里在全国政协的一次会议上说过，这是继《创业》之后反映石油工人最好的片子。

那时候，王忆惠在胜利油田工会任职，主要负责胜利油田文联工作，他把文联搞得有声有色，还创办了文学刊物，最初叫《黄河三角洲》，后改名为《太阳河》。王忆惠曾多次约稿，每次我都给他们写了。大概是1985年，首届全国石油职工文化大赛在西安长庆油田办事处评定作品。会后，王忆惠拉上我和庞壮国等人一起去了胜利油田。在胜利油田，王忆惠说起刊物改名的事情，嘱我尽快给一些石油题材的诗歌发一下，我马上在宾馆用一上午时间写了一首《太阳河在召唤》，这首诗后来被他安排在《太阳河》刊物的封二上发出了。

1986年六七月间，我和摄影家张世海去胜利油田采访，那里有我们华北油田支援胜利油田孤东会战的队伍。在会战前线见到王忆惠、窦友奎、刘国体等人，他们在会战前线办了一份小报《前线》，还约我给他们写诗，我写了两首诗给了他们。

1990年4月28日，王忆惠突发脑溢血逝世，年仅43岁。噩耗传来，我立即与诗人安顺国乘长途大巴从河北任丘赶到山东东营为王忆惠送行。一个好朋友、一个创作力旺盛的作家、一个对石油文学有过重要贡献的人就这样突然离去了。王忆惠去世后，山东省作家协会发表署名文章，号召全省文学工作者向王忆惠学习。

王忆惠，1947年出生，山东黄县人。1986年加入中国作家协会，是石油行业较早成为中国作家协会会员的人。

# 冯敬兰的四本书

冯敬兰，1950年出生于河北蔚县，1966年北京师范大学女附中毕业后下乡到北大荒，后学医并做医生多年，在华北油田做过儿科医生、宣传干部，又到鲁迅文学院与北京师范大学合办的创作研究生班学习，后调入中国石油天然气总公司文联。

我1983年调入华北油田工作时，记忆中冯敬兰在采油四矿工作，在白洋淀那边的雁翎油田（让人一下子想起抗战时期的雁翎队）那边住着。后来华北石油会战指挥部更名为石油部华北石油管理局，成立了几个采油厂，采油四矿改名为采油四厂，1986年就迁到廊坊那边去了。那时，冯敬兰刚刚开始发表文学作品。油田文学活动比较多，每次都能见个面。她在大型文学刊物《长城》上发表小说，得到了主编苑纪久和老作家徐光耀等人的赏识，创作势头很猛。油田成立文协时她是主要人物，也是华北油田乃至整个石油上的代表性作家。华北油田各单位喜欢文学的人都很敬重冯敬兰，称这位大姐为“老冯”。

1991年3月，冯敬兰赠给我一本小说集《夏日辉煌》（作家出版社，1990年9月版），这是“文学新星丛书”的一种，作品能被收入这套书在当年是很令人羡慕的。于晴为此书作序，序言中写道：“我们读文学作品，有时不免联想：作家以全部生命和智慧所追寻的，到底是什么呢？整个人类文学宝库向我们回答：善良的、正直的、美好的人性。

冯敬兰正是这样的探求者。在她的这些作品中，洋溢的是对缺少爱和理解的人们的悲悯，对于不幸的善良的人们的同情，对于庸俗者和冷漠者的厌憎，而这些，又汇成了对于人性尊严的热切呼唤。”出版这本书这年的下半年，她加入了中国作家协会。

1990年代是冯敬兰文学创作的丰收年代，虽然她有很多公务要忙，但却能不断有作品问世。

《谁主宰着我们》（中国和平出版社，1995年11月版），1996年3月赠我。这是一本散文集，收入散文33篇。她自己称这些散文是“真人，真事，真话，真情”。没错，这是一本好读的书。是作者对人和事真实的描述，是对生活细致的爱。

中篇小说集《昨夜西风》（中国三峡出版社，1995年11月版），1996年6月18日签赠。5部中篇小说，10个爱情故事，众多矛盾冲突。有的故事也许你会很熟悉，有的可能就是你自己，这可能就是小说的魅力。

2000年7月，冯敬兰寄来了她的散文集《随心而动》（辽宁人民出版社，2000年1月版）。书的封底大概是编辑的一段话吧，说冯敬兰散文的：

她把笔触伸向一个大家族逝去的岁月，在这本书中写下她的一个个亲人人生的足迹和动人肺腑的人间真情。篇篇情真辞切，处处从容韵致。

是啊，那些写父母、大哥，写亲人、写朋友、写同学的文章，看得我热泪盈眶。冯敬兰的散文，不事张扬，不咋咋呼呼，是自然朴素在与你说话聊天，所以亲切感人。

这里，还要提到另外一本书《我与石油有缘——侯祥麟自传》（石油工业出版社，2001年1月版）。侯祥麟，中国化学工程学家，燃料化工专家，中国科学院资深院士，中国工程院资深院士。中国炼油技术的奠基人和石油化工技术的开拓者之一。这本书的后面有两行字：“本书根据侯祥麟先生口述，由冯敬兰、陈贵信、王志明撰写初稿，由冯敬兰统稿。”书的责任编辑也有冯敬兰。看得出，冯敬兰为这本书是出了很多力气的。冯敬兰把这本书寄给了我，书的前环衬上还有侯先生的钤印，侯先生是2008年去世的。

一晃好多年没有见到冯敬兰了，1990年代末我回到东北工作就很少去北京，倒是回过油田几次，油田的文友们到一起都会聊起“老冯”，不知道她这几年有没有新的书出版？

# 甘建华的赠书

甘建华，湖南衡阳人，1986年毕业于青海师范大学地理系，赴柴达木盆地青海油田工作，1992年调入《衡阳日报》工作。他在柴达木盆地工作多年，对那里有独特的感情。

我一直没有见过甘建华这个人，2010年12月他在衡阳搞了一个中国作家书画展，约我参展，我给他寄去了书法作品，从此有了联系，有时他会来个电话，聊起青海油田，会有不少话题。我曾参加2004年中国作家协会组织的“西气东输”采风活动，到过柴达木盆地，在花土沟夜宿过。还写过有关“狮20井”和“跃参1井”的诗。我的老朋友徐志宏、肖复华等都曾长期在青海油田工作过。那是个神奇的地方，当年作家李若冰、诗人李季随康世恩进入盆地，留下了石油人、地质人喜爱的诗集《心爱的柴达木》和散文报告文学集《柴达木手记》，这里又是一个有魅力的地方。

2014年11月甘建华寄来了三本书：一本是他2003年5月出版的新闻作品集《铁血之剑》（人民日报出版社），一本是他2003年6月出版的新闻作品集《天下好人》（人民日报出版社），这两本书为上下册。

另一本《冷湖那个地方》（中国文史出版社，2014年7月版）是青海海西州政协文史委编的“柴达木文史丛书”之一，都是有关“西部”的纪实文字。这些文字，对于去过西部的人，读起来会回想起许多往事，对于没有去过西部的人，会由神秘到细致的了解，有吸引力地读下去。这是“柴达木文史丛书”的第3辑，我看了这套丛书的目录，就特别想读到全部，于是给甘建华发了微信，不久丛书主编张珍连从海西寄来了全套丛书，还随书寄来一封信——

张先生：

您好！我是青海海西州政协的张珍连，今遵建华先生之言，给您寄上一套柴达木文史丛书，请接纳。

丛书是地方文史资料性质的纪实文学，虽有名家之作，但写得是这边地域性人和事，不一定适合赠寄您。

据介绍，您也有过油田生活经历，多少了解柴达木的情况，故其中有些篇章您可翻阅。如有益处，那是很高兴的事。

先生如有兴趣翻看，谨请阅后对我们文史工作提些意见。

欢迎夏秋时节到柴达木来作客。顺祝冬安，春节吉祥！

青海张珍连腊月十四

2016年5月，甘建华写的《柴达木文事》被列入“柴达木文史丛书”第5辑，由中国文史出版社出版。所有去过柴达木的文人都被列入书中，他把每个人都“白描”了一番，这种写法很有意思。

这之后，甘建华又陆续寄来了两本书：一本是《我们的柴达木就像画一般》（青海人民出版社，2017年12月版），是甘建华主编的一本写柴达木的散文集，里面收录了贺抒玉、叶文玲、白渔、肖复兴等50余位作家的散文作品；另一本《盆地风雅》（内蒙古教育出版社，2018年9月版），是甘建华写的随笔集，写法与《柴达木文事》差不多。

# 一歌诗集《触摸时光》

《触摸时光》是大庆诗人一歌的诗集，中国工人出版社2018年12月出版的。

一歌就是窦同关的笔名。窦同关，1965年出生于黑龙江伊春。我曾经去过伊春林区，是参加《诗刊》组织的一次诗歌活动。那个地方叫人向往，有一尘不染的感觉。我认识窦同关的时候，他正在华东石油学院读书，1980年代我应他们学院校办主任林世洪老师的邀请去学院讲座，与海燕诗社的学生们还有过诗歌座谈，那时同关是海燕诗社社长。后来就多年未见，直到又一次我去大庆，诗友们聚会，才见到了同关。

2019年11月，我收到同关寄来的诗集之后，给他写了一封信：

同关你好：

接到你的诗集《触摸时光》有一段时间了，前几天去南京参加《扬子江诗刊》创刊20周年活动，行前把你的诗集带上，飞机上读了一遍，回来后把个别诗又读了一遍。

你的诗集或者说读到你的诗让我想起20世纪80年代山东东营的华东石油学院（石油大学）、想起荟萃园、想起林世洪先生、想起海燕诗社、想起你们那一伙朝气蓬勃的校园诗人，只是想不起我当年去你们学院讲座都讲了些什么？

许多年都过去了，我几年前去大庆油田见到你的时候，你说已经很少写诗了，工作也忙，但谈起华东石油学院、谈起当年，你立刻充满兴致，像一首被阅读的诗。

这部诗集里的诗，大多是近几年写的，你没有落伍，诗歌行进的脚步在加快，没有像有些诗人那样老化懒惰，我指的是诗歌的创造力和诗人的思想。

在南京的座谈会上，我由汽车制造的核心技术谈到了诗歌作品的“核心技术”，准确地说是“核心创造力”。这个“核心”是诗人自己的、是人生经验的，没有这个，诗歌写作就没有意义了，现在为什么诗歌会出现情绪复制感？为什么会有语言雷同感？就是没有自己的“核心技术”，诗人变成了产品加工者，不是创造者，核心的东西是别人的。因此，我赞同你这样的用自己人生经历的写作，从“青春的渡口”到在“岁月的斑点”和时光中找到“生命刻度”，这个过程也许是艰苦的，不是一帆风顺的，但一个诗人的成长是无法脱离开自己的人生命运的。这些年来，我越来越感觉到了自己人生经历在诗歌作品中的重要，也是我无法摆脱自己的原因，它使自己的诗有了坚实的背景。想一想，牛汉先生一生的写作，从没有虚构过自己，每一首诗都有生活（生命的）出处，谁也无法复制。用先生自己的话说，他自己就像一只蝴蝶，从这一首诗再飞到那一首诗里去。

我以前曾谈过，诗是有秘境的，我们一直在寻找的就是那个秘境，那个最有魅力的东西，也许我们一生的努力都没能找到它，但是不能停止，得找下去，也许这才是诗人的天职。

同关你的这部诗集对你自己来说，它有记录人生情感的重要性，同时，它对当下的诗歌创作也是一个提醒，不仅仅是文本上的可读。

刚回来，先说这些。祝好。

洪　波

2019年12月11日下午于长春

实际上，关于同关的诗，他的诗友犁痕（李杰训）、丙诃（祖丙诃）已经在两篇序言里谈得很多了，包括同关的成长历程。

# 刘乐艺诗集《一只笨鸟》

刘乐艺，在胜利油田，我认识他的时候，他是个宣传干部，在河口采油指挥部工作。他主要是写小说，出版过中短篇小说集《神圣同盟》。他也写散文和诗，出版过散文随笔集《乐艺之呓》、诗集《一只笨鸟》，他的作品多次获省部级文学奖，《小说月报》选载过他的小说。《一只笨鸟》这本诗集是2003年9月间他寄来的。随着诗集还有一封信：

洪波：

你好！

你离开油田后，我们就失去了联系。我一直在关注你。我曾经为你写蝗虫的那首诗拍案叫绝。你的诗在变化，仍然叫人大致能懂，我很高兴。你能做到万变不离其宗，想到大众，做人民的诗人这是我一生都钦佩的。你绝对能体会到我在说实话，不是吹你。你不需要任何人吹了。

今年订了一份《诗选刊》，以为你调回河北了，年初急忙给主编写了一封信，谈了对该刊的见解，顺便给你写了一封信，托他们转交你，未收到你的回信，我想刊物运作体制之故，你不在河北，也许是兼职，他们懒得把信转给你。另就是你收到我的信，回信被邮局丢了。我经常想起你。在我最虚弱、最困难的时候，你和武斌到医院看望我，温暖着我的一辈子。我怎敢忘记呢？武斌在到处跑，我也没有联系。我希望朋友们好，真好！

我这本小诗集，不能算是诗。给你寄一本，表示我还坚持着。如有时间，就帮我看看，指点指点。我现在“内退”了，圈子很小，你的坚持使我感动，你目前的创作状况，我又十分喜欢能得到你的坦率的意见，我会很高兴的。

你的身体怎样？记得你在一封信中现身说法劝我、鼓励我，一切会好起来的，我至今还保存着。近几年身体比以前好了不少，肝功完全正常了。其他老毛病就随之去吧。你还年轻，一定要保重，没有本钱一切等于零。

你忙，就写这几句吧！

你的地址我是从《诗选刊》第9期上看到的，一定不会错。

祝好！

胜利油田刘乐艺

2003.9.14

我匆匆忙忙地也给他回了一封信：

乐艺兄：

您好。我昨天晚上才从济南的全国少儿读物订货会上回到长春，回来的途中去了华北油田，看了油田的一些朋友。回来后收到了您寄来的诗集《一只笨鸟》，我们似乎有很长时间没有联系了，但我一直没有忘记您。印象中，那年您得病，我和武斌去东营河口看望您，之后似乎再没有见面。大家都太忙，但相互还是持久地惦记着的，朋友就是个挂念。我经常在夜深人静的时候坐在灯下想着工作生活在油田的文友们，一个一个地想，仔细地想，许多许多细节地想。当然，您是其中的一位。想起你们，就会感到这世界真是不算大，我们这些人怎么就天南地北地走到了一起，还不是因为石油和文学。虽然我离开了油田，但我的心里面还是充满了石油的力量和光色，毕竟我的一生中有17年是用石油浸泡出来的。今天整整一个上午我就坐不住了，就想赶紧回家来静静地读您的《一只笨鸟》。现在读完了，就想着该给您写一封信。

我还是第一次这样集中地读您的诗，这里面写于20世纪80年代的少量的诗我曾读过，而大部分诗作还是第一次读，所以也可以说是通过诗歌来对您做新的认识以及对您心灵深处的新感觉。总的来说，您的这些诗无论其形式还是内容，都可以用四个字来概括，那就是——不拘一格。我能看得出，您的思想没有被什么东西捆绑住，仍然是自由的、敞亮的。我觉得，第一辑中许多诗的选材都不简单，虽然它们大多写得是社会生活中的小场景，却揭示出了人心的真伪，我喜欢这样的诗，也喜欢这样有责任感的诗人。电话亭中那一句中国式的恐吓，一个亲自买菜的官员，不曾注视自己的捡垃圾的老人，蹲在名人铜像的头上拉屎的鸟，等等。读到后面，我在您的“诗歌态度”中找到了它们的出处，才知道这些看似“没有苦心经营的构思与提炼”的诗，实际上却是诗人内心“一触即发的震颤”。而这个“震颤”也许一般人都会有过，但不会都成为诗。

您的这些诗，大多都有叙事的成分，这种精致的叙事，跳出了今天的“滥叙事”，比如《路过电话亭》，就那么几句，读者几乎就可以想象出一篇小说了。这种写得自在又有节制的诗，是对所有诗人的提示。乐艺兄，尽管您把诗鼓捣成这样了，尽管您还能很好地发挥您的诗才去自在地写下去，但我还是希望读到您更多的如当年那样的富有诗意的小说。您不写小说，那是小说界的一大损失。当然，您不写诗，也会是诗歌界的一个缺憾。这个世界对一个有才气的人就是这样。

很高兴读到您的新著，我想还会不断地读到您的新作的。您寄到《诗选刊》的信我一直没有收到，我在那里只是兼职，附上我的详细联系方式，盼多多联系，想念您并希望多多见面。

专此布复并祝好

张洪波

2003年9月19日夜于长春寓所

后来听说刘乐艺又出版了一部写青年题材的中短篇小说集，书名还挺怪的。据说是一部反映青年爱情、事业、理想、家庭的书。好像胜利油田还召开过刘乐艺作品研讨会，评价很高。

# 宋克力诗集《放喷的黄昏》

1983年7月，我调到华北油田工作后结识了《华北石油报》的副刊编辑杨绽英，绽英老弟又很快把在局宣传部管文化的科长宋克力介绍给我认识。很快，我们成了好友。我在论文《石油诗及其诗人》（原载1986年第3期《华东石油学院学报·社会科学版》）一文中写到过宋克力，在中国石油文联总第7期《工作通讯》（1991年10月25日）上也写过《宋克力及其石油诗》。

宋克力，陕西安塞人，1951年出生于革命干部家庭，父亲是一位老红军。1968年中学毕业后当过知青、铁路巡道工、石油钻井工、电工、小学教员、宣传干事、秘书等。1980年1月在玉门加入中国共产党，1981年初调入石油部华北石油管理局工作，曾任局党委宣传部新闻文化科科长、局文协副主席兼秘书长等职。

宋克力这个名字对于活跃于1983年至1986年间的石油诗人们来说是非常熟悉的。特别是1984年至1986年，这两年不仅是宋克力创作的旺盛期，同时是他为石油文学事业倾注最多的两年。他是一个优秀的诗人，同时是一个优秀的文学组织者和工作者。

我刚到油田的时候，宋克力总找我聊天，我那时住一间简易房，很狭窄，有的时候他下班路过我家，就推着自行车，站在我家门前聊，主要是谈诗。聊得起兴，会站在那儿聊到深夜。

1986年第2期《中国作家》“三月诗会”专栏推出了一批诗坛新秀，头条诗便是克力一百多行的《黑色魂》，这是一首石油诗力作。这首诗发表一年之后，评论家周政保在1987年第2期《绿风》诗刊上以《诗，不仅仅是诗》为题专文评论了《黑色魂》。周政保写道：“我之所以把《黑色魂》视为好诗，主要原因并不在于作者的‘诗艺’（那种一般的诗形式），而在于作者那种真诚的生活理解，那种对于‘黑色魂’的全身心的追寻与把握，那种对于人类创造精神的讴歌与深深的赞美。”遗憾的是，克力已无法读到周政保这精当的评论了，克力他已经于1986年11月因患肝癌医治无效过早地与世长辞了，年仅36岁。他去世那天夜里，把他送进医院的太平间，回到电梯里，我和好友白泽生痛哭了一场。

华北油田文学事业的发展，克力功不可没。从组织“石油诗会”到创建华北石油文学社，以后又发展为文协，使华北油田的文学作者队伍由最初的24人发展到百余人；创办文学刊物《淀边塔影》，后改名为《石油神》；编辑了一套（三本）文学创作丛书，培养并团结了一大批文学作者，为繁荣华北油田文学事业做出了重要贡献。由华北油田承办的全国石油报纸副刊研究会就是克力费力召集起来的。他那时已经重病在身，仍竭尽全力兢兢业业地为大会工作，会后便住进了医院，再也没有起来。他创作的《我是钻工》获《南方文学》1985年优秀作品奖，《黑色魂》获全国石油职工文学征文一等奖。1986年10月，我从全国石油职工文学征文颁奖大会（胜利油田）上回来，就匆匆赶到医院看望克力，告诉了他获一等奖的消息，这样的消息也没有挽留住他。

1987年10月，我把克力发表在《中国作家》《长城》《星星》《青春》《诗神》《绿风》《南方文学》等杂志上的诗作整理成一本诗集《放喷的黄昏》，交给时任石油工业出版社社长的老领导张江一，请他帮助出版。1993年3月，《放喷的黄昏》由石油工业出版社出版了，老领导张江一亲自任责任编辑，还撰写了前言。

克力从1978年开始诗歌创作，一生发表了200余首诗，这些诗大多是以石油为题材的，他对石油事业无比热爱。当我拿到《放喷的黄昏》的样书时，亦喜亦悲。克力兄，你的这本诗集，我一直保存着。

# 姜昆梁左相声集《虎口遐想》

姜昆的相声一般老百姓可能都耳熟能详，但知道姜昆的合作者，知道写相声的作家梁左的人却很少。这本《虎口遐想》是姜昆梁左相声集，是他们合作的产物。姜昆在台前，梁左在幕后；姜昆用嘴说，梁左用笔写。姜昆在这本书的后面介绍了梁左："梁左他们家，谁都比他有名。他爸爸是全国政协委员，《人民日报》的老记者；他妈妈是大作家，一本《人到中年》让人荡气回肠；他弟弟是电影明星，大广告照片立在街上，脑袋比楼房的阳台还大……"姜昆附在《虎口遐想》这本书后面的这篇文章的题目是《关于梁左》。也就是说，是专门介绍梁左其人的文字。读了，你才知道，那些好听、好看、好玩的相声后面有一个人，他叫梁左。《虎口遐想》《电梯奇遇》《处长上台》《特大新闻》《小偷公司》等，都有梁左的心血啊。难怪姜昆坦言："梁左的出现对我来说简直是一个机遇。"

《虎口遐想》（文化艺术出版社，1992年7月版），10月，梁左寄出此书后给我来过一个电话，他美滋滋地说："有王蒙老师作序呢，读一读。"我仿佛看到他那笑眯眯的样子了。我读了，不但读了王蒙先生的序言，我把一整本书都读了，当时还写了一篇随笔《读相声》，发表在《河北日报》上。也就是《虎口遐想》出版这年，梁左转入了电视情景喜剧的创作，继《我爱我家》成功之后，相继推出《新72家房客》

《闲人马大姐》《一手托两家》等大量电视喜剧。他的才气、他的幽默，使这些电视喜剧赢得了太多的观众。可惜，这个才子仅仅活了43岁。他的去世，对朋友们打击太大。有时我甚至想，像梁左这样的幽默大家，难道死都要死得让人感到突然吗？他永远年轻，永远那样乐呵呵地在我们的前面。

# 弘征的《司空图〈诗品〉今译·简析·附例》

《司空图〈诗品〉今译·简析·附例》，宁夏人民出版社1984年6月出版，32开本，定价0.32元。作者弘征，原名杨衡钟，1937年生于湖南新化，诗人、出版家、书法家、篆刻家。曾任湖南人民出版社编辑、文艺编辑室副主任，湖南文艺出版社副总编辑、社长、总编辑，《芙蓉》杂志主编、编审。湖南省作家协会副主席，国务院古籍整理出版规划小组成员，湖南省人民政府参事。1953年开始发表作品。1984年加入中国作家协会。著有诗集《浪花·火焰·爱情》《当你正年轻》《青春的咏叹》等，评论随笔集《艺术与诗》《书缘》《杯边秋色》《湖湘拾韵》等，还有《唐诗三百首今译新析》《新编唐诗三百首今译鉴赏》《今评新注唐诗三百首》《汉魏六朝诗三百首今译》等，出版过印谱《望岳楼印集》《现代作家艺术家印集》等。弘征先生在1980年代策划并责编出版的“袖珍诗丛”以及“青春诗历”等出版物，给人留下了很深的印象。这本《司空图〈诗品〉今译·简析·附例》，印象中是弘征先生1986年下半年寄赠给我的，书的扉页上有弘征先生的毛笔签赠，加了一方他的印章，应该是他自己治的。字写得很耐人寻味，行书中有楷书的味道。那方印也刻得精致，细细的铁线，有力量，又很含蓄。这本书的体例很有意思，有《诗品》原文，有简析，有用诗歌形式写的今译，还有诗歌附例，附例中有古代诗歌和现代诗歌两种。读古诗论、读解析文章、读古今诗作，一卷多得，真是一本让人爱不释手的好书。

1985年6月，我与弘征先生在河北“芒种诗会”上见过一面，他编《1986年青春诗历》一书的前后和我有过通信联系，以后多年没有联系，但我一直记着他，在内心始终藏着一份感激，感谢弘征先生在我初入诗歌大门的时候给予的扶持。去年在长沙，我还向诗友彭国梁等人打听弘征先生，大家对弘征先生有许多尊重、许多惦记，因为时间安排得紧，很遗憾，没有登门拜访。

# 白航诗集《蓝色幽默》

诗集《蓝色幽默》，成都出版社1994年10月出版，为“橄榄树作家书系”之一，作者白航。书的勒口上有介绍：“这是诗人的第三部作品，通俗、幽默、现实、有味，一读便知。”作者在自序中写道：“幽默有讽的成分，有笑的成分，有泪的成分，它是混成体，看你怎么分辨了。”无疑，这是一本有趣味的、对现实有批评的讽刺诗集。

白航先生1926年出生于河北省高阳县路台营村，原名刘新民。1945年进入晋察冀解放区参加革命，抗战胜利后回天津做地下工作，1946年入华北联大文学系，毕业后参加解放军，在18兵团文工团创作组任创作员，转战太原、陕西入成都，后转业地方，任川北文联创作出版部主任、四川文联创作研究组组长、《四川文艺》编辑等，1957年创办《星星》诗刊。1978年《星星》复刊后任主编、编审，10年后离休。

白航先生，老革命，老诗人（他1948年就开始发表作品了）、老牌诗刊的老编辑。我这个年龄的诗人，有几个没在《星星》上发表过诗的？很多人都曾经得到过像白航先生这样的老编辑好编辑的扶持。1985年6月，河北省在涿州召开河北省诗歌座谈会（后来称之为“芒种诗会”），请来了全国的许多诗人和许多诗歌刊物的主编、编辑，白航先生也应邀到会。我当时在华北油田工作，华北油田总部在任丘，离白航先生的老家高阳非常近，白航先生很有兴致地谈起他的老家，谈起冀中平原，感情很深。我不知道那次会议结束后，白航先生是否回高阳老家走了一趟。那是一次很好的探家的机会。多年后，1995年5月，白航先生寄来了他的这本《蓝色幽默》，在书的前衬上，白航先生写道：“洪波指正。白航95.5。”之后，又在旁边加了一句：“我是高阳人，愿故乡风为你吹凉！”他还是惦记着难忘的故乡，他有很浓的乡愁。

# 艾吉诗集《山上》

《山上》，诗集，云南民族出版社2008年10月出版，作者艾吉。这本诗集是艾吉2009年8月寄赠给我的。艾吉，云南哈尼族诗人，1964年出生。他的家乡在红河南岸，那个村庄叫哈批。艾吉已经出版了多部诗集，还有几部散文集。他的诗写得淳朴、自然，没有奇怪的声音，与他青山绿水的乡土、与他梯田环抱的族地非常和谐。尽管他已经走出了那个村庄，当教师、团干部、记者、编辑等，但他诗歌血液中最浓重的部分，还是家乡。我曾经在《民族文学》杂志上看到过他的一段话："我害怕被人们称为作家、诗人。在我的心目中，能背得起这样神圣称号的写作者，是非常了不起的人物。而我不配。我只有像父老乡亲们那样挖田种地，老老实实写作，才有可能留下一两行无愧于文学的文字。"他对文学有一种纯洁的敬重。

2005年10月，我与几位作家赴云南建水采风，云南省作家协会还组织了一些当地作家与我们一道活动，其中就有来自红河的哈尼族诗人艾吉。艾吉并不引人注意，只是默默地随行。我后来发现他穿的那件衣服是纯手工制作的，布料也很乡土，样式完全民间化。我说："艾吉，你这件衣服是在哪里买到的？"他微笑还有些自豪地说："这是我妈妈一针一线给我缝制的。"还说："有重要场合，我都会穿这件衣服的。"我当时心中一阵感动。从乡下回到建水县城我就写了一首诗《艾吉的衣服》——

艾吉说　每遇重要场合
他都要穿上妈妈做的衣服
他讲起这件衣服时
充满了感恩

那天我们到了团脑村
老天下起了冷瑟的小雨
许多人都赶紧加了衣服
只有艾吉不用加衣服
他不冷　妈妈做的衣服
可以避各种风寒

艾吉的衣服让我难忘
那衣服是人妈妈亲手织的布
并一针一线缝制成的
当我仔细地看了每一个纽襻
当我认真地抚摸了每一行针脚
仿佛一下子就感到了自己母亲的温度
只有艾吉这样的衣服
才是独一无二的衣服

艾吉总是把妈妈挂嘴边
艾吉是一个幸福的青年

我和艾吉只见过那么一次面，没有更深的谈话，后来有几次互赠诗文的书信来往，但艾吉给我的印象是深刻的。还有艾吉的衣服，忘不掉。

# 陈所巨诗集《玫瑰海》

《玫瑰海》，诗集，安徽文艺出版社1985年1月出版，“天柱青年文学丛书”之一，印数3400册，定价0.57元，作者陈所巨。收入诗42首，分为“玫瑰海”“黄波涛，黑波涛”“绿太阳”三辑。作者写大海、写江南、写三峡，诗作表面平淡，细读才知内里蕴藏深刻，人与自然，诗化的感应。此书作者1986年4月寄赠，而我与陈所巨在20世纪70年代末就常有书信联系，经常通过书信来交流诗歌创作的体会。他还曾经寄茶给我，我也给他寄过一些东北土特产。我们始终没有见过面，神交。他有一张身穿皮夹克的照片，给我留下了很深的印象。他自己好像也很喜欢这张照片，在许多报刊上都用过。

陈所巨1948年8月出生，安徽省桐城市人，武汉大学中文系毕业。他是我国新时期有代表性的诗人之一，参加过诗刊社第一届青春诗会。他是安徽省作家协会副主席、桐城文联副主席。诗、散文、小说、报告文学、戏剧等都写得好，多才、多产的作家。我想象，他肯定是一个睿智、善良，人缘特好又非常独立的那种人。可惜他于2005年9月24日凌晨病逝，只活了58岁。桐城这个文人辈出的地方，成了他一生的桐城。今天，翻开他这本早期的诗集，竟然一下子就读到了一首他写岩葬的诗，结尾有这样的诗句：

死者可以留在夹缝里安息

生者！决不可在夹缝中求生

这是逝者对生者的提醒或告诫吗？这是一个坚定的正直的人对自己的要求吗？这是所有真实的生者必须保持的尊严吗？

# 邵燕祥先生的两本诗集

第一本《邵燕祥抒情长诗集》，不是作者邵燕祥先生给我的，而是这本书的责任编辑戴砚田先生送给我的。这本书是河北花山文艺出版社1985年4月出版的，32开本，印数3450册，定价0.90元。诗集设计得简朴、大方，前后加了卡纸的硬衬，强调了这本书坚毅挺拔、不屈不挠的性格。1985年8月，戴砚田先生寄来这本书时，书中夹着一封信：

洪波同志：

你好！照片收到，珍贵！《诗神》已定由八六年一月改出月刊，寄上五份消息，你找外省青年朋友发出去，以配合十月的刊物征订，千方百计把发行搞上去。石油报上也可来几行。我们将会合作的。新书一册（指《邵燕祥抒情长诗集》），请收。夏安

砚田八月十日

我诗集雁翼正在作序，然后寄你帮我编。

《邵燕祥抒情长诗集》收入邵先生20世纪80年代初创作的13首长诗，其中《不要废墟》《走遍大地》《北京与历史》《怀念篇》《劳动》《海之歌》等诗篇，都含有自传色彩的段落。

第二本是《邵燕祥短诗选》（中国香港银河出版社，2001年8月

版），中英文对照本，收入短诗31首。其中，有几首诗是1947年和1948年的作品。2005年12月，随一封谈我工作和图书出版的信寄来的，扉页上有签赠："洪波一笑　燕祥2005.12.29。"

邵先生1933年出生于北京（祖籍浙江），是我的前辈诗人，也是我特别敬重的一位诗人。1951年他出版第一本诗集的时候，我还没有出生呢。在经历了许许多多的坎坷之后，邵先生没有成为废墟，反而更加坚强、睿智，更富有战斗精神。邵先生的杂文也是我非常喜爱的。他的文章，没有矫情的东西，没有绵软的文字，他对真理的追求和渴望是那样的强烈。邵先生的诗，经过岁月的沉淀，今天读来，更加让人震撼、让人思绪万千。